I0778278

Andreas Heusler

Der Heliand

Salzwasser

Andreas Heusler

Der Heliand

1. Auflage | ISBN: 978-3-84606-978-3

Erscheinungsort: Paderborn, Deutschland

Erscheinungsjahr: 2015

Salzwasser Verlag GmbH, Paderborn.

Der Heliand in Simrocks Übertragung und die Bruchstücke der altsächsischen Genesis. Nachdruck des Originals von 1921.

Andreas Heusler

Der Heliand

Salzwasser

DER HELIAND

in Simrocks Übertragung
und die Bruchstücke der

ALTSÄCHSISCHEN
GENESIS

Eingeleitet von Andreas Heusler

ZUR EINFÜHRUNG

Als letzter der deutschen Stämme hatten sich die Sachsen bekehren lassen. Es hatte schwer gehalten. Kaum aber waren zwanzig Jahre vergangen seit den blutigen Zwangstaufen, da konnte ein Sachse unsern Heliand dichten, ein freudiges und inniges Bekenntnis zu der neuen Lehre; das vollblütigste Denkmal kirchlicher Dichtung aus der ganzen altdeutschen Zeit.

König Ludwig der Fromme hatte das Werk einem sächsischen Geistlichen aufgetragen. Die heiligen Bücher sollten dadurch auch den Ungelehrten zugänglich werden. Denn es lag ja so, daß Franken, Schwaben, Baiern in den Jahrhunderten seit ihrer Taufe keine christliche Dichtung in deutscher Sprache hervorgebracht hatten.

Unser Sachse hatte schon einen Namen als Dichter. Er wird ihn kürzeren geistlichen Stücken mehr lyrischer Art verdankt haben, wie wir deren bei den Engländern kennen. Der Heliand zeigt uns, daß er ein Mann von tiefer Frömmigkeit war, eine echte Predigernatur, kein sonderlicher Theologe. Wohl hat er neben dem Evangelium ein paar Erläuterungsschriften zu Rate gezogen; aber allzuviel hat er daraus nicht geholt; für die Spitzfindigkeiten der damaligen Gottesgelahrtheit hatte er wenig übrig. Er hat auch nicht, nach rechts und links die Bücher nachschlagend, seinen Heliand versweise zusammengeleimt: manche kleinen Versehen und Freiheiten in der Reihenfolge deuten auf ein mehr gedächtnismäßiges Vorgehen. Der Frische des Dichtwerks kam dies zustatten.

In diesen wie in vielen andern Dingen ist der ungenannte Sachse ein Gegensatz zu dem Rheinfranken Otfrid, der vierzig Jahre später die gleiche Aufgabe angriff: Otfrids Evangelienbuch ist vor allem ein Zeugnis klösterlichen Fleißes und rechtgläubiger Mosaikarbeit.

Der König wünschte auch das Alte Testament übertragen zu sehen. Bruchstücke aus dem ersten Buch Mosis sind 1894 im Vatikan aufgetaucht. Sie rühren schwerlich von dem Helianddichter her; denkbar, daß sie unter sich mehr als einen Verfasser haben. So scheint sich an den Leben=Jesu=Dichter, vielleicht unter seinen Klostergenossen, eine kleine Schule geschlossen zu haben. Noch zu Ludwigs Lebzeiten schrieb man das Ganze in ein Pergament zusammen und betrachtete es als Werk des einen Sachsen.

*

Man hat mit Recht bemerkt, daß diese niederdeutsche Bibeldichtung mehr nach einem Abschluß als einem tastenden Anfang aussieht. Aber wie ist dies möglich, da doch keine kirchliche Dichtung, überhaupt keinerlei Buchpflege im Sachsenlande vorangegangen war? — Die Lösung liegt darin, daß unser Sachse seine Vorgänger auswärts hatte, in England. Der Heliand ist ein Ableger der kirchlichen Epik in englischer Sprache, die das achte Jahrhundert hindurch in Blüte stand.

Die Engländer, hundert Jahre nach den Franken dem neuen Glauben gewonnen, haben bald eine kirchliche Geistespflege geschaffen, die sich über die Barbarei des Merowingerreichs hoch erhob und auch vor der feinen Hofbildung Karls des Großen den unschätzbaren Vorzug hatte, daß sie die Landessprache und altheimische Dichtform in Ehren hielt. Eine der Ursachen ist die, daß bei der Begründung des englischen Christentums die Iren im Spiele waren. Die Augen der Gebildeten wandten sich nicht ausschließlich auf Rom, das alte und das kirchliche. Die rein weltliche Dichtung zwar, die der Hofsänger und der volksmäßigen Liebhaber, erlebte nur selten die Ehre der Niederschrift. Aber zwischen ihr und der Masse der lateinischen Gelehrsamkeit schufen die englischen Geistlichen ein breites, blühendes Übergangsland: eine Buchdichtung in englischen Stabreimversen, metrisch und sprachlich begründet auf die ungelehrte Helden und Preispoesie, wenn auch bewußt und weit über deren Formgebung hinausschreitend. Sogar die Stoffe nahmen diese Geistlichen ein paarmal aus dem profanen Heldenlied, und so entstand in England zum erstenmal ein germanisches Heldenepos (Beowulf, Walther). Gewöhnlich aber beschränkte sich der weltliche Beitrag auf die Form, und den Inhalt lieferten Bibel und Legende. Genesis, Exodus und Daniel, Christi Höllen und Himmelfahrt, das Jüngste Gericht, die Taten männlicher und weiblicher Blutzeugen: darüber entstand eine lange Reihe englischer Stabreim

epen — bis zunächſt die Schrecken der Dänenzeit im neunten
Jahrhundert dieſem klöſterlichen Betrieb ein Ende machten.
Als Fortſetzung davon, auf fremdem, geſicherterem Boden, er=
wuchs unſre ſächſiſche Bibeldichtung. In irgendeiner deutſchen
Stifts= oder Kloſterbücherei konnten ſich die engliſchen Muſter
finden. Waren doch nach Bonifatius noch engliſche Kirchen=
männer herübergekommen. Ihr Einfluß in Sachen des Schreibe=
weſens zeigt ſich bis in die geſchäftlichen Urkunden. Heliand
und Geneſis ergänzen das Bild von der großen geſchichtlichen
Wirkung Englands auf Deutſchland in der Bekehrungszeit.
Sie ſind in der Tat die nächſten Blutsverwandten jener eng=
liſchen Epen. Sie teilen mit ihnen einen Versbau und Stil, der
nicht kurzweg „altgermaniſch“ iſt und nicht dem deutſchen Hof=
ſänger abzulernen war. Einzelne Prägungen, kühne Kompoſita
in Menge — zumeiſt kirchlichen Gehalts — hat der Sachſe von
ſeinen britiſchen Lehrmeiſtern übernommen oder ihnen nach=
geformt. Ein unfreier Nachahmer war er nicht —: ein ſchöpfe=
riſcher Weiterbildner, den nicht bloß das tiefe Gefühl für die
eigene Mundart neue Wege führte. Übertrüge man den Heliand
ins Altengliſche, er zeichnete ſich kenntlich ab von ſeinen Vorfahren
und Vettern. Seine Form im weitern Sinne bedeutet eine üppige
Steigerung über die engliſche hinaus. So darf man im He=
liand die Bekrönung einer Kunſtart ſehen, die bei den ſtamm=
verwandten Angeln ihre vier Menſchenalter hinter ſich hatte.
Haben unſre Sachſen auch weltliche, heimiſche Stabreimdich=
tung benützt? — Nötig war es kaum für das Zuſtandekommen
ihrer Bücher. Wir dürfen nicht arbeiten mit dem Geſpenſt, das
ſich „altgermaniſches Epos“ nennt und ungefähr ſo ausſieht
wie der Heliand, nur heidniſch. In Frage kämen nur kurze,
ſcharfkantige, dramatiſche Lieder, wie das von Hildebrand, und
die ſtehn weit genug ab! So viel iſt klar: der Heliand mit ſeiner
wortreich ſchwellenden Predigtform hat ſeine Hauptwurzel in
der Buchdichtung Englands, die jederzeit ein Leſeſtoff der Kleriker
war, und kann ſchon deshalb von keinem Laien ſtammen. Der
künſtleriſche Schulſack nicht minder als der Stoff und die Ge=
ſinnung weiſen auf den Geiſtlichen. Dies wird die Betrachtung
des Inhalts uns beſtätigen.

Der Heliand — das ist Heiland, Salvator — ist eine umschreibende Übersetzung der lateinischen Evangelienharmonie, eines Werkes, das die vier Evangelien, so gut oder schlecht es ging, mehr emsig als feinfühlig, zu einem Ganzen zusammengestückt hatte. Der deutsche Übersetzer hat sehr vieles ganz ausgeschieden; was er behält, hat er durchweg in eine andre Seelensprache übertragen. Es ist reizvoll zu sehen, wie eine blutjunge Kultur die altersmüde der Quelle umwandelt.

Der lateinische Urtext ist nüchtern; trockene Berichterstattung. Der Sachse verpflanzt ihn in begeisterte, persönlich ergriffene Verherrlichung. Dies geht bis ins Beiläufige und Kleine. Personen und Sachen sind womöglich schön, groß und herrlich. Alle Frauen von der guten Partei, auch die verhärmten Marien am Grabe, sind von schönem Äußern; Johannes kommt als ein Ausbund von Schönheit zur Welt; auch Jesu Windeln sind schmuck, Ägypten ist der Länder bestes, und der Heilige Geist erscheint als kräftiger Vogel, als herrliche Taube.

Die Quelle enthält sich eigener sittlicher Wertsetzung; es ist noch die tiefe Sachlichkeit der antiken Welt. Im Heliand ist der christliche Dualismus voll entwickelt: alles ist gut oder böse, und das Gefühl des Erzählers nimmt lebhaft Partei. Was nicht zu dem Helden gehört, das sind die „erbosten Widersacher", die „falschen Feinde", die „haßerfüllten Juden". Auch der maßvolle Pilatus ist der zornmütige, stolze Mann. Eine Flut von Preis und Entrüstung wogt durch das Werk. Ja, gegen den Sinn der Quelle kann der Verfasser den sittlichen Gesichtspunkt hereinbringen: Zu den klagenden Weibern spricht der Kreuztragende: eure bösen Taten mögt ihr bejammern, für eure Bosheit werdet ihr grausam entgelten. Die Juden bleiben vor dem Gerichtshaus, um nicht am Festtag unrechte Worte, Freches urteilen zu hören. Die Worte des Hauptmanns von Kapernaum sind dahin gewandt: obschon ich über gehorsame Mannen in Fülle gebiete, weiß ich mich als unwürdigen Sünder. Daß man dem Gekreuzigten einen Schwamm mit Essig und Galle reicht, brandmarkt der Dichter als besonders schwarze Tat.

Der Urtext redet nicht unmittelbar ins Gewissen; die berichteten Taten und Worte sollen durch sich selbst Eindruck machen. Der

Heliand spricht zu einer Gemeinde, die er im Glauben befestigen, zu gutem Lebenswandel anhalten will. Das Evangelium ist ihm Text zu Sittenpredigten. So ist die prosaische Vorlage in gewissem Sinne mehr Epos als das erbauungsfrohe Versgedicht. Nähme man den Heliand als freies Kunstwerk, so müßte man finden, daß sich der Verfasser zum Beispiel die ergreifende Stelle von Petri Reue verdirbt durch zwei verstandesmäßige moralische Anhängsel. Aber für unsern Mann besteht hier kein Widerstreit: die sittliche Besserung ist sein bewußtes Ziel, die Erschütterung des Gemüts ist ein Mittel dazu.

In der Quelle, die sich meist aus Matthäus nährt, ist Jesus noch der Mensch. Für den Heliand versteht sich seine Gottheit von selbst. Jesus ist, wie Gottvater, der Himmelskönig und der König schlechthin, aller Könige kräftigster usw. Diese fortwährend gebrauchten Namen übertönen die Bedürftigkeit des Menschensohns. Doch gibt sich der Dichter keinen theologischen Grübeleien hin über Person und Heilswerk des Erlösers. Am meisten betont er an Jesu die Lehre, also die dem Verstande faßliche Seite, die sittliche Vorschrift und die Offenbarung von ewigem Lohn und Strafe.

Der Teufelsglaube erscheint verstärkt. Dem Dichter ist jeden Augenblick gegenwärtig, daß das Böse von den unholden Geistern kommt; immerzu huschen ihm die Teufelchen, die „leiden Wichte", durch die Gedanken; auch ins Vaterunser bringt er sie hinein. Aber auch ihren Obersten, den Satanas selbst, läßt er über die biblische Quelle hinaus eingreifen.

Den Dichter durchdringen die Gedanken der Reue und Buße, der menschlichen Schwäche und der göttlichen Gnade. Aber die asketischen, weltfeindlichen Züge des Glaubens unterstreicht er nicht. Seine Stimmung ist frei von der ängstlichen und tränenseligen Zerknirschung mancher seiner englischen Vorgänger. Er hat im ganzen einen freundlichen Blick auf das Erdenleben. Seine Schadenfreude an der Höllenpein der Sünder ist maßvoll. Es ist keine schwärmerische, aber eine gemütswarme Gläubigkeit. Sie denkt nicht an geheimnisvolle Versenkung in die Gottheit, sondern an ein eifriges Befolgen der Lehre in demütigem Vertrauen und im Aufblick auf den jenseitigen Lohn. Gegenüber

dem Zärtlichen, Mädchenhaften, Klosterbehüteten, das gleich
mit Otfrid in unsrer deutschen Dichtung einsetzt und im ganzen
die kirchliche Poesie des Mittelalters kennzeichnet, hat unser
Heliand ein ganz Teil stämmiger Nervenfrische: er ist die männ=
lichste der Messiaden.

Da und dort wird die Gedankenwelt umgesetzt ins Biedere,
praktisch Brauchbare. Eine gewisse unbewußte, gutmütige Ver=
flachung, wie sie noch dem heutigen volkstümlichen Christentum
eignet. Man sehe etwa die Lehre zu der Münze aus dem Fisch=
maul! An dieser Staatsfrömmigkeit hätte zwar nicht Jesus,
wohl aber Kaiser Karl seine Freude gehabt: sie hätte ihm be=
stätigt, daß neben dem Schwert auch die christliche Predigt
zum Gehorsam erzieht. Oft kommt der Gemütsmensch zu Worte.
So in dem gleich folgenden Abschnitt, wo er das schroffe „so
halte ihn als einen Heiden und Zöllner‟ durch eine vielsagende
Zugabe erweicht. Oder in den Gedanken der Juden: wenn Jesus
die Ehebrecherin töten hieße, wollten sie sagen, er hege nicht so
milden Sinn, wie das Kind Gottes sollte (Umbiegung einer
Kommentarstelle). Oder wenn beim kananäischen Weiblein die
Jünger, anstatt des „Fertige sie ab‟, wohlwollend bitten, der
Herr möge ihr in seinem Sinn milde sein!

Verallgemeinert, in einen Schleier gehüllt, sind auch die Zu=
stände Palästinas. Judäa als besondere Landschaft ist nicht er=
faßt, von den Pharisäern ist nirgends die Rede: sie und die
Priester und Schriftgelehrten sind eine einheitliche Masse, von
der sich ein paarmal „das geringe Volk‟ abhebt. Wogegen der
Stellung der Regierenden — Herodes, Archelaus, Pilatus —
sichtlich Aufmerksamkeit gezollt wird.

Die gute Gesellschaft kann sich unser Sachse nur denken nach dem
Bilde der Heimat: grundbesitzende Bauern, das, was man
„Adel‟ nannte. Darein fügt er die Jünger, die Weisen aus dem
Morgenland, alles, auch den Sämann des Gleichnisses: daß
hier ein „Adelsmann‟ mit eigenen Händen sät, ist ebensowenig
zu verwundern, wie daß die adligen Jakobus und Johannes
ihr Netz flicken; so geschahs im Leben, bei Sachsen und anderen.
Diese deutschen Landwirte aber stellten das „Gefolge‟, das unter
einem kriegslustigen und zahlkräftigen Gefolgsherrn Ruhm und

Beute erwarb: für alle Germanenstämme der schönste Inhalt der Mannesjugend. Jesus an der Spitze der Jünger: dies erschien als augenfälliges Gegenstück. Und so hieß nun Jesus der „Gefolgsherr", und seine Jünger bekamen die Namen, die der heimische Gefolgskrieger trug.

Die lateinische Vorlage spart mit den Worten; die Beschränkung aufs Tatsächliche wirkt gedrungen, oft spröde. Die deutsche Übertragung ist eine mächtige Verbreiterung.

Von ihren Zutaten wollen die allermeisten verdeutlichen. Unablässig verflicht sich Wiedergabe und Erläuterung, in den Reden wie im Bericht. Dies fließt über in praktische Ausnutzung der Quellenworte für die Sittenlehre; eindringliche Mahnung. Zu beidem hat der Verfasser lateinische Hilfswerke benutzt. Nur ganz selten schöpft er aus solchen Schriften eine allegorische Deutung, in größerem Maßstab nur bei der Heilung der Blinden vor Jericho. Hier fällt er am entschiedensten aus seinem sonstigen Flusse und gerät in einen etwas mühsamen Schulton hinein. Außerdem hat ihn gleich der Anfang verlockt, ein wenig im Gedankenhaften zu kramen, so daß er erst auf der vierten Seite zu dem ihm liegenden Erzählen kommt.

Was man einfach epische Bereicherung nennen darf, ein Herauslocken von dichterischen Blüten aus dem Gezweig des Urtextes, ohne den Zweck der Belehrung, füllt wenig Raum. Am öftesten ist es ein Ausmalen von Schmerz, Freude, Dankbarkeit. Unser Dichter erlebt diese Regungen so warm, daß ihm das Weitereilen der Quelle weh tut. Meist handelt es sich um Auftritte von Frauen, aber bei weitem der Hauptfall ist die Umschreibung der Worte: „da ging Petrus hinaus und weinte bitterlich"; nur hier hat der Dichter eine längere direkte Rede dazu erfunden. Mannentreue findet Ausdruck in den Worten des Thomas vor der Lazaruserweckung: hier berührt uns der Flügelschlag echt germanischen Lebensgefühls; sechs dieser Zeilen könnten ohne Änderung in einem Heldengedicht stehn.

Nennen wir noch die beiden Seestürme, die Zechfreude der Gäste in Kana und am Geburtstag des Herodes, besonders aber den Kindermord als Fälle epischer Ausweitung. Immer ist es mehr das Gemüt, das in Bewegung kommt, als die gestaltungsfähige

Anschauung. Wie denn ein zartes Naturgefühl gar manche kleine Zutat durchhaucht. Sehr für sich steht der lange Bericht der Magier über den Antrieb zu ihrer Fahrt. Der Keim, die gelehrte Beziehung auf Bileam — dies ist der „Ahn im Osten', sieh IV. Mos. 24, 17 — stammt aus einem Kommentar; aber die breite Ausführung ist des Sachsen Eigentum und zeigt eine gewisse Erfindungskraft, die ihm der strenge Anschluß an die Bibel sonst unterbunden hat. Die Bruchstücke der Genesis bringen ein paarmal einen selbständigen sinnlichen Zug, und gleich die Rede Adams packt durch ihre leidenschaftliche Vertiefung. Diese Darstellung des Sündenfalls — von der uns ein längeres Stück in altenglischer Übersetzung erhalten ist — dichtet die Bibelworte wahrhaft schöpferisch um, nur wissen wir nicht, wieviel der Sachse schon in lateinischer Dichtung vorfand. Doch lenken wir zum Heliand zurück!

*

In seinen Abweichungen von der Quelle liegt viel Deutsches oder Sächsisches. Der Heliand ist ein großes, ausdrucksvolles Denkmal deutschen Christentums vor 1100 Jahren. Nur glaube man nicht, diese hymnische Neigung und dieser sittenrichterliche Eifer, diese rege Bußfertigkeit und diese Einstellung auf übersinnliche Güter, das seien urdeutsche Züge. Sie kamen erst zum Keimen durch die fremde Religion. Auch daran ist nicht zu denken, so wie der Heliand habe das Laienvolk empfunden. Eine so hochgespannte Gläubigkeit war nur etwas für den Geistlichen, der durch tägliche strenge Übung seine Gedanken in diese Bahnen zwang. Wieweit ein sächsischer Landmann mit seinem Hausvolk um 830 empfänglich war für diese sehr entwickelte Sprache Kanaans? Wieviel er sich denken konnte bei den stets wiederholten Wendungen: „zu lehren, wie sie ihren Glauben halten sollten", „führte die Leute mit seiner Lehre auf Gottes Weg", „dem Höllenzwang absagen und nach Gottes Licht streben"? Zu schweigen von den besonderen Stellen, wo die Gebote der Selbstverneinung oder das unmännliche Verhalten der Jünger durch keine abschwächenden Mittelchen zu versöhnen waren mit dem weltlichen Ehrgefühl.

Für die Eindeutschung der Bibellehre konnte unser Sachse viel lernen von seinen englischen Vorbildern. Die hatten schon die Altväter und Zwölfboten als „kraftberühmte Helden", „Häupter der Gefolgsschar", in hundertfacher Abwandlung, vorgeführt. Gott und Christus waren die „Siegwalter", „Gefolgsherren der Kerntruppen" u. dgl.; „es rüstete sich der junge Held, stark und kraftgemut: kühn bestieg er den hohen Galgen" — nämlich Jesus. Das Volk schlechthin ist kriegerisch, ein „Heldenstamm" und ähnliches.

Dieses ganze heroische Sprachgewand fand der Heliand schon vor. Aber die englischen Epen waren über die bloßen Worte hinausgegangen: das Handeln ihrer frommen Helden dichteten sie nach der kriegerischen Seite aus — es war wirklich da und dort ein Weiterdichten der gegebenen Keime. Abrahams Hand=streich gegen die Elamiter, die Befreiung Loths, wird zu einer breiten Episode, worin alle möglichen Klänge germanischer Kriegsdichtung laut werden: „Es stießen da zusammen — die Gere dröhnten — die zornigen Walheere; es krächzte der schwarze Vogel unter Speerschäften, der federbetaute, Aas erhoffend; — es mußte in Furcht manch lichtwangiges Weib bebend gehn in die Arme des Fremden: gefallen waren die Schützer der Frauen und der Ringe, von Todeswunden siech". Oder nehmen wir die völlig kampflose Flucht der Juden zum Roten Meere; sie er=hält unter anderem diese Lichter: „Moses gebot den Helden in der Frühe mit ehernen Hörnern, der Heerschar, sich zu sammeln, den Kämpen aufzustehen, ihr Gewaffen zu nehmen, auf Kraft=tat zu sinnen, die hellen Brünnen zu tragen ... Das war kampf=geübte Mannschaft: Schwache rief nicht auf in diese Kerntruppe der Heerführer, deren Jugend noch nicht vermochte unter dem Schilddach den Brustpanzer zu wehren mit Fäusten wider den tückischen Feind, und die noch nicht Wunden erlost hatten über Schildes Rand, schwere Narben, vom kecken Gerspiel ... Da sprang auf vor den Helden der Streitrufer, der kühne Aufreizer (Moses), den Schild hub er hoch, hieß die Scharenführer den Zug geschweigen, bis die Menge des Mutigen Rede vernehme ... Ansturm war an der Spitze, scharfes Handgemenge, die Jünglinge mutig zum Gemetzel der Waffen, furchtlos die Krieger;

blutig war die Schwertspur, Sturm der Schlachtmenge, Knir=
schen der Helme, wo Juda zog."
So hatte die englische Dichtung vorgearbeitet. Unser Sachse ist
nicht so weit gegangen; bei ihm stoßen wir auf keine solchen
Prachtfunde. Das Leben des Heilands war auch spröder gegen
diese Kriegerphantasien als die Taten jener Halbgötter. Das
Ohr des Malchus war ein Lichtpunkt — aber ein einsamer.
Die Eindeutschung im Heliand beschränkt sich mehr auf den
Wortschatz. Gäbe man sich diesem hin, so könnte man wirklich
streckenweise glauben, unser Dichter fasse Jesus als den deutschen
Volksherrscher, der mit seinen Leibkriegern ruhmreich die Lande
durchziehe. Darin haben viele den Wert des Gedichts und seine epi=
sche Marke sehen wollen. Nun, hätte der Verfasser dies angestrebt,
so hätte er die heilige Quelle gründlich umdichten müssen; er wäre
in arge Ketzerei verfallen! Aber er ändert ja sachlich nichts an
dem, was der Nazarener tut, spricht und leidet. Ein alter Sachse,
der ein paar Abschnitte vorlesen hörte, konnte jener Täuschung
unmöglich erliegen; denn er wußte zu gut, daß das Tagewerk
eines Fürsten nicht aus Predigen und Krankenheilen bestand,
sondern aus Krieg und Waffenübung, Dingleitung und Ge=
sandtenabfertigung, worauf am Abend ein kräftig Zechen folgte
allenfalls zu den Klängen der Harfe und des kühnen Heldenlieds.
Der Dichter hat ja auch genügend vorgebaut, indem er sogleich
Herodes als Landeskönig einführt. Es fällt ihm auch nicht
etwa ein, den Heiland mit der für den Fürsten unentbehrlichen
Herrenhalle auszustatten. Eine kleine tatsächliche Überhöhung
des Standes Jesu sind nur die Mannen, die bei der Huldigung
der Weisen und bei der Flucht nach Ägypten zur Hand sind.
Was den Schauplatz betrifft, so nennt der Deutsche genug fremde
Namen, um dem Irrtum zu wehren, die Geschichte spiele im
Sachsenland.
Ein gewisses Halbdunkel des Vorstellungsbildes wird man ja
schließlich dem Dichter zuerkennen. Der morgenländische Rabbi
in seiner rein geistigen Erhabenheit war ihm notwendig ein un=
faßbarer Umriß; sieben Jahrhunderte Kirchengeschichte hatten
diesen menschlichen Umriß ins Mythische verflüchtigt. Daher
ging es nicht an, Jesus nach dem Bilde des missionierenden

Mönches zu modeln; daran hinderte die Gottessohnschaft. Zu
dieser gehörte Glanz, Macht, Adel — was doch wieder dem ur-
kundlichen Lebenswandel widersprach! Der Heiland des Sachsen zieht wie ein prächtig Gedankenbild über die Erde, ungreif-
bar, ein Gemisch von Geschichte, Mythenbildung und kindlicher
Verweltlichung.

Aber wir wollen den Autor nicht naiver machen, als er war.
Wenn er von dem neuberufenen Matthäus sagt: er wählte sich
Christus zum Herrn, einen freigebigeren Lohnspender als seinen
frühern Gefolgsherrn, dann zweifelte er nicht an der geistlichen
Art dieses Lohnes. Spricht er es doch wenig später eindeutig
aus, daß die Jünger dazu die Mannen des Herrn wurden,
damit er sie nach dem Todestage zum höchsten Wohlsein hin-
aufbringe.

*

Ob der Helianddichter ein Epiker war, darüber hat man streiten
können: den Namen des Dichters darf man ihm lassen. Nicht
nur weil eine starke Stimmung die sechstausend Verse durch-
strömt... Vergleichen wir die fünfhundert Jahre ältere Messiade
des Spaniers Juvencus, so finden wir in ihren schulgerechten
Hexametern eine greisenhafte, kühle, elegante Formenkunst, und
wir fragen uns: ist das eine Religion, die Herzen erobert? Der
Sachse in seinem jugendlichen Feuer ist der Neugeborene, der in
die Welt eintritt höchst empfänglich für das Erhabene und
Rührende der göttlichen Geschichten; bei ihm begreift man, daß
dieser Jesusglaube die Fähigkeit hatte, aus des Herzens Tiefe
nacherlebt zu werden.

Allein, diese Stimmung der Liebe käme auch dem begnadeten
Prediger zu. Zum Dichten aber gehört auch die Sprach- und
Verskunst, und darin ist unser Sachse ein Meister. Unser ganzes
Schrifttum, in alter wie neuer Zeit, kennt wenige Stilisten von
so zwingender schöpferischer Ausdrucksgewalt.

Ein eigenartiger Satzbau und ein einzigartiger Versbau stehn
im Bündnis und bringen zusammen einen „Stil“ hervor, eine
bis in die Fingerspitzen kennzeichnende Formung, daß daneben
alles Spätere profillos aussieht. Die letzte Grundlage ist der

weltliche Stabreimvers. Deſſen ſchlankere und mehr ſymme=
triſche Formen hatten die engliſchen Geiſtlichen aufgelöſt in eine
breit wogende Rhetorik. Der Heliandbichter verlängert noch die
Perioden wie die Senkungen und Auftakte, er häuft die vari=
ierende Wiederholung und die abhängige Rede. So entſteht
ſeine tiefatmige Versſprache, vergleichbar einer uferloſen Wellen=
fläche; völlig unſangbar, ein Gewand der begeiſterten und ein=
dringlichen Predigt. Wo wir in dieſe Flut einſteigen, faßt ſie
und trägt ſie uns mit ſtetiger Gewalt, und wir fühlen einen
Wellenkamm nach dem andern, endlos, unter uns hinrollen.
Die äußerſte Grenze des Metrums wird oft erreicht, ja über=
ſchritten; aber immer noch kommt der den deutſchen Sätzen an=
geborene Rhythmus ungeknickt heraus, in mächtiger Steigerung
der Kontraſte, durch keine fremde Gußform geebnet und entnervt.
In der Formbeherrſchung iſt die Nachfolgerin, die Geneſis, —
wenigſtens im zweiten und dritten Stück — hinter dem Meiſter
zurückgeblieben. Ihre Bewegung iſt ſtockender, gewaltſamer;
ihr fehlt eine Rundung, ein freiwilliges Quellen, das der He=
liandſprache bei allem Übermaß ein Etwas von Anmut und
Leichtigkeit verleiht.
Doch für all dies müßte man den ſächſiſchen Urtext aufſchlagen.
Eine neudeutſche Übertragung, die dieſe herriſchen Rhythmen
genau wiedergäbe, würde von dem ungewohnten Leſer mißver=
ſtanden; viele Verſe wären ihm Proſa, oder er würde ſie irgend=
wie dem Jambiſchen nähern. Denn die königliche Form des
Heliand iſt ja ſeit tauſend Jahren tot, und die mönchiſche Leier
Otfrids hat geſiegt.
Simrock hat ſprachlich und metriſch geglättet. Seine würdevolle
und anmutige Überſetzung verhält ſich zum Original wie ein
Zopf= oder Biedermeiergebäude zu einem pomphaften Barock.
In der eigenen Übertragung der Geneſisbruchſtücke hat ſich der
Herausgeber beſtrebt, der großen Linie des Urtextes näher zu
kommen. Auftakte hat er bis zu ſieben Silben gewagt: bei dem
alten Sachſen gehn ſie bis zu elf. Sie und die langen Senkun=
gen und anderſeits die verweilenden Längen zwingt man dann,
wenn man die vier Hebungen der Langzeile, beſonders aber
die ſtabenden, mit Raubtiergriff aus der Fläche herausreißt.

Damit dies möglich sei, müssen die Stäbe auf vollwichtige Silben treffen. Die Zeile:

Den Gesèllen, auf dem Sánde.   Da sprach Gott sèlbst zu ihm

ist nach unserer heutigen Betonung tadellos; dagegen die Zeilen

Mancher bringt es hoch hinauf und büßt die Sünde nicht;
Erschlagen wird mich,   wer auf meinem Weg mich findet

sind Stabreimverse bloß fürs Auge. Die Stabsilben müssen als Pflöcke dienen, die das Netz der Verse tragen und emporhalten. Darum ist das erste Gebot, nur kräftige Anlaute — Silben mit natürlichem sprachlichem Nachdruck — staben zu lassen. Die andern Regeln dürften schon eher zu kurz kommen, doch ist der vorliegende Versuch, bis auf etwa ein Dutzend Verse, auch ihnen gefolgt.

Hier eine kleine Auswahl von Halbzeilen, die unserer jambischen Gewöhnung recht handgreiflich widerstreben: man bringe sich ihren zweitaktigen Gang ins Ohr — bald wird man keine helfenden Akzente mehr brauchen, denn dieses aus dem Geist der germanischen Sprachen geborene Versmaß ist keine Künstelei: seine Rhythmen schlummern in den Sätzen germanischer Zunge, und um sie zu wecken, darf man nur den Sinn mit lebhaftem Nachdruck aussprechen. Der Takt, das eigentlich Vershafte, kommt dann wie von selbst.

Wir haben den Zórn Góttes;
Da ging er hín, Háß im Sinne;
Daß er seines Brúders Tóter ward;
Willst du ihnen dann den Tód erlássen;
Das blühende, an ihrer Brúst;
Únstet doch sollst du und geächtet;
Die Tréue zu deinem vertráuenden Herzen.

HELIAND

Eingang

Manche waren,   die ihr Gemüt dazu trieb,
Daß sie Gottes Wort   beginnen wollten,
Das Geheimnis zu enthüllen,   das der heilige Christ
Hier unter Menschen   herrlich vollendete
Mit Worten und Werken.   Uns wollten viel weiser
Leute Kinder loben   die Lehre Christs,
Des Herren heilig Wort,   und mit Händen schreiben
Offenbar in ein Buch,   wie seinen Geboten
Die Völker folgen sollten.   Doch viere nur fanden sich
Unter der Menge,   die Macht von Gott hatten,
Hilfe vom Himmel,   heiligen Geist
Und Kraft von Christ.   Sie kor er dazu
Von allen allein,   das Evangelium
In ein Buch zu bringen,   die Gebote Gottes,
Das heilige Himmelswort.   Das hatten nicht andre noch
Aus dem Volke zu fördern,   da nur diese viere
Durch die Kraft Gottes   dazu gekoren wurden.
Matthäus und Markus   hießen die Männer,
Lukas und Johannes: sie waren Gott lieb
Und des Werkes würdig: der waltende Gott
Hatt' ihren Herzen   heiligen Geist
Fest anbefohlen   und frommen Sinn,
Weise Worte verliehen   und großes Wissen,
Daß sie erheben möchten   mit heiligen Stimmen
Die gute Gotteskunde,   die ihr Gleichnis nicht hat
In Worten dieser Welt,   die so den waltenden
Herrscher verherrlichten,   und heillose Tat,
Frevelwerk fällten   und dem tückischen Feind
Im Streit widerstünden;   denn starken Sinn hatte,
Milden und guten,   welcher der Meister war,
Der edle Urheber,   der allmächtige.
Sie viere sollten   mit Fingern schreiben,
Setzen und singen   und gründlich sagen,

Was sie von Christi   Kraft, der großen,
Gesehen und gehört,   das er selber gesprochen,
Gewirkt und gewiesen,   des Wunderbaren viel
Vor den Menschen und mancherlei,   der mächtige Herr.
Was von Anbeginn   durch seine einige Kraft
Der Waltende sprach,   da er die Welt erschuf,
Und da alles befing   mit einem Wort,
Himmel und Erde   und alles, was darin
Gewirkt war und gewachsen: das ward mit Gottes Wort
All fest befangen   und zuvorbestimmt,
Welcher Leute Volk   des Landes sollte
Am weitesten walten,   und wie die Welt dereinst
Ihre Alter enden sollte.   Deren eins nur stand
Noch bevor den Völkern: fünfe waren hin;
Das sechste sollte   nun seliglich kommen
Durch die Kraft Gottes   und Christi Geburt,
Des besten Heilands,   daß sein heilger Geist
In dieser Mittelwelt   den Menschen helfe
Und vielen fromme   wider der Feinde Drang,
Böser Geister Zauber.

                    Zu der Zeit lieh Gott
Den Römerleuten   der Reiche größtes:
Er hatt' ihrem Heergeleit   das Herz gestärkt,
Daß sie Zins zu zahlen   alle Völker zwangen.
Von Romburg aus hatten sie   das Reich gewonnen,
Den Helm auf dem Haupte.   Ihre Herzoge saßen
In jeglichem Lande,   der Leute gewaltend
Über alle Reiche.   Herodes war
In Jerusalem   über der Juden Volk
Zum König gekoren: der Kaiser von Rom
Hatt' ihn dahin,   der mächtige Herrscher,
Mit dem Gesinde gesetzt,   obwohl nicht gesippt
Israels Abkommen,   noch durch edle Geburt
Ihrem Geschlecht entstammt: nur des Kaisers Bestimmung
Von Romburg hatt' ihm   das Reich verliehen,
Daß ihm gehorchten   die Heldengeschlechter,
Die kraftkundigen   Nachkommen Israels,

Unwankende Freunde,   dieweil da waltete
Herodes, des Reiches   und Gerichtes pflegend
Über die Leute.

ZACHARIAS UND ELISABETH

Nun war da ein alter Mann
Ein vielerfahrener   mit frommweisem Sinn,
Der war von den Leuten   aus Levis Stamm,
Des Sohnes Jakobs,   von gutem Geschlecht.
Zacharias geheißen   war der selige Mann,
Der gerne jederzeit   diente Gott dem Herrn
Und seinen Willen wirkte.   So tat auch sein Weib,
Die alternde Frau;   kein Erbwart sollte
In ihrer Jugend   ihnen gegeben werden.
Doch lebten sie lasterlos   und lobten Gott,
Den Gehorsam haltend   dem Himmelskönig,
Dessen Ruhm sie verherrlichten,   und ruchlose Tat,
Schuld und Sünde, mieden.   Sorge befing sie zwar,
Daß sie ohne Erben   altern sollten,
Der Kinder bar verblieben.
Er sollte Gottes Gebot
In Jerusalem tun: wenn die Reih' ihn traf
Und die heiligen Zeiten   dazu ermahnten,
So sollt' er im Weihtum   des Waltenden Opfer,
Das heilige, halten,   des Himmelskönigs,
In Gottes Jüngerschaft: eifrig begehrt' er,
Daß er es frommen Sinns   vollbringen möchte.

ZACHARIAS IM TEMPEL

Nun war die Zeit gekommen,   die bezeichnet hatten
Wohlweise Männer,   daß Gottes Weihtum
Zacharias versähe.   Da sammelte die Menge
Zu Jerusalem sich   der Judenleute
In weiter Weihestatt,   wo sie den Waltenden
Dienstlich bitten   sollten in Demut,

Den Herrn, seiner Huld,   daß der Himmelskönig
Des Leids sie erließe.   Die Leute stunden
Um das heilige Haus.   Der Gehehrte ging
Ein in das Innerste: doch außen um den Tempel
Harrten die andern   all der Hebräer,
Bis der Vielerfahrne   gefördert hätte
Des Waltenden Willen.   Wie da den Weihrauch trug
Der Alte durch das Haus,   um den Altar gehend
Mit dem Rauchgeräte,   dem reichen Gott zu dienen
(Fromm vollführt' er   das frone Werk
In Gottes Jüngerschaft   eifrig und gern
Und mit lauterm Herzen,   wie man dem Herren soll
Gerne dienen),   ein Grauen kam ihm da,
Ein Schrecken im Tempel: er sah einen Engel
Gottes am Weihort,   der wandte das Wort an ihn,
Hieß den Vielerfahrnen   nicht furchtsam sein,
Vertrauen sollt' er.   „Dein Tun ist," sprach er,
„Dem Waltenden wert   und deine Worte,
Zu Dank ihm dein Dienst,   da du andächtig bist
Zu des Einigen Kraft.   Sein Engel bin ich,
Gabriel geheißen,   der vor Gott immer steht,
Des Allwaltenden Antlitz,   wenn sein Auftrag mich nicht
In die Welt will senden.   Nun schickt er mich dieses Wegs,
Dir zu verkünden,   daß dir ein Knabe soll
Von deinem würdigen Weibe   geboren werden
An diese Welt,   ein wortbegabter.
Der soll im Leben   nicht Lautertrank trinken,
Noch des würzigen Weins: so ward das Geschick
Ihm vom Schöpfer gemessen   und der Macht Gottes.
Auch soll ich dir sagen,   er werd' ein Gesinde sein
Des Himmelskönigs.   Drum haltet ihn wohl,
Erzieht ihn zärtlich: der Zierde viel
In Gottes Reiche   will er ihm geben."
Auch sprach er noch,   den Namen Johannes
Sollte haben der Sohn: „So solltet ihr heißen
Das Kind, wenn es käme: denn Christs Gefährte
Würd' es einst werden   in dieser Welt,

Seines eigenen Sohns," und sprach, daß sie schleunig
Hierher auf seine Botschaft   beide kämen.

   Da hub Zacharias an   und sprach zu dem hehren
Gottesengel;   er begann sich der Dinge
Zu wundern, der Worte.   „Wie wär das möglich
Mit uns im Alter?   Es ist uns allzuspät
Zu solchem Gewinne,   wie deine Worte lauten.
Wir zählten beide   nur zwanzig Winter
Unseres Alters,   als ich das Weib mir nahm;
Zusammen nun sind wir   siebenzig Winter
Bank= und Bettgenossen,   seit ich zur Braut sie erkor.
Solange wir jung waren,   erlangten wir es nicht,
Daß uns ein Erbwart   zu eigen würde,
Neben uns zu nähren: nun wir bei Jahren sind,
Bracht' uns das Alter   um alle Tatkraft,
Ist das Gesicht uns schwach,   säumig der Gang,
Das Fleisch entfallen,   voll Falten die Haut,
Unser Wuchs geschwunden   und welk der Leib,
Ist unser Aussehn   viel übler als vordem,
Mut und Macht geringer,   als wir so manchen Tag
Waren in dieser Welt.   Drum dünkt es mich Wunder,
Wie das nach deinen Worten   werden möge."

   Da härmt' es im Herzen   den Himmelsboten,
Daß er seiner Werbung   so sich wunderte
Und des nicht gedachte,   daß ihn der heil'ge Gott
So alljung mochte,   wie voreinst er war,
Wiederum wandeln,   wenn er nur wollte.
Zur Strafe beschied er ihm,   daß er kein Wort mehr sprechen,
Mit dem Munde melden   mochte, „bevor dir
Dein altes Ehgemahl   den Erben brachte
Kindjung geboren   von guter Gestalt
Wonnig zu dieser Welt: dann sprichst du wieder,
Hast der Stimme Gewalt,   darfst nicht mehr stumm sein
Ferner wie zuvor."   Das erfüllte sich sofort
Und wurde Wahrheit,   wie es am Weihort sprach
Des Allwaltenden Engel.   Der alte Mann ward

Der Sprache beraubt,   obwohl er spähen Sinn
Noch barg in der Brust.

                   Bis an den Abend
Hielt vor dem Heiligtum   die harrende Menge,
Verwundert, warum doch   der würdige Mann,
Der vielerfahrne,   so lang' am Fronaltar
Das Opfer verziehe,   wie kein andrer getan,
Wenn er im Weihtum   des Waltenden Dienst
Versehen sollte.   Da schritt der Erfahrene
Daher aus dem Heiligtum.   Die Helden drängten sich
Mächtig näher: ihre Neugier war groß,
Was er wohl Sicheres   sagen würde
Und Wahres weisen.   Doch kein Wort mocht' er sprechen,
Den Leuten berichten;   nur mit der rechten Hand
Winkt' er der Menge,   daß sie des Waltenden
Lehre leisteten.   Die Leute dachten wohl,
Er habe ganz gewiß   irgendeine göttliche
Erscheinung gesehen,   könn' er es auch nicht sagen
Noch weisen in Wahrheit.   Da hatt' er des Waltenden
Opfer verrichtet,   wie ihm der Reihe nach
Das Amt geordnet war.

JOHANNES' GEBURT

                   Gottes Macht ward nun offenbar,
Seine große Kraft.   Die Gattin ward gesegnet,
Die alternde Ehfrau.   Ein Erbwart sollt' ihm,
Gar ein göttlicher,   gegeben werden,
Ein Sohn in die Säle.   Die Entscheidung noch
Erwartete das Weib;   der Winter schritt fort,
Das Jahr ergänzte sich.   Johannes kam
An der Leute Licht.   Der Leib war ihm schön,
Glänzend die Haut,   Haare und Nägel,
Und wonnig die Wangen.   Da kamen werte Männer
Zusammen, sinnige,   an Sippe die nächsten,
Sehr erstaunt,   wie es geschehen konnte,
Daß von zwei so Alten   erzeugt mochte werden
Und geboren ein Kind,   wenn es Gottes Gebot

Nicht selber sei;   auch sahen sie wohl,
Daß es anders so wonnig   nicht werden konnte.
   Da fragt' ein Erfahrener,   der vieles verstand,
Weise von Wort   und witzig von Sinn,
Genau fragt' er nach,   wie sie nennen das Kind
Wollten in dieser Welt.   „An seiner Weise dünkt mich,
Seiner Gebärde dabei,   es ist besser als wir.
Drum glaub ich gänzlich,   daß es Gott vom Himmel
Uns selber sandte."   Schleunig begann da
Des Kindes Mutter,   die den Knaben hielt,
Den Gebornen, am Busen: „Uns kam Gottes Gebot
Vorigen Jahres: zuvörderst gebot er uns,
Daß er Johannes   heißen sollte
Nach Gottes Anordnung,   was ich aus eignem Sinn
Nicht zu ändern wage,   wenn ich entscheiden soll."
   Da begann ein Übermütiger,   der ihr verwandt war:
„Also hieß nie einer   der Edelgebornen
Unsres Stamms und Geschlechts: ersehn wir einen andern
Genehmern Namen,   daß er ihn nehme, wenn er darf."
Da sprach der Weise wieder,   der wohl zu reden wußte:
„Das rat' ich nimmer   der Recken einem,
Daß er Gottes Wort   zu wenden sinne;
Sondern fragen wir den Vater,   den erfahrenen Mann,
Der da sitzt in seinem Saal.   Mag er gleich nicht sprechen,
Doch mag er mit Buchstaben   ein Blatt bezeichnen
Und den Namen schreiben."   Da ging er näher,
Legt' ihm ein Blatt in den Schoß   und bat inständig,
Mit einem Worte   seinen Willen zu bezeichnen,
Wie das heilige Kind   heißen sollte.
Er nahm das Blatt in die Hand   und dacht' im Herzen
Inniglich an Gott: den Namen Johannes
Schrieb er weislich   und sprach auch das Wort
Klar und verständlich,   hatte der Sprache Gewalt
Wiedererworben.   Hinweg war die Strafe,
Die harte Harmbescherung,   die ihm der heilige Gott,
Der mächtige, zugemessen,   daß er in seinem Gemüt
Gottes nicht mehr vergäße,   wenn er ihm seinen Jünger sendete.

MARIÄ VERKÜNDIGUNG

Unlange währt' es noch,   bis alles geleistet war,
Was so manches Mal   der allmächtige Gott
Versprochen hatte   dem Geschlecht der Menschen,
Daß er sein himmlisch Kind   hieher in die Welt,
Den eigenen Sohn,   zu senden gedächte,
Alle Geschlechter der Leute   hier zu erlösen,
Die Welt vom Wehe.   Da geschah, daß sein Weisbote
Nach Galiläa,   Gabriel, kam,
Des Allwaltenden Engel,   wo er die Edle wußte,
Die minnigliche Magd,   Maria geheißen,
Eine züchtige Jungfrau.   Ihr hatt' ein Jüngling sich,
Joseph, vermählt,   ein Mann aus gutem Haus,
Der Tochter Davids.   Ein teures Weib war
Die edle Verlobte.   Als der Engel Gottes
Sie nun in Nazareth   mit Namen selber
Gegenwärtig grüßte   nach Gottes Geheiß:
„Heil dir, Maria," hub er an,   „du bist dem Herren lieb,
Dem Waltenden wert,   weil du Weisheit hast,
Gnadenreiche Jungfrau.   Du wirst von Gott
Vor allen Weibern geweiht: wende dich nicht ab verzagt,
Für dein Leben bange,   dir bringt mein Kommen nicht Gefahr
Noch heimlichen Trug: du sollst unsers Herrn
Mutter sein bei den Menschen,   des Mächtigen Sohn gebären,
Des hohen Himmelskönigs.   Heiland soll er heißen
Der Erde Söhnen.   Kein Ende kommt
Des weiten Reiches,   des er walten soll,
Der mächtige Fürst."   Die Magd erwiderte
Dem Engel Gottes,   aller Jungfraun schönste,
Die holdseligste Frau: „Wie mag das geschehen,
Daß ich ein Kind gebäre,   da kein Mann mir kund ward
Noch all mein Leben?"   Da hielt die Antwort bereit
Des Allwaltenden Engel,   ihr zu erwidern:
„In dich soll der heilige Geist   von des Himmels Au
Durch Gotteskraft kommen,   daß ein Kind dir geboren
Wird zu dieser Welt.   Des Waltenden Kraft

Soll dich vom höchsten   Himmelskönig
Scheinend überschatten.   Nie ward schönre Geburt,
Glorreichere auf Erden: sie kommt durch Gottes Macht
In diese weite Welt."   Da ward des Weibes Sinn
Durch Gabriels Botschaft   gänzlich geworben
In Gottes Willen.   „Dann bin ich willig," sprach sie,
„Zu solchem Dienstgeschäft,   des er mich würdigen will.
Sieh, ich bin Gottes Magd,   gänzlich vertrau ich dir:
Nach deinen Worten werde mir,   wie es der Wille ist
Meines Herren.   Mein Herz weiß von Zweifel nichts,
Nicht Wort noch Weise."
                           So empfing das Weib
Die Gottesbotschaft   gern und willig,
Mit lichtem Sinn   und mit lauterer Treue,
In gutem Glauben.   Da ward der heilige Geist,
Das Kind, in ihrem Schoß,   sie erkannt es in der Brust
Und versann sich sein   und sagte wem sie wollte,
Daß sie gesegnet habe   des Allerschaffers Macht,
Die heilige, vom Himmel.

JOSEPHS TRAUMGESICHT

                    Im Herzen Josephs
War nun trüber Mut,   der die Magd zuvor,
Die verlobte Jungfrau   von erlauchtem Geschlecht,
Sich zur Braut gewonnen.   Er gewahrte sie gesegnet
Und träumte sich nicht,   daß die Getreue doch
Ihre Weibheit bewahrt.   Noch wußt' er des Waltenden
Frohe Botschaft nicht,   und wollte die Braut
In sein Haus nicht holen: im Herzen erwog er,
Wie er sie verließe,   daß ihr kein Leid geschähe
Noch Drangsal davon.   Er gedacht' es nicht,
Der Menge zu melden,   weil die Menschen nicht
Ihr das Leben ließen.   Denn der Leute Brauch war
Nach altem Gesetz   des ebräischen Volks,
Wem mit der Heimgeholten   das Unrecht ins Haus kam,
Dem büßte die Frau   das befleckte Bette

Mit Blut und Leben.   Sie litten die Beſte nicht,
Daß ſie bei den Leuten länger   leben durfte,
Inmitten der Menge.   Da mußte der weiſe,
Der gute Mann wohl   in ſeinem Mute Joſeph
Der Dinge gedenken,   wie er doch die Magd
Mit Liſten verließe.

         Nicht lange, ſo geſchah es,
Daß im Schlaf ihm erſchien   des Erſchaffers Engel,
Des Himmelskönigs Bote,   daß er ſie heilig hielte
In minnendem Mute: „Sei Marien nicht abhold,
Deiner Anverlobten,   denn ehrbar iſt ſie.
Verſchmäh' ſie nicht ſo ſehr;   du ſollſt ſie pflegen
Und würdig warten.   Bewahrt euch eure Treue
Hinfort wie zuvor   und eure Freundſchaft,
Verlaß ſie nicht, noch ſei dir leid,   daß ihr reiner Leib
Mit dem Kinde geht,   es kommt durch Gottes Gebot,
Des heiligen Geiſtes   von der Himmelsau:
Es iſt Jeſus Chriſt,   Gottes eigen Kind,
Des Waltenden Sohn: drum ſollſt du ſie wohl
Halten und heilig.   Laß dein Herz nicht zweifeln,
Dein Gemüt nicht irren."

         Da ward des Mannes Sinn
Gewendet nach den Worten,   daß er wieder gewann
Minne zu der Magd   und Gottes Macht erkannte,
Des Waltenden Willen.   Da ward der Wunſch ihm groß,
Sie hochheilig   zu hatten immerdar,
Vor dem Geſind' ſie verſorgend.   Und ſie trug ſäuberlich,
Um des Herren Huld,   den heiligen Geiſt,
Den göttlichen Sohn,   bis Gottes Schickung
Sie mächtig mahnte,   daß ſie an der Menſchen Licht
Der Gebornen beſten   nun bringen ſollte.

CHRISTI GEBURT

   Da brachte man von Rom aus   des mächtigen Manns
Über all dies Erdenvolk,   Octavians,
Bann und Botſchaft: über ſein breites Reich

Kam es von dem Kaiser   an die Könige all,
Die daheim saßen,   soweit seine Herzoge
Über all den Landen   der Leute gewalteten.
Die Ausheimischen hieß er   die Heimat suchen,
Ihre Mahlstatt die Männer,   daß männiglich vor dem Fron=
                                boten
Bei dem Stamme stünde,   von dem er stammte,
In der Burg seiner Geburt.   Das Gebot ward geleistet
Über die weite Welt: die Leute wanderten
Jedes zu seiner Burg.   Die Boten fuhren hin,
Die von dem Kaiser   gekommen waren,
Schriftverständige Männer,   und schrieben in Rollen ein
Genau nachforschend   die Namen alle
Des Lands und der Leute,   und keinem erließen sie
Den Zins und den Zoll,   den sie zahlen sollten
Männiglich von seinem Haupt.
                        Da schied mit den Hausgenossen
Auch Joseph der gute,   wie Gott der mächtige,
Der Waltende wollte,   sein wonnig Heim zu suchen,
Die Burg in Bethlehem,   wo beider war,
Des Mannes Mahlhof   und der Jungfrau zumal,
Maria der guten.   Da war des Mächtigen Stuhl
In alten Tagen,   des Edelkönigs,
Davids des hehren,   solang' er die Herrschaft durfte
Unter den Ebräern   zu eigen haben
Und den Hochsitz behaupten.   Seines Hauses waren sie,
Seinem Stamm entsprossen,   aus gutem Geschlecht
Beide geboren.   Da hört' ich, daß der Schickung Gebot
Marien mahnte   und die Macht Gottes,
Daß ihr ein Sohn da sollte   beschert werden,
In Bethlehem geboren,   der Geborenen stärkster,
Aller Könige kräftigster.   Da kam an der Menschen Licht
Der mächtige Held,   wie schon manchen Tag
Davon der Bilder viel   und der Zeichen geboten
Waren in dieser Welt.   Da ward das alles wahr,
Was spähende Männer   vordem gesprochen,
Wie er in Niedrigkeit   hernieder auf Erden

Durch seine einige Kraft   zu kommen gedächte,
Der Menschen Mundherr.   Da ihn die Mutter nahm,
Mit Gewand bewand ihn   der Weiber Schönste,
Zierlichen Zeugen,   und mit den zweien Händen
Legte sie liebreich   den lieben kleinen Mann,
Das Kind, in eine Krippe,   das doch Gottes Kraft besaß,
Der Menschen mächtigster.   Die Mutter saß davor,
Die wachende Frau,   und wartete selber
Und hütete das heilige Kind.   In ihr Herz kam Zweifel nicht,
In der Magd Gemüt.

ANBETUNG DER HIRTEN

              Da ward es manchem kund
Über die weite Welt.   Wächter erst erfuhrens,
Die bei den Pferden   im Freien waren,
Hütende Hirten,   die bei den Rossen hielten
Und dem Vieh auf dem Felde.   Die sahn, wie die Finsternis
In der Luft sich zerließ   und das Licht Gottes brach
Wonnig durch die Wolken,   die Wärter dort
Im Felde besangend.   Da fürchteten sich
In ihrem Mut die Männer.   Sie sahen den mächtigen
Gottesengel kommen,   und gegen sie gewandt
Befahl er den Feldhirten: „Fürchtet nicht für euch
Ein Leid von dem Lichte!   Liebes,“ sprach er, „soll ich
Euch in Wahrheit sagen   und sehr Erwünschtes
Künden, von mächt'ger Kraft: Christ ist geboren
In dieser selben Nacht,   der selige Gottessohn,
Hier in Davids Burg,   der Herr der gute.
Des mag sich freuen   das Menschengeschlecht;
Es frommt allen Völkern.   Dort mögt ihr ihn finden
In der Bethlehemsburg,   der Gebornen Mächtigsten.
Zum Zeichen habt euch das,   was ich erzählen mag
Mit wahren Worten,   daß er bewunden liegt,
Das Kind, in einer Krippe,   ob ein König über alles,
Über Erd und Himmel   und der Erde Kinder,
Der Walter dieser Welt.“   Wie er das Wort noch sprach,

So kam zu dem einen   der Engel Unzahl,
Eine heilige Heerschar   von der Himmelsau,
Ein fröhlich Volk Gottes.   Viel sprachen sie,
Manches Lobwort   dem Herrn der Lebenden,
Erhoben heiligen Sang   und schwebten zur Himmelsau
Dann wieder durch die Wolken.   Die Wärter hörten,
Wie der Engel Schar   den allmächtigen
Gott mit wahrhaften   Worten priesen:
„Lob sei," lautete   das Lied, „dem Herrn
Hoch im höchsten   Reiche der Himmel
Und Friede auf Erden   den Völkern allen,
Den gutwilligen,   die Gott erkennen
Mit lauterm Herzen."
                    Die Hirten verstanden wohl,
Wes sie die Meldung,   die himmlische, mahnte,
Die fröhliche Botschaft.   Gen Bethlehem kamen sie
Bei der Nacht gelaufen: ihr Verlangen war groß,
Dort selber zu schaun   den erschienenen Christ.
Sie hatte der Engel   wohl unterwiesen
Mit lichthellen Zeichen,   zweifellosen:
So konnten sie wohl kommen   zu dem Kinde Gottes.
Da fanden sie sofort   den Fürsten der Völker,
Der Leute Herrn.   Da lobten sie Gott,
Den Waltenden, weithin   nach der Wahrheit kündend
In der Bethlehemsburg,   welch Bild ihnen war
Her von der Himmelsau   heilig erschienen,
Fröhlich auf dem Felde.   Die Frau behielt
Das alles im Herzen,   die heilige Jungfrau,
Im Gemüte die Magd,   was die Männer sprachen.
Da erzog ihn in Züchten   die zierste der Frauen,
Die Mutter, in Minne,   den Gebieter der Menschen,
Das heilige Himmelskind.   Helden besprachen sich
Am achten Tage,   der Edeln manche,
Gutmeinende,   mit der Gottesdienerin,
Daß er Heiland zum Namen   haben sollte,
Wie der Gottesengel   Gabriel befahl
Mit wahren Worten   und dem Weibe gebot,

Der Gesandte des Herrn,   da sie den Sohn empfing
Wonnig zu dieser Welt.   Ihr Wille war stark,
Daß sie ihn so heilig   halten wollte:
Da willfahrte sie dem gern.

SIMEON UND ANNA

                    Das Jahr schritt fürder,
Bis das Friedenskind Gottes   vierzig zählte
Der Tag' und Nächte.   Zu tun lag da ob,
Dort zu Jerusalem   ihn darzubringen
In des Waltenden Weihtum.   Denn ihre Weise war,
Der Leute Landbrauch,   nicht lassen durft' es
Der Ebräerinnen eine,   wenn zuerst ihr ward
Ein Sohn geboren,   alsbald ihn dort
Im Hause Gottes   dem Herrn darzubieten.
Da gingen die Guten,   Joseph und Maria,
Von Bethlehem beide   mit dem Neugebornen,
Dem heiligen Christ,   das Gotteshaus zu suchen
In Jerusalem,   die Schuld zu entrichten
Dem Waltenden im Weihtum,   der Weise gemäß
Des Judenvolkes.   Sie fanden einen guten Mann,
Gar alten beim Altar   und edelgebornen.
Er hatt' im Weihtum   soviel Winter und Sommer
Gelebt im Lichte   und Gott gelobt
Mit lauterm Herzen,   hatte heiligen Geist
Und seligen Sinn;   Simeon hieß er.
Ihm hatte geweissagt   des Waltenden Kraft
Vorlängst, nicht lassen   sollt' er des Lebens Licht,
Von der Welt sich nicht wenden,   eh' der Wunsch ihm erfüllt sei,
Den Christ selber   mit Augen zu sehen,
Den heiligen Himmelskönig.   Da ward ihm das Herz hoch=
Freudig in der Brust,   als er den Gebornen bringen
Gewahrte ins Weihtum.   Dem Waltenden dankt' er,
Dem allmächt'gen Gotte,   daß sein Aug' ihn ersah.
Er ging ihm entgegen,   begierig umfing ihn
Der Alte mit Armen   und erkannte sie all,

Die Zeichen und Bilder,   und dazu das Gotteskind,
Den heiligen Himmelskönig.   Da sprach er: „O Herr,
Nun bät' ich dich gerne,   da ich ein Greis bin,
Daß du deinen holden Knecht   hingehen ließest,
In deinen Frieden fahren,   wie meine Vordern taten,
Von dieser Welt hinweg,   da mir mein Wunsch erfüllt ist
Am liebsten der Tage,   daß ich meinen Trost ersah,
Den holden Herren,   der mir verheißen war
So lange Zeit.   Du bist ein mächtig Licht
Allen fremden Völkern,   die zuvor des Allwaltenden
Kraft nicht erkannten!   So ist deine Kunst
Zum Gericht und zum Heil,   mein Herr und Gott,
Isra.ls Abkommen,   deinem eigenen Volke,
Deinen lieben Leuten."   Erläuternd sprach dann
Beim Altar der Alte   zu der edlen Jungfrau,
Sagt' ihr für sicher,   ihr Sohn sollte
Der Menschen manchen   auf diesem Mittelkreis
Den einen zum Fall sein,   den andern zum Trost:
Den Leuten zur Liebe,   die seine Lehre hörten,
Und denen zum Harme,   die nicht hören wollten
Christi Lehre.   „Kummer noch empfindest du,
Harm in deinem Herzen,   wenn sie dein holdes Kind
Mit Waffen verwunden: das wird ein Werk dir sein
Schwer zu verschmerzen."   Wohl verstand die Getreue
Des weisen Mannes Worte.
                              Auch ein Weib kam gegangen,
Ein altes, in das Heiligtum,   Anna geheißen,
Die Tochter Phanuels;   sie hatte freudig dem Herrn
Zu Dank gedient,   die Ehre bedenkend.
Nach dem Magdtum mußte sie,   seit sie dem Manne ward
Ehlich anvermählt,   die edle Frau,
Mit dem Gemahle   vieler Mühen walten
Sieben Sommer lang.   Dann versehrte sie Kummer,
Da des Messenden Macht   die Vermählten schied,
Ein widrig Geschick.   Witwe war sie dann
Im Friedenstempel   bis zum vierundachtzigsten Jahr
Ihrer Lebenszeit   und verließ den Tempel nicht,

Dem Herrn getreulich   bei Tag und Nacht,
Ihrem Gotte, dienend.   Die kam gegangen
In derselbigen Zeit,   und sieh, sie erkannte gleich
Das heilige Gotteskind   und kündete den Helden,
Dem Volk am Fronaltar   die fröhliche Botschaft:
„Genaht ist euch nun   aus der Not Errettung,
Des Himmelskönigs Hilfe.   Der heilige Christ,
Der Waltende selber   kam in dies Weihtum,
Die Leute zu erlösen,   die nun lange harrten
In diesem Mittelkreis,   so manches Jahr,
Bedrängt und bedürftig.   Der Dinge nun
Mögen sich freuen   der Menschen Geschlechter!"
Das Volk im Weihtum jauchzte,   da es die Freudenmäre
Von Gott hörte sagen.

                   Die Schuld geleistet hatte
Nun die Jungfrau im Heiligtum,   wie es hieß im Gesetz,
Und in der blinkenden Burg   die Bücher wiesen,
Der Heiligen Handschrift.   Nach Hause gingen da
Von Jerusalem   Joseph und Maria,
Die hehren Hausgenossen;   sie hatten den Himmelskönig
Stets zur Gesellschaft,   den Sohn Gottes,
Der Menschen Mundherrn.

DIE WEISEN AUS MORGENLAND

               Die Mär erscholl
In der Welt nicht weiter,   als sein Wille ging,
Des Himmelsherrn Gedanke.   Ob heilige Männer schon
Den Christ erkannten,   doch ward es am Königshof
Nicht den Mannen gemeldet,   die im Gemüte
Ihm Huld nicht hegten.   Verhohlen blieb es ihnen
Mit Worten und Werken,   bis westwärts von Osten her
Hochbegabte   gegangen kamen,
Schneller Degen   drei zu dem Volke
Auf langem Wege   über das Land dahin.
Sie folgten glänzendem Zeichen   und suchten Gottes Kind
Mit lauterm Herzen,   hinzuknien vor ihm,

Seine Jüngerschaft bekennend. Sie trieb Gottes Kraft
Dahin, wo sie Herodes, den Herrscher, sanden
In seinem Saale sitzen, auf Arges sinnend,
Hochmütig bei den Mannen, den mordgier'gen Mann.
Sie grüßten ihn höflich, wie dem Herrscher gebührte,
In seinem Saal nach Sitte. Da fragt' er sie schnell,
Welche Absicht sie nach außen brächte,
Die Wege zu wandern. „Führt ihr gewunden Gold
Zur Gabe dem Gönner, zu dem ihr gegangen kommt,
Gefahren zu Fuße? Von ferne kommt ihr doch,
Andrer Völker Fürsten: denn vornehm scheint ihr geboren,
Gutem Stamm entsprossen; nie kamen uns noch solche
Boten von andern Völkern, seit ich hier gewalte
Dieses weiten Reichs. Drum sagt mir in Wahrheit
Vor diesen Leuten, warum ihr zu diesem Lande kamt."
    Da gaben ihm zur Antwort die östlichen Männer,
Weise von Worten: „Der Wahrheit nach mögen wir
Unser Gewerbe , dir wohl berichten,
Frei bekennen, warum wir gefahren kommen
Von Osten der Erde. Edle lebten einst,
Seligsprechende, die uns Segen viel,
Hilfe verhießen vom Himmelskönig
Mit wahren Worten. Ein Wissender darunter,
Erfahren und weise, war in früher Zeit
Unser Ahn im Osten; kein andrer seitdem
War der Sprachen so kundig: er kannte Gottes Wort,
Denn verliehen hatt' ihm der Leute Herr,
Daß er von der Erde aufwärts vernahm
Des Waltenden Wort: drum war das Wissen groß
In des Degens Gedanken. Dann als er sollte
Diese Wohnungen räumen, der Verwandten Genossenschaft,
Der Leute Traum verlassen, andres Licht zu suchen,
Und nun die Jünger sich näher gehen hieß,
Die Erbwarte und die Angehörigen,
Da sagt' er für sicher, was seither geschah
Und ward in dieser Welt. Ein weiser König,
Sagte der Seher, sollte kommen

Ruhmvoll und mächtig   zu diesem Mittelkreis,
Von bester Geburt,   aus Gott geboren:
Der werde walten   in dieser Welt
Bis zu ewigen Tagen   der Erd' und des Himmels.
Und am selben Tage,   wo ihn, den seligen,
An diesem Mittelkreis   die Mutter gebäre,
Da sollte scheinen,   sagt' er, von Osten her
Ein heller Himmelsstern,   wie wir hier nie sahen
Zwischen Erd' und Himmel,   noch irgend anderswo
Solch Kind, noch solch Zeichen.   Es zu verehren sollten dann
Dort aus dem Volke   drei Männer fahren:
Im Augenblick, da sie im Osten   aufsteigen sähen
Das Gotteszeichen,   sollten sie gegürtet sein,
Und wir ihm dann folgen,   wie es fürder ginge
Westlich über die Welt.   Das ist nun wahr geworden,
Durch Gottes Kraft gekommen.   Der König ist geboren
Stark und schön: wir sahn sein Zeichen scheinen
Hell unter den Himmelssternen.   wie der Herr uns selber,
Der Mächtige, melden ließ.   Jeden Morgen sahen wir
Des Sternes Strahlenglanz: wir folgten ihm stets
Auf waldigen Wegen;   unser Wunsch war nur,
Daß wir ihn selber sähen,   ihn zu suchen wüßten,
Den König, in diesem Kaisertum.   Nun künd' uns, wo das
                                        Kind entsproß."
   Da ward dem Herodes   inwendig der Brust
Das Herz voll Harm,   ihm wallte heiß der Mut,
Die Seele mit Sorgen,   da er sagen hörte,
Daß er ein Oberhaupt   sollt' über sich haben,
Einen kräftigern König,   von edler Abkunft,
Einen seligern unter dem Gesinde.   Versammeln hieß er da,
Was weiser Männer   wär' in Jerusalem,
Die klügsten und kundigsten   Kenner in Sprachen,
Die in der Brust auch bärgen   der heiligen Bücher
Wahrhaftes Wissen.   Zu diesen gewendet fragte
Nun aufs genauste   der neidherz'ge Mann,
Der König des Landes,   wo Christ geboren
Werden sollte   im Weltreiche,

Der beste Friedenswart. Der Frage antworteten
Die Weisen nach Wahrheit: sie wüßten, er werde
In Bethlem geboren: „so ist in den Büchern
Weislich verzeichnet, wie die Wahrsager
Durch Gottes Kraft, begabte Männer,
Hochweise Leute weiland sprachen,
In Bethlehem solle der Burgen Hirte,
Der liebe Landeswart ans Licht gelangen,
Der reiche Berater, der da richten soll
Über der Juden Volk und seine Gabe teilen
Mild über den Mittelkreis der Menge der Völker.“
    Nun erfuhr ich, daß sofort der falsche König
Der Wahrsager Worte den Wallern sagte,
Die dahin aus der Heimat als Herolde waren
So fernher gefahren. Er fragte sie dann,
Wann sie im Ostenland zuerst gesehen
Den Königsstern strahlen, die Standarte leuchten
So hell am Himmel. Nichts hehlen wollten sie,
Gaben redlich Bericht. Da hieß er sie reisen,
Bis sie alles aufgefunden, ihrem Auftrag gemäß,
Von des Kindes Kunst. Der König gebot auch
Und erheischt' es hart, der Herrscher der Juden,
Den weisen Männern, eh' sie von Westen führen,
Ihm kundzutun, wo er den König sollte
In seinem Sitze suchen: mit dem Gesinde dächt' er dann
Den Gebornen anzubeten. Alsbald ertöten wollt' er ihn
Mit der Waffen Schärfe. Aber der waltende Gott
Dachte anders zu dem Ding, und mochte mehr gedenken
Und leisten an diesem Licht: das blieb noch lang ersichtlich,
Gottes Kraft ward kund.
                    Strahlend klommen die Zeichen
Weiter zwischen Wolken. Die Weisen waren
Fertig zu ihrer Fahrt: da fuhren sie hin sofort,
Die Botschaft zu vollbringen, den Gebornen Gottes
Selber aufzusuchen. Des Gesindes war nicht mehr,
Die dreie nur; der Dinge wußten sie doch Bescheid,
Die gottbegabten Männer, die die Gaben brachten.

Weislich sahen sie wohl　unter der Wolken Wölbung
Auf zu dem hohen Himmel,　wie die hellen Sterne fuhren:
Da erkannten sie Gottes Zeichen,　die dem Christ zu Liebe waren
Dieser Welt gewirkt:　ihnen wanderten sie nach,
Folgten in Ehrfurcht.　Sie förderte der Mächtige
Weiter, bis sie gewahrten,　die wegmüden Männer,
Hell am Himmel　das hehre Gotteszeichen
Stille stehen.　Der Stern leuchtete
Hell über dem Hause,　wo das heilige Kind
Willig wohnte,　bewacht von der Jungfrau,
Die ihm demütig diente:　da ward der Degen Herz
Erquickt in ihrer Brust,　sie erkannten an dem Zeichen,
Daß sie das Friedenskind Gottes　gefunden hatten,
Den heiligen Himmelskönig.　Da in das Haus sie nun
Mit ihren Gaben gingen,　die Gäste von Osten,
Die fahrtmüden Fürsten,　sofort erkannten sie
Wohl den waltenden Christ.　Die Wanderer fielen
Vor ihm ins Kniegebet,　und in Königsweise
Grüßten sie den guten,　brachten die Gaben dar,
Gold und Weihrauch　nach den göttlichen Zeichen,
Und Myrrhen zumal.　Die Mannen standen bereit,
Hold vor ihrem Herren,　die mit Händen alles
Fröhlich empfingen.　Dann schieden die frommen
Recken zu ihrer Ruhe:　die reisemüden Männer
Gingen in den Gastsaal,　wo Gottes Engel
Den Schlafenden bei Nacht　ein Gesicht zeigte,
Ein Scheinbild im Schlummer,　wie es der Schöpfer selber,
Der Waltende, wollte,　als würd' ihnen geboten,
Daß sie auf anderm Wege　gen Osten führen,
Zu Lande gelangten　und zu dem leiden Mann,
Herodes, nicht wieder　zurücke kehrten,
Dem meinrät'gen König.　Da nun der Morgen kam
Wonnig zu dieser Welt,　begannen die Weisen sich
Ihre Gesichte zu sagen,　und erkannten selber
Des Waltenden Wort,　da sie Weisheit viel
Bargen in ihrer Brust.　Sie baten den Allwaltenden,
Den hehren Himmelskönig,　daß sie um seine Huld auch ferner

Seinen Willen dürsten wirken,   denn zu ihm gewandt sei Herz
Und Mut allmorgenlich.   Da fuhren die Männer hin,
Die Gesandten von Osten,   wie der Engel Gottes
Sie mit Worten gewiesen,   einen andern Weg nehmend
Und Gottes Lehre folgend.   Dem Judenkönig wollten
Von des Neugebornen Geburt   die Boten von Osten,
Die gangmüden Gäste,   gar nichts melden, und heim
Wenden nach eigenem Willen.

Die Flucht nach Ägypten

                              Nun war des Waltenden
Gottes Engel   zu Joseph gekommen
Und sagt' ihm im Schlummer,   im Schlafe bei Nacht,
Der Bote des Herren,   daß Gottes Gebornen
Der arggesinnte König   aufsuchen wolle,
„Ihn umzubringen.   Nun sollst du ihn in Ägyptens
Land entleiten,   und unter den Leuten dort
Mit dem Gotteskinde   und der guten Jungfrau
Weilen und wohnen,   bis das Wort dir kommt
Gott des Herren,   daß du das heilige Kind
Zu diesen Landen wieder   leiten dürfest,
Deinen Gebieter."   Alsbald aus dem Traum fuhr
Joseph im Gastsaal,   und Gottes Gebot
Sofort erkennend,   beschickt' er die Fahrt,
Der Junggesell mit der Jungfrau,   ein ander Volk jenseits
Der breiten Berge suchend,   den Gebornen Gottes
Den Feinden zu entführen.
                              Da erfuhr hierauf
Herodes, der König   in seinem Reiche dort,
Die Weisen wären schon   von Westen heimgekehrt,
Zu ihrem östlichen Erbe   andern Wegs gefahren.
So wußte er nun wohl,   sie wollten ihm die Kunde
An seinem Sitz nicht sagen.   Da sorgt' ihm die Seele,
Im mürrischen Mute   meint' er, sie täten es,
Die Helden, ihm zum Hohne.   Harmvoll saß er so,
Erbost er in der Brust   und sprach, er müsse bessern Rat

Hierüber erdenken: „Da ich sein Alter kenne,
Weiß seiner Winter Zahl,   so gewinn ich es leicht,
Daß er nicht alt wird   auf dieser Erde,
Hier unter dieser Herrschaft."
                        Da erließ ein hart Gebot
Herodes über sein Reich.   Seine Recken hieß er fahren,
Der König des Landes,   daß sie der Kinder so viel
Durch ihrer Hände Kraft   des Hauptes beraubten,
Als in der Burg zu Bethlehem   geboren worden
Und erzogen in zweien Jahren.   Nicht zögerte mit der Bluttat
Des Königs Gesinde.   Da sollte manch kindischer Mann
Sündenlos sterben.   Nie sah man spät noch früh
So jämmerlichen Untergang   des jungen Volks,
So klägliches Würgen.   Da wehklagten die Frauen:
Ihre Säuglinge sahen   die Mütter spießen
Und hatten keine Hilfe,   ob mit den Händen beiden
Sie auch ihr eigen Kind,   mit den Armen umfingen
Den lieben kleinen Liebling,   doch ließ er das Leben,
Der Sohn vor der Mutter.   Die Schandtat scheuten nicht
Die Schergen, noch die Strafe.   Mit der Schärfe der Waffen
Vollführten sie den Frevel.   So fielen vor ihnen
Junger Männer in Menge.   Die Mütter jammerten
Um der Kinder Qual.   Klage war in Bethlehem,
Hallendes Heulen.   Ob man ihre Herzen entzwei
Schnitte mit dem Schwerte,   ihnen möchte solcher Schmerz
In dieser Welt nicht werden,   den Weibern allzumal,
Den Frauen zu Bethlehem,   da sie vor sich die Söhne,
Die kindjungen, sahen   in Qualen verscheiden
Blutig an ihrer Brust.   Die Bluthunde mordeten
Die unschuldige Schar   und scheuten mitnichten,
Die Männer, vor Meintat,   wollten den Mächtigen selbst,
Den Christ, zu Tode quälen.
                        Doch die Kraft Gottes hatt' ihn
Nun der Wut schon entnommen,   da nachts hindann
Ihn die Männer geleiteten   nach dem Land der Ägypter,
Die guten mit Joseph   zu der grünen Au,
Der edelsten Erde,   wo eine Ache fließt,

Der mächtige Nilstrom   nordwärts zur See,
Der schönste der Flüsse,   wo das Friedenskind Gottes
Nun willig wohnte,   bis das Geschick hinwegnahm
Den König Herodes,   daß er die Kinder der Welt ließ,
Der Männer Traum.   Da sollte der Mark Gewalt
Sein Erbwart haben,   Archelaus geheißen,
Und der Helmträger   Herzog sein,
Um Jerusalem künftig   des Judenvolkes
Als König walten.
                 Da war das Wort gekommen
Dort in Ägypten   zu dem edeln Manne,
Das der Engel Gottes   zu Joseph sprach,
Der Herold des Herrn.   Er hieß ihn das Kind
Heimleiten zu Lande: „Dies Licht verließ nun
Herodes, der König,   der es wegräumen wollte,
Sein Leben gefährden.   In Frieden geleite nun
Das Kind zu den Euern,   da der König starb,
Der übermüt'ge Fürst."   All erkannte da Joseph
Die Gotteszeichen   und verzog nicht lange,
Der Degen mit der Jungfrau,   da sie von dannen wollten
Mit dem heiligen Kinde,   dem Ratschluß gehorchend
Und des Waltenden Willen,   wie sein Wort ihm gebot.

DER KNABE IM TEMPEL

Gen Galiläa schieden da   Joseph und Maria,
Die heiligen Hausgenossen   des Himmelskönigs,
Und blieben in Nazareth,   wo der Nothelfer Christ
Unter dem Volk erwuchs   und der Weisheit voll ward,
Denn Gottes Gunst war mit ihm.   Ihn sahen alle gern
Die Verwandten der Mutter.   Andern Männern ungleich
War der Jüngling in seiner Güte.
                           Da er der Jahre
Zwölfe nun zählte,   und die Zeit heran kam,
Da zu Jerusalem   die Judenleute
All ihrem Gotte   opfern wollten
Und seinen Willen wirken,   da war in dem Weihtum

Zu Jerusalem dort   der Juden versammelt
Eine mächtige Menge.   Da war Maria
Ihnen selber gesellt   mit ihrem Sohne,
Gottes eigenem Kind.   Als sie das Opfer hatten,
Das Volk im Tempel,   wie das Gesetz befahl,
Geleistet nach dem Landesbrauch,   die Leute gingen
Wieder nach ihrem Willen.   Doch im Weihtum verblieb
Der selige Sohn des Herrn,   obschon ihn die Mutter dort
Nicht weilen wußte: sie wähnte, er wäre
Mit den Freunden gefahren.   Da erfuhr sie nachher,
Erst am andern Tage,   die edelgeborene,
Die selige Jungfrau,   bei dem Gesinde sei er nicht.
Da war Marien   das Gemüt in Sorgen,
Voll Harm ihr Herz,   da sie das heilige Kind
Nicht fand bei dem Volke.   Viel wehklagte
Die Dienerin Gottes.   Sie gingen nach Jerusalem
Zurück, den Sohn zu suchen: da sahen sie ihn sitzen
Inwendig im Weihtum,   wo weise Männer,
Sehr scharfsinnige,   in Gottes Gesetz
Lasen und lernten,   wie sie Lob ihm sollten
Wirken mit Worten,   ihm, der die Welt erschuf.
Da saß in ihrer Mitte   das mächtige Gotteskind,
Christ, der allwaltende,   erkannten sie gleich ihn nicht,
Die des Weihtums dort   zu warten hatten.
Er fragte sie   beflissentlich
Mit weisen Worten;   es wunderte sie alle,
Wie ein so kindischer Mann   so kluge Reden
Meldete mit seinem Munde.   Die Mutter fand ihn
In der Gesellschaft sitzen,   und den Sohn begrüßend,
Den Weisen unter den Weisen,   wandte sie das Wort an ihn:
„Wie mochtest du der Mutter,   liebster der Menschen,
Solche Sorge fügen,   daß ich Schmerzhafte,
Armmütige,   dich aufsuchen mußte
Unter diesem Burggesind?"   Da versetzte der Sohn
Mit weisen Worten: „Wie? du weißt ja doch,
Mein Beruf ist dort,   wo ich von Rechts wegen soll
Willig wohnen: da, wo Gewalt hat

Mein mächtiger Vater." Die Männer verstanden nicht,
Die Weisen im Weihtum, warum er das Wort sprach,
Meldete mit dem Munde. Doch Maria behielt
Und barg in der Brust, was sie den Gebornen hörte sprechen
Mit weisen Worten.
                    Da wandten sich wieder
Von Jerusalem Joseph und Maria,
Ihm selber gesellt, dem Sohne des Herrn,
Dem Besten aller, die je geboren wurden
Einer Mutter auf Erden. Sie hatten Minne zu ihm
Aus lauterm Herzen, zumal er gehorsam war,
Er selber Gottes Sohn als Gesippter der Sippe,
Den Eltern beiden in aller Demut.
Noch wollt' er in der Kindheit nicht seine große Kraft
Den Menschen merken lassen, welche Macht er besaß,
Gewalt über diese Welt: er wartete willig
Dreißig Jahre demütig unterm Volke,
Eh' er irgend ein Zeichen zeigen wollte,
Dem Gesinde weisen, daß er selber wäre
In diesem Mittelkreis der Menschen Herr.
So hielt verhohlen das heilige Gotteskind
Wort und Weisheit und das höchste Wissen,
Sehr spähen Sinn. An seinem Gespräche ward man nicht,
An seinen Worten gewahr, daß er solch Wissen hatte,
Solche Gedanken. Demütig harrt' er
Glänzender Zeichen. Noch war ihm die Zeit nicht gekommen
Auf dieser Erde sich zu offenbaren,
Die Leute zu lehren, nicht vom Glauben zu lassen
Und Gottes Willen zu wirken. Wußten es auch manche
Der Leute im Lande, daß er an dies Licht war gekommen,
So konnten sie ihn kundlich doch nicht erkennen,
Eh' er es ihnen selber sagen wollte.

Johannes der Täufer

Nun war Johannes von Jugend auf
In einer Wüste erwachsen; da wohnte sonst niemand,

Da er allein dort   dem allwaltenden Gotte,
Der Degen, diente,   des Volks Gedränge meidend,
Der Menschen Gemeinschaft.   Da mahnt' ihn mächtig
In der wilden Wüste   das Wort vom Himmel,
Die hehre Stimme Gottes: sie gebot dem Johannes,
Daß er Christi Kunst   und seine große Kraft
Über diesen Mittelkreis   vermelden sollte,
Und hieß ihn mit wahren   Worten künden,
Das Himmelreich wäre   den Heldensöhnen,
In dieser Landschaft   den Leuten genaht,
Das wonnesamste Gut.   Da war sein höchster Wunsch,
Von solchen Seligkeiten   sagen zu dürfen.
Er fuhr dahin,   wo der Jordan floß
Wonnig, das Wasser,   und weithin all den Tag
Tat er den Leuten kund   über der Landschaft,
Daß sie mit Fasten   ihrer Frevel viel
Und ihrer Sünden   büßen sollten,
Daß sie gereinigt würden,   denn das Reich Gottes nahe
Den Menschenkindern: „Darum im Gemüte
Soll euch gereuen,   was ihr Sünden begingt,
Leides in diesem Licht.   Meinen Lehren hört,
Wendet euch nach meinen Worten.   Im Wasser bereit' ich euch
Köstliche Taufe   — kann eure Taten auch,
All eure Sünden   ich nicht erlassen —
Daß ihr doch rein gewaschen werdet   durch das Werk meiner
　　　　　　　　　　　　　　　　　　Hände
Eures leidigen Lebens.   Denn an dies Licht kam der,
Mächtig zu den Menschen,   steht mitten unter euch,
Obwohl ihr ihn selber   nicht sehen wollt,
Der nun euch taufen soll   auf den Namen des Herrn,
Auf den Heiligen Geist.   Er ist Herr über alles:
Er mag alle Menschen   von Meingedanken,
Von Sünden scheiden   jeden, der so selig soll
Werden in dieser Welt,   daß er den Willen hat,
Alles zu leisten,   was den Leuten will
Gebieten Gottes Geborner.   Als sein Bote bin ich
In diese Welt gekommen,   ihm den Weg zu räumen,

Die Leute zu lehren,   wie sie ihren Glauben sollen
Halten mit lauterm Herzen,   daß sie zur Hölle nicht
Fahren, in das heiße Feuer.   Des werden sich freuen noch
Die Menschen manchen Tag!   Denn wer die Missetat läßt,
Des bösen Geistes Dienst,   der mag sich des Guten erwirken,
Des Himmelskönigs Huld,   hat er nur lautre Treue
Zu dem allmächtigen Gott."

                               Gar manche waren da
Nach solchen Lehren   der Leute, die nun
Wahrlich wähnten,   daß er der waltende Christ
Selber sein müsse,   da er so zuversichtlich
Viel wahrer Worte sprach.   Da ward es weithin kund
Im gelobten Land   den Leuten insgemein,
Dem Volk in seinen Festen.   Ihn zu fragen kamen
Von Jerusalem   der Judenleute
Boten aus ihrer Burg,   ob er Gottes Geborner sei,
Von dem hier lange schon   die Leute sagten,
Er würde wahrlich   in diese Welt kommen.
Da erwiderte darauf   Johannes das Wort
Den Boten alsbald: „Ich bin nicht Gottes Sohn,
Der wahre, waltende Christ: ich soll ihm den Weg nur räumen
Hienieden, meinem Herren."   Die Helden fragten.
Die abgesendet,   den Auftrag meldeten
Als Boten aus der Burg: „Bist du nicht Gottes Sohn,
So bist du Elias wohl,   der vor alter Zeit
Auf dieser Welt war,   denn wiederkommen soll er
Zu diesem Mittelkreis.   Welcher der Männer bist du?
Bist du der weisen   Wahrsager einer,
Die einst hier waren?   Was sollen wir der Welt von dir
Sicheres sagen?   Nie ward ein solcher noch,
In diese Mittelwelt   kam ein Mann noch nie
So ruhmreicher Taten.   Was taufest du hier
Unter diesem Volke,   wenn du der Vorsager
Einer nicht bist?"

                             Aber bereit schon hielt
Kluge Gegenrede   Johannes der gute:
„Der Vorbote bin ich   meines fürstlichen Gebieters,

Meines lieben Herren. Dies Land soll ich reinigen,
Will er, und seine Bewohner. Sein Wort verlieh mir
Die starke Stimme, ob sie viele nicht verstehn
Wollen in dieser Wüste. In keiner Weise gleich' ich
Dem teuern Gebieter: seine Taten sind so hehr,
Kundbar und mächtig, es wird bald manchem klar
Werden in dieser Welt, daß ich nicht würdig bin,
An seinen Schuhen, sei ich selber sein Knecht,
So reichem Herren nur die Riemen zu lösen:
So viel besser ist er. Kein Bote mag ihm gleichen
Irgend auf Erden, noch wird einer ihm gleich
Werden in dieser Welt. Wendet den Willen zu ihm,
Ihr Leute, den Glauben. Lange mögt ihr Freude
Dann im Herzen hegen, wenn ihr der Hölle Zwang
Lassend, der Leidigen Drang, das Licht Gottes sucht,
Das Heimerbe oben, das ewige Reich,
Die hohe Himmelsau. Laßt eu'r Herz nicht zweifeln."
    So sprach der Jüngling nach Gottes Lehren,
Daß die Männer es merkten. Die Menge sammelte sich
Zu Bethania der Geborenen Israels.
Sie kamen zu Johannes, ein königlich Gesinde,
Lauschten der Lehre und wurden gläubig.
Er taufte sie täglich, ihre Taten rügend
Nach dem Willen der Bösen, und Gottes Wort preisend,
Seines hohen Herren. „Das Himmelreich," sprach er,
„Wird jedem gegeben, der an Gott gedenkt,
Und an den Heiland will mit lauterm Herzen glauben,
Seine Lehre leisten."

DIE TAUFE IM JORDAN

Nicht lange währt' es da,
So ging von Galiläa Gottes eigen Kind,
Des Herren teurer Sohn, die Taufe zu suchen.
Nun war in seiner Vollgewalt des Waltenden Kind,
Da er nun dreißig bei diesem Volke zählte
Der Winter auf der Welt. Williglich kam er hin,

Wo da Johannes   im Jordanstrome
All den langen Tag   der Leute Menge
Teuerlich taufte.   Der Getreue sah den Christ,
Den holden Herren: da ward sein Herz erfreut,
Daß sein Wunsch erging.   Da wandt' er das Wort zu ihm,
Der gute Jünger,   Johannes zu dem Christ:
„Zu meiner Taufe   kommst du nun, teurer Herr,
Aller Männer bester,   und ich müßte zu deiner,
Du der Könige kräftigster!"   Christ gebot jedoch,
Der Waltende, wehrend,   daß er weiter nicht spräche:
„Denn uns liegt ob,   alle Pflichten
Fort und fort   nun zu erfüllen
Nach Gottes Willen."
                    Johannes stand
Und taufte den ganzen Tag   Tausende wohl
In des Jordans Wasser,   und auch dem waltenden Christ,
Dem hehren Himmelskönig,   legt' er die Hände auf
In der Bäder bestem;   danach zum Gebete
Neigt' er sich kniend.   Der kraftreiche Christ stieg
Frei aus der Flut,   das Friedenskind Gottes,
Der liebe Leutewart.   Als er das Land betrat,
Gingen auf des Himmels Tore   und kam der Heilige Geist
Von dem Allwaltenden,   obenher zu Christ,
Einem schönen Vogel   völlig vergleichbar,
Einer holden Taube.   Die flog dem Herrn auf die Achsel,
Weilte bei des Waltenden Kind.   Und ein Wort kam vom
                                        Himmel,
Aus heitrer Höhe,   grüßte den Heiland,
Christ, der Könige besten: „Gekoren hab ich ihn
Selber aus meinem Reiche,   und der Sohn gefällt mir
Vor allen Gebornen,   der Söhne bester und liebster."
Das durfte Johannes,   wie Gott es wollte,
Sehen und hören.   Da säumt' er nicht lange,
Er macht' es den Menschen kund,   daß sie da einen mächtigen
Herren hätten: „Dies ist des Himmelskönigs Sohn,
Der allein allwaltende: des will ich ihm Zeuge
Werden in dieser Welt,   denn Gottes Wort sagte mir,

Des Herren Stimme, da er mich taufen hieß
Im Waſſer des Jordans: allwo ich ſähe
Den Heiligen Geiſt von der Himmelsau
In dieſe Mittelwelt auf einen Mann herab
Kommen mit Kraft, das ſollte Chriſt ſein,
Der teure Gottesſohn: der wird euch taufen
In dem Heiligen Geiſt und heilen ſo manche
Meintat der Menſchen. Er hat Macht von Gott,
Daß er erlaſſen mag der Leute jeglichem
Schuld und Sünde. Das iſt ſelber Chriſt,
Gottes eigen Kind, auf Erden der beſte Mann,
Ein Friede wider Feinde. Das mag euch zur Freude nun
Werden in dieſer Welt, daß euch der Wunſch gewährt iſt,
Daß ihr hier lebend den lieben Landeswart
Selber ſahet. Sündenlos mag nun ſo
Mancher Geiſt darangehn, Gottes Willen zu tun,
Von Frevel befreit, wenn er den Freunden will
Treue bewähren und an den waltenden Chriſt
Feſtiglich glauben. Das ſoll zu Frommen werden
Jeglichem Menſchen, der das gerne tut.‟
So hört’ ich, daß Johannes den Hörenden all,
Den Lauſchenden, lobte die Lehre Chriſts,
Seines hohen Herren, wenn ſie das Himmelreich
Gewinnen wollten, das werteſte Gut,
Ewige Seligkeit.

DIE VERSUCHUNG IN DER WÜSTE

     Selber ging darauf,
Als er getauft war, der teure Gebieter
In eine Wüſte, des Waltenden Sohn.
Hier in der Öde blieb der Herr der Männer
Eine lange Weile. Der Leute war nicht mehr ihm,
Des Volks zu Geſährten: ſo war ſein Vorſatz.
Verſuchen ſollten ihn ſtarke Wichte,
Satanas ſelber, der ſtets in Sünde lockt,
In Meintat, die Menſchen. Sein Gemüt war ihm kund,

Sein widriger Wille,   wie er diese Welt
Zuerst beim Anbeginn,   die Erdenwohner,
Zum Bösen verführte,   die beiden Gatten
Adam und Eva   durch Untreue
Verleitet, mit Lügen,   daß der Leute Kinder
Nach ihrer Hinfahrt   die Hölle suchten,
Die Geister der Menschen.   Das wollte der mächtige Gott,
Der waltende, wenden,   uns wiedergeben
Das hohe Himmelreich;   seinen heiligen Boten drum
Sandt er, seinen Sohn.   Das schuf dem Satanas
Viel Harm im Herzen: er mißgönnte das Himmelreich
Dem Menschengeschlecht   und wollte den Mächtigen
Ganz so versuchen,   den Sohn des Herrn,
Wie er einst den Adam   in alten Tagen
Um seines Herren Huld   hämisch betrogen
Und mit Sünde beschwert,   so wollt' er nun selber den Sohn
                                des Herrn,
Den heilenden Christ.   Doch hatte gar fest
Wider den Schänder   des Waltenden Sohn
Gehärtet das Herz.   Das Himmelreich wollt' er
Den Leuten verleihen.   Da blieb der Landeswart
In der Wüste vierzig   Nächte fastend,
Der Herr der Menschen,   und enthielt sich des Mahls.
So lange wagten auch   die hämischen Wichte,
Der neidische Feind nicht,   ihm näher zu treten,
Mit Gruß zu begegnen: er wähnte, Gott allein,
Ohne menschliches Wesen   wäre der Mächtige,
Der heilige Himmelswart.
                Als nun Hunger ihm kam,
Nach seiner Menschheit   ihn des Mahles gelüstete
Nach den vierzig Tagen,   da ging der Feind näher:
Der finstre Meuchler meinte nun,   Mensch allein
Wär' er gewißlich,   und mit solchen Worten
Grüßt' ihn der Grimme: „Wenn du Gottes Sohn bist,
Was heißest du nicht werden,   wie du Gewalt hast,
Der Gebornen Besser,   Brot aus diesen Steinen?
Heile deinen Hunger!"   Da sprach der heilige Christ:

„Vom Brote mögen   die Menschen allein nicht,
Die Leute, leben!   Der Lehre Gottes willen
Weilen sie in dieser Welt,   die Werke zu vollbringen,
Die da laut erheischt   die heilige Zunge,
Die Stimme Gottes.   Darin besteht der Menschen Leben,
Aller der Leute,   die da leisten wollen,
Was des Waltenden   Wort gebietet."
   Noch versucht' ihn   näher gehend
Der Ungeheure   zum andern Male,
Auf seinen Fürsten fahndend.   Das Friedenskind ließ
Dem Widersacher den Willen   und gab ihm Gewalt,
Daß er seine Stärke   versuchen durfte.
So ließ er sich leiten   von dem Leuteschädiger,
Sich in Jerusalem   auf den Gottestempel setzen,
Außen auf die aller=   oberste Spitze
Des höchsten der Häuser.   Höhnisch sprach dann
Der Grimme mit großem   Prahlen: „Bist du Gottes Sohn,
So schreite zur Erde,   denn geschrieben steht,
In den Büchern verzeichnet,   geboten habe
Seinen Engeln all   der allmächt'ge Vater:
Dein warteten Wärter   auf jedem Wege,
Die dich auf Händen   hielten, daß nirgend
Du mit den Füßen   an Felsen stießest,
An harten Stein."   Doch der heilige Christ sprach,
Der Geborenen Bester: „In den Büchern steht auch,
Du sollst zu hart   deinen Herren nicht
Zu sehr versuchen,   denn schlecht wird dir's frommen."
   Zum dritten Male ließ er sich   den Verderber des Volks
Auf hohen Berg bringen,   wo der Verführer zum Bösen
Ihn all überschauen hieß   die Erdenlande,
Den Wohnern wonnig,   die Reiche der Welt,
Alle das Erbe,   das die Erde trägt,
Süßes Besitztum.   Der Versucher sprach da:
„Diese Güter alle   will ich dir geben,
Diese hohe Herrschaft,   wenn du hinkniest vor mir,
Fußfällig   mich zum Fürsten erwählst
Und zu mir betest.   So laß ich dich gebrauchen

Aller der Schätze, die du hier schauen magst."
Da wollte nicht länger des Leidigen Worte
Hören der heilige Christ; er versagt' ihm die Huld,
Verscheuchte den Satanas und sprach sofort,
Der Gebornen Bester: „Beten sollen wir
Zu dem allmächt'gen Gott, ihm allein
In Demut dienen die Degen allzumal,
Die Helden um seine Huld: dann ist Hilfe bereit
Den Menschen männiglich."
           Da ging der Meintätige,
Schwergemut schied er von dannen, Satanas,
Der Feind, zu Flammentiefen; doch ein großes Volk
Der Engel Gottes von dem Allwaltenden droben
Kam zu dem Christ, die da künftig sollten
Im Amte eifern, ihm aufzuwarten,
Demütig dienend, wie das Volk dient dem Gott,
Dem Herrn um seine Huld, dem Himmelskönig.
  Da weilt' im tiefen Walde des Waltenden Sohn
Eine lange Zeit, bis ihm lieber ward,
Seine große Kraft kund zu tun
Der Welt zum Wohl. Er verließ des Waldes Hülle,
Der Einöde Raum und suchte der Menschen Umgang,
Die Menge des Volks und der Männer Treiben.
Er ging zum Jordan hin; Johannes fand ihn da,
Den Friedenssohn Gottes, seinen Fürsten,
Den heiligen Himmelskönig. Zu den Helden sprach da,
Zu den Jüngern Johannes', da er ihn gehen sah:
„Das ist das Lamm Gottes, das erlösen soll
Diese weite Welt von der Sünde Weh,
Von Meintat die Menschen, der mächtige Herr,
Der Könige Kräftigster."

BERUFUNG DER JÜNGER

        Christ aber ging
Nach Galiläa, Gottes eigen Kind,
Zu den Freunden wieder, wo er geboren war,

Würdig erzogen. Die Verwandten ermahnt' er da,
Christ, sein Geschlecht, der Könige Mächtigster,
Sie sollten nicht säumen, ihre Sünden zu büßen,
Herzlich bereuen manch harmwerte Tat,
Und die Frevel tilgen: „Erfüllt ist alles nun,
Was ehrwürd'ge Männer hier vor alters sprachen,
Die euch Hilfe verhießen, das Himmelreich.
Das naht euch nun durch des Heilands Kraft: genieß' es denn,
Wer da gerne will seinem Gotte dienen,
Seinen Willen wirken." Des ward des Volkes viel,
Der Leute, lusterfüllt: ihm ward die Lehre Christs
Süß, dem Gesinde. Zu sammeln begann er nun
Begleitende Jünger, aus guten Männern
Wortweise Helden.

   Er kam an ein Wasser,
Wo der Jordan hatte bei Galiläa
Sich zum See gesammelt. Da fand er sitzen
An dem Gewässer Andreas und Petrus,
Die Gebrüder beide, wo sie am breiten
See geschäftig ihre Netze stellten,
In der Flut zu fischen, als das Friedenskind Gottes
An des Sees Gestade sie selber grüßte
Und sie ihm folgen hieß. „So will ich euch viel
Des Gottesreiches geben. Wie ihr jetzt in des Jordans Strom
Fische fanget, sollt ihr fürderhin Menschenkinder
Mit Händen emporheben, daß sie ins Himmelreich
Durch eure Lehre geleitet werden,
Des Volkes viel." Da wurden frohgemut
Die Gebrüder beide, Gottes Gebornen erkennend,
Den lieben Herrn. Sie verließen alles,
Andreas und Petrus, was sie bei der Ache hatten,
Dem Wasser, gewonnen. Ihre Wonne war groß,
Daß sie mit dem Gotteskinde gehen durften,
In seiner Gesellschaft, und sollten dann seliglich
Lohn erlangen. Allen Leuten lohnt' er so,
Die hier um die Huld des Herren dienen,
Seinen Willen wirken.

                 An dem Wasser gingen
Sie fürder und fanden   einen erfahrnen Mann
Bei dem See sitzen,   und seine zwei Söhne,
Jakobus und Johannes,   noch junge Männer.
Söhn' und Vater saßen   am Sande zusammen,
Flochten und flickten   mit fleißigen Händen
Ihre Netze genau,   die sie nachts zuvor
Im See verschlissen hatten.   Da sprach ihnen selber zu
Der selige Sohn des Herrn,   daß sie ihm gesellt,
Jakobus und Johannes,   beide gingen,
Die kindjungen Männer.   Da ward ihnen Christi Wort
So wert in dieser Welt,   daß sie an des Wassers Gestad
Ihren alten Vater   alleine ließen,
Den erfahrnen bei der Flut,   und was sie ferner da hatten,
Netze und genagelte Schiffe,   und nahmen den Nothelfer Christ
Den heiligen, zum Herrn.   Seiner Hilfe war ihnen not,
Und die zu verdienen.   Das ist es jeglichem
Wohl auf der weiten Welt.

                 Da ging des Waltenden Sohn
Mit den vieren fort.   Den fünften erkor dann
An einer Kaufstätte Christ,   des Königs Diener
Einen mutweisen Mann,   Matthäus geheißen
Ein Beamter war er   edler Männer,
Der da zu des Herren   Händen empfangen
Sollte Zinsen und Zoll.   Er war zuverlässig,
Von edelm Ansehn.   Alles verließ er doch,
Gold und Silber   und der Gaben manche,
Teure Kleinode,   und trat in des Herren Amt.
Den Christ zum Herrn erkor   der Königsdiener,
Freigebigern Fürsten,   als früher sein Herr
War in dieser Welt,   und wonniger ward sein Lohn
Und langte länger aus.

                 Den Leuten ward es kund
Auf allen Burgen,   wie Gottes Geborener
Ein Gesinde sammelte   und selber sprach
Manch weises Wort,   und des Wahren so viel,
Des Herrlichen, zeigte   und der Zeichen manche

Wirkte in diefer Welt.   An feinen Worten ward,
An feinen Taten fichtbar,   daß er felber der Fürft war,
Der himmlifche Herr,   und zu Hilfe kam
In diefe Mittelwelt   den Menfchenföhnen,
An diefes Licht den Leuten.   Oft ließ er das im Lande fchaun,
Wenn er dort wunderbar   manch Zeichen wirkte,
Wenn feine Hände heilten   Hinkende und Blinde,
Und der Leute von Leiden   viel erlöfte,
Von folchen Suchten,   die am fchwerften find,
Die Unholde anwerfen   den Erdenwohnern
Zu langem Lager.
           Da fuhren die Leute
Dahin alle Tage,   wo unfer Herr war,
Selber und fein Gefinde,   bis da verfammelt war
Eine mächtige Menge   mancherlei Volks;
Obgleich fie aus gleichem   Grunde nicht kamen,
Gleichen Willens waren.   Des Waltenden Sohn
Suchten auch viel Arme,   der Atzung bedürftig,
Damit fie in der Menge   Mundkoft und Trank
Von dem Volk erflehten.   Denn viele waren da,
Die ihre Almofen   armen Leuten
Gerne gaben.   Von den Juden kam auch
Ein falfches Gefolge   herbeigefahren,
Die hier unfers Herren   Handlungen und Worte
Belauern wollten: unlauter war ihr Sinn
Und widrig ihr Wille: fie wollten den waltenden Chrift
Den Leuten verleiden,   daß fie feinen Lehren nicht hörten,
Nach feinem Willen fich nicht wendeten.   Doch waren auch
                   weife Männer,
Gute, in feiner Begleitung,   und Gott werte,
Erlefene Leute: die kamen um Chrifti Lehren,
Daß fie fein heilig Wort   hören möchten,
Lernen und leiften.   Sie hatten fich mit dem Glauben
An ihm feft gefangen,   hatten frommen Sinn
Und dienten ihm darum,   daß er zum höchften Glück,
Nach ihrem Endetag   fie aufwärts brächte
Zu Gottes Reiche.   Und fo gern empfing er

Der Menſchen Menge, verhieß mächtigen Schutz
Auf längſte Zeiten, und mocht' es auch leiſten.
Da wurden helle Haufen um den herrlichen Chriſt
Der Leute geſammelt. Von allen Landen ſah er,
Von allen weiten Wegen ein Wunder ſtrömen
Von jungen Leuten. Sein Lob war ſo weithin
Der Menge vermäret.

DIE BERGPREDIGT

Da ging der Mächtige
Einen Berg hinauf, der Gebornen Hehrſter,
Setzte ſich ſonders und erſah ſich da
Treuhaſter Männer und trefflicher zwölf,
Gar gute Freunde, die hinfort zu Jüngern
Alle Tage der Teure gedachte
In ſeiner Gefolgſchaft mit ſich zu führen.
Er nannte ſie bei Namen und hieß ſie näher gehn:
Andreas zuerſt vor allen und Petrus,
Die beiden Gebrüder, und bei den beiden,
Jakobus und Johannes, die gottgeliebten.
Ihnen war er mildes Muts; eines Mannes Söhne
Waren ſie beide: die wählte Gottes Sohn,
Die frommen, in ſein Gefolge, und der Freunde noch viel,
Erlauchter Männer: Matthäus und Thomas,
Die beiden Judas und Jakob den andern,
Der ihm ſelber geſchwiſtert war, denn von zwei Schweſtern
Waren beide, Chriſtus und Jakob geboren,
Als Vettern befreundet. Der Gefährten hatte
Neune nun gekoren der Nothelfer Chriſt,
Zuverläſſige Männer. Da hieß er auch den zehnten
Mit ſeiner Geſellſchaft gehn, Simon geheißen.
Auch den Bartholomäus hieß er den Berg hinauf
Aus dem Volke fahren, und dazu Philippus,
Die zwei Getreuen. Die Zwölfe gingen mit ihm,
Die Recken zur Verſammlung, wo er zu Rate ſaß,
Der Menge Mundherr, der dem Menſchengeſchlecht

Wider der Hölle Zwang   zu helfen gesonnen war,
Aus dem Pfuhl zu fördern   jeden, der folgen will
So lieblicher Lehre,   als er den Leuten dort
Durch seine Weisheit   zu weisen gedachte.
   Dem Beseliger Christ   kamen da zunächst
Die Gesellen zu stehn,   die von ihm selber erkoren
Waren, dem Waltenden.   Die weisen Männer
Umgaben den Gottessohn: ihre Begierde war groß,
Der Erwählten Wunsch,   seine Worte zu hören.
Sie schwiegen und horchten,   was der Herr der Völker,
Der Waltende, wollte   in Worten verkünden
Den Leuten zuliebe.   Da saß der Landeshirt
Den Guten gegenüber,   Gottes eigner Sohn,
Wollt' in seiner Rede,   manch sinnvollem Wort,
Die Leute lehren,   wie sie Gottes Lob
In diesem Weltreiche   wirken sollten.
Erst saß er und schwieg,   sah sie lange an,
War ihnen hold im Herzen,   der heilige Herr,
Mild im Gemüte.   Den Mund nun erschloß er
Und wies mit seinen Worten,   des Waltenden Sohn,
Des Hochherrlichen viel.   Den Helden sagt' er
In spähen Sprüchen,   die zu der Sprache
Christ, der Allwaltende,   gekoren hatte,
Welche von allen   Erdenbewohnern
Gott die wertesten   wären der Menschen:
   „Ich sag euch sicherlich,   selig sind
In dieser Mittelwelt,   die im Gemüte
Arm sind aus Demut,   denn das ewige Reich
In des Himmels Au   ist ihnen geheiligt,
Ihr Leben schwindet nicht.   Selig auch
Die Sanftsinnigen: sie sollen dasselbe Land
Besitzen, dasselbe Reich.   Selig dann,
Die ihr Unrecht beweinen,   sie dürfen Freude gewärtigen,
Trost in demselben Reich.   Selig die Getreuen auch,
Die nach Gerechtigkeit richten: im Reiche des Herrn
Finden sie vollen Lohn.   Des Frommens genießen,
Die gerecht hier richteten,   mit der Rede nicht täuschten

Die Menschen am Mahlstein. Selig, dem milde war
Das Herz in der Heldenbrust: ihm wird der heilige Herr,
Der Mächtige, mild. Selig auch in der Menge,
Die reines Herzens sind: sie sollen den Himmelswalter
Schaun in seinem Reiche. Selig sind auch
Die Friedfertigen, die nicht Fehde stiften,
Mit Schuld sich beschweren: sie heißen Söhne des Herrn:
Ihnen will er gnädig sein, daß sie lange genießen
Sollen seines Reichs. Selig sind dann,
Die das Rechte wollen und darum von den Mächtigen
Haß und Harmrede dulden: ihnen auch ist im Himmel
Gottes Au gegönnt und geistiges Leben
Einst am ewigen Tage, dessen Ende nicht kommt,
Das wonnige Wohl."
        So hatte der waltende Christ
Den edlen Männern von acht benannten
Seligkeiten gesagt, mit denen sicher jeder
Das Himmelreich erhält, der es haben will,
Oder auf ewig darbt er dereinst
Des Wohls und der Wonne, wenn er die Welt verläßt,
Die Erdenlose, ein ander Licht zu suchen.
Ihm wird Lieb oder Leid, wie er unter den Leuten hier
Wirkte in dieser Welt, ganz wie es wörtlich sprach
Christ, der Allwaltende, der Könige Mächtigster,
Gottes eigener Sohn, zu seiner Jünger Schar.
  „Selig seid ihr auch, wenn euch beschuldigen
Im Lande die Leute und zu Leide sprechen,
Euch zum Hohne haben und Harmes viel euch
Erwirken in dieser Welt und Weh bereiten,
Lasterrede stiften und starke Feindschaft,
Eure Lehren leugnen, alles Leid euch antun
Und Harm um den Herrn. Das darf euch im Herzen nicht
Das Leben verleiden: ihr erlangt Entschädigung
In Gottes Reiche für der Güter jegliches:
Groß und mannigfalt gegeben wird sie euch,
Weil ihr hier ehbevor Arbeit erduldetet,
Weh in dieser Welt. Weher wird den andern,

Grimmer ergeht es ihnen,   die hier Gut besaßen,
Weites Weltwohl.   Die verzehren ihre Wonne hier
Im Genuß der Genüge.   Sie sollen aber Not
Nach ihrer Hinfahrt,   die Helden, erdulden.
Dann beweinen die Frevel,   die zuvor hier in Wonnen sind,
In allen Lüsten leben   und nicht lassen wollen
Von den Meingedanken,   wozu ihr Mut sie reizt,
Von leidigem Leben.   Ihr Lohn wird Mühsal sein
Und üble Arbeit;   sie werden das Ende dann
Mit Sorgen sehen;   und beschweren wird ihr Herz,
Daß sie in der Welt so gar   ihrem Willen nachhingen,
Die Männer in ihrem Mute.

                    Solche Meintat verweist ihnen
Mit wehrenden Worten,   denn weisen will ich euch
Und sicherlich sagen,   ihr meine Gesellen,
Mit wahren Worten,   daß ihr in dieser Welt
Das Salz sollt sein,   der sündigen Menschen
Bosheit zu büßen,   daß auf bessere Wege
Das Volk geführt werde,   des Feindes Werke lassend,
Des Teufels Taten,   des Trösters Reich zu suchen.
So sollen eure Lehren   der Leute viel
Zu meinem Willen wenden.   Wer aber zunichte wird,
Wer die Lehre verläßt,   der er leben soll,
Den vergleich' ich dem Salze,   das an des Sees Gestade
Weithin verworfen liegt,   denn wenig taugt es mehr,
Da es die Kinder des Volks   mit Füßen treten,
Die auf dem Grieße gehn.   So geschieht ihm, der Gottes Wort
Den Menschen melden soll: denn entzweit sich sein Mut,
Daß er mit Herzenslauterkeit   nicht zum Himmel will
Spornen mit seiner Sprache,   sondern spart Gottes Rede
Und wankt in den Worten,   so wird der Waltende ihm gram,
Der Mächtige zornig,   und den Menschenkindern auch
Wird er dann allen,   die auf Erden wohnen,
Verleidet, den Leuten,   der in der Lehre nicht taugt."
  So weislich sprach da,   Gottes Wort verkündend,
Und die Leute lehrend,   der Landeswart
Mit lauterm Herzen.   Die Helden standen,

Die guten, um den Gottesſohn,   begierig hörend
Nach Wunſch und Willen;   ſein Wort war ihre Luſt.
Sie ſchwiegen und horchten,   hörten der Völker Herrn
Das Geſetz Gottes ſagen   den Söhnen der Menſchen.
Er verhieß ihnen das Himmelreich   und ſprach zu den Helden:
   „Noch mag ich euch ſagen,   ihr meine Geſellen,
Mit wahren Worten,   daß ihr in der Welt hinfort
Ein Licht ſollt leuchten   den Leutekindern,
Fernhin erfreulich,   über der Völker viel
Wonneſam ſtrahlend.   Eure Werke mögen nicht
Verhohlen bleiben,   mit welchem Herzen ihr ſie tut.
So wenig die Burg,   die auf dem Berge ſteht,
Auf hoher Felſenhöh',   verhohlen bliebe,
Das gewaltige Rieſenwerk,   ſo wenig mögen eure Worte
In dieſer Mittelwelt   den Menſchen auf Erden
Verborgen bleiben.   Gebraucht meiner Lehre:
Laßt euer Licht   den Leuten leuchten,
Den Menſchenkindern,   daß ſie euer Gemüt erkennen,
Euer Werk und euern Willen,   und den waltenden Gott drum
Mit lauterm Herzen,   den himmliſchen Vater,
Loben ihr Leben lang,   der euch ſolche Lehre lieh.
Niemand ſoll ſein Licht   vor den Leuten bergen,
Das helle verhüllen,   ſondern hoch mög' er's
In den Saal ſetzen,   daß es alle ſehen,
Die einen wie die andern,   die darinne ſind
Der Helden in der Halle: ſo ſollt ihr auch euer heilig Wort
In dieſen Landen   den Leuten nicht bergen,
Den Helden verhehlen,   ſondern es hoch und weit
Breiten, das Gebot des Herrn,   daß es die Gebornen all
In dieſen Landen,   die Leute, verſtehen
Und ſo befolgen,   wie es in frühern Tagen
Mit Worten wieſen   hochweiſe Männer,
Als den alten Bund   die Edlinge hielten,
Und nur um ſo ſtrenger noch,   wie ich nun will ſagen,
Der Guten jeglicher   ſeinem Gotte diene,
Als es im alten Bunde   ſchon eh' geboten war.
Denn wähnt nicht, ich wär'   in die Welt gekommen

Etwa, den alten Bund   umzuſtoßen,
Beim Volk zu Fall zu bringen,   oder der Vorſchauer
Worte zu verwerfen,   die ſie als wahrhafte Männer
Uns offen anbefahlen: Erd’ und Himmel ſollten
Zuvor zerfahren,   die ſo feſt gegründet ſtehn,
Eh’ der Worte eins nur   unbewährt verbliebe
In dieſes Lebens Licht,   das ſie den Leuten hier
Wahrhaft wieſen.   Ich kam nicht, die Worte
Der Vorſchauer zu fällen,   erfüllen will ich ſie,
Mehren und erneuen   den Menſchenkindern,
Dieſem Volk zum Frommen,   was da vormals geſchrieben war
Im alten Bunde.

Ihr hörtet oft ſagen
In der Weiſen Worten,   wer in der Welt das tue,
Daß er dem andern   das Alter verkürze,
Ihn vom Leben löſe,   dem ſollten der Leute Kinder
Den Tod erteilen.   Das will ich euch tiefer nun
Und feſter faſſen: Wer in Feindſchaft nur
Ein Mann dem Manne   in ſeinem Mute
Sich erboſt in der Bruſt,   die doch Brüder ſind,
Ein ſelig Volk Gottes,   in Sippe enggeſellt,
Die Männer in Magſchaft   — und ſein Mut iſt ihm gram,
Will des Lebens ihn ledigen,   wenn er es leiſten könnte —
Der iſt ſchon verfemt   und dem Tode verfallen,
All ſolchem Urteil,   eben wie jener war,
Der durch der Hände Kraft   des Hauptes beraubte
Einen andern Mann.

Auch hieß es im alten Bund
Mit wahren Worten,   wie ihr alle wißt,
Ein jeder ſolle   ſeinen Nächſten innig
Im Herzen hegen   und hold den Geſippten ſein,
Den Verwandten gut   und im Geben mild,
Die Freunde lieben   und den Feinden haßvoll
Im Streit widerſtehn   und mit ſtarkem Sinn
Dem Widerſacher wehren.   Ich aber ſag euch wahrlich
Voller vor dieſem Volk,   die Feinde ſollt ihr

Im Herzen hegen,   wie ihr Freunden hold seid,
In Gottes Namen;   tut ihnen Gutes viel,
Zeigt ihnen lautres Herz   und holde Treue,
Erwidert Leid mit Liebe.   Das ist langes Heil
Der Männer männiglichem,   der im Gemüt sich des
Wider Feinde fleißt.   Das frommt euch dazu,
Daß ihr des Himmelskönigs   Söhne geheißen werdet,
Seine biedern Kinder.   Ihr könnt nicht bessern Rat
In dieser Welt gewinnen.
                          Auch sag ich euch wahrlich,
Den Geborenen allen,   daß ihr mit erbostem Sinn
Eures Gutes keine Gabe   in Gotteshäusern
Dem Waltenden weihen mögt,   die er würdigen wolle
Von euch zu empfahen,   solang' ihr Feindschaft noch
Irgend dem andern   und Übles sinnt.
Versöhne zuvor dich   dem Widersacher,
Eintracht verabredend,   dann eile, Geschenke
An Gottes Altar zu geben;   dann sind sie dem Guten wert,
Dem Himmelskönig.   Um seine Huld dient eifriger
Und erfüllt sein Gebot,   als der Juden Brauch ist,
Soll euch zu eigen werden   das ewige Reich,
Ewig währendes Leben.   Auch will ich euch sagen,
Wenn im alten Bunde   geboten wurde,
Daß einer des andern   Ehe nicht breche,
Ihm die Frau verführe,   so füg' ich hinzu,
Daß die Augen einen   schon überreden
Mögen zu düsterm Mein,   wenn er den Mut läßt reizen,
Die zu begehren,   die des andern Gattin ist.
Der hat in sich selber schon   Sünde begangen,
In sein Herz geheftet   der Hölle Pein.
Wen sein rechtes Auge   oder die rechte Hand,
Ein Glied verleiten will   auf den leiden Weg,
Eher frommte wohl   andre Wahl einem
Der Männer im Volke,   daß er es von sich würfe,
Das Glied löste   von dem Leichname,
Und ohn' es käme   hinauf in den Himmel,
Als daß er mit allen   zum Abgrund führe,

Zur heißen Hölle   mit heilen Gliedern.
Auch mahnt der Menschen   Schwäche, daß männiglich
Dem Freunde nicht folge,   der zum Frevel ihn lockt,
Zur Schuld, der Gesippte.   Und sei er ihm
Durch Sippe beschlechtet   auch noch so stark,
Die Magschaft noch so mächtig,   wenn er zum Mord ihn treiben,
Zu böser Tat bringen will,   besser ist ihm dann,
Den Freund ferne   von sich zu stoßen,
Ihn meidend, Minne   nicht mehr ihm zu zeigen,
Daß er alleine   aufsteigen dürfe
Zum hohen Himmelreich,   als daß sie der Hölle Zwang,
Währendes Wehe   beide gewinnen,
Übelstes Unheil.
       Im alten Bunde heißt es auch
Mit wahren Worten,   wie ihr alle wißt,
Daß Meineid meiden   solle der Mensch,
Sich nicht verschwören: die Sünd' ist allzugroß,
Verleitet der Leute   so viel auf leiden Weg.
Doch selber sag ich euch,   daß niemand schwören soll
Irgend Eide   der Erdenwohner:
Bei dem Himmel, dem hohen nicht,   er ist des Herren Stuhl,
Nicht bei der Erde unten,   sie ist des Allwaltenden
Schöner Fußschemel;   auch schwöre keiner
Bei dem eigenen Haupt,   denn kein Haar mag er anders
Erwirken, weiß noch schwarz,   als wie es der Waltende,
Der Mächtige, machte.   Darum meidet der Mensch
Die Eide füglich: wenn es viel geschieht,
Nimmt er's immer leichter   und wahrt sich zuletzt nicht mehr.
Darum will ich euch mit wahren   Worten gebieten,
Daß niemand schwerere   Eide schwören
Mög' unter Menschen,   denn als ich mit meinen
Worten euch wahrhaft   hier will gebieten:
Wer eine Sache sucht,   der sage, was wahr ist,
Spreche Ja, wenn es ist,   und ehre die Wahrheit,
Sage Nein, wenn es nicht ist,   und genüg' ihm daran:
Das Mehr, das darüber   ein Mann noch tun will,
Kommt alles vom Übel   unter den Erdenkindern,

Daß aus Untreue der eine   nicht will des andern
Worte für wahr halten.

　　　　　　　Dann sag ich euch wahrlich,
Wenn im alten Bunde   geboten war,
So einer die Augen   dem andern benehme,
Vom Leibe löse   oder irgendein Glied,
Der soll es selber   mit dem seinen entgelten,
Dem gleichen Gliede: so lehr' ich dagegen euch,
Daß ihr so nicht rächet,   was wider Recht geschieht,
Sondern in Demut   alles erduldet,
Schimpf und Schande   und was man sonst euch zufügt.
Tu' immer der Mann   dem andern Manne,
Was ihm frommt und   gefällt, ' wenn er fordert, daß die
　　　　　　　　　　　　　　Menschen
Ihm Gutes dagegen tun.   Dann wird Gott ihm milde sein
Und der Leute jedem,   der das leisten will.
　　Ehret die Armen,   den Überfluß teilt
Dem dürftigen Volk   und fragt nicht, ob ihr Dank
Erlangt oder Lohn   in dieser geliehnen Welt.
Überlaßt es lediglich   euerm lieben Herrn,
Die Gaben zu vergelten,   daß Gott euch lohne,
Der mächtige Mundherr,   was aus Minne geschieht zu ihm.
Gäbest du gerne nur   guten Männern
Köstliche Kleinode,   wo du Nutzen könntest
Doppelt erwerben,   hättest du des Verdienst von Gott
Oder Lohn zu erlangen,   der dir alles geliehen hat?
So ist es mit allem,   was du andern tust
Zuliebe, den Leuten,   wenn du Gleiches zu Lohn willst
Für Wort und Werke.   Wie wüßt es der Waltende Dank
Wenn du das Deine nur hingibst,   es wieder zu heischen?
Den Leuten leiht das Gut,   die es nicht lohnen hienieden,
Und ringet allein   nach des Waltenden Reiche.
　　Nicht zu offenbar tu' es,   wenn du Almosen Armen
Mit den Händen darreichst;   mit demüt'gem Herzen
Gib es Gott zulieb,   so wird dir Vergeltung,
Gar lieblicher Lohn,   wo du lange sein bedarfst,
Erfreuliches Heil.   Was du aus frommem Sinn

Heimlich hingibst, das ist dem Herren wert.
Tu' nicht groß mit den Gaben: das soll der Geber keiner,
Daß durch eiteln Ruhm sie ihm nicht wieder
Leidig verloren gehn, für die er Lohn sollt' empfangen
Vor Gottes Augen, die guten Werke.

    Auch gebiet ich euch noch, wenn zum Gebet ihr euch neigt,
Und euern Herren um Hilfe bittet,
Daß er die leiden Taten euch erlassen wolle,
Die Schuld und die Sünde, womit ihr euch selber
Feindlich gefährdetet, so tut's vor dem Volke nicht,
Daß es merke die Menge, und die Menschen euch loben
Um das Händefalten: euer Gebet zu dem Herrn
Geht so all verloren durch den eiteln Ruhm.
Sondern wollt ihr den Herrn um Hilfe bitten,
Durch Demut verdienen, wes euch große Durst ist,
Daß der Spender des Siegs euch von Sünden befreie,
Dann tut es heimlich, denn der Herr weiß es doch,
Der heilige im Himmel, dem nichts verhohlen bleibt,
Nicht Wort noch Werke. Dann gewährt er euch alles,
Warum ihr ihn bittet, wenn ihr zum Gebet euch neigt
Mit lauterm Herzen."
               Die Helden standen
Und umgaben den Gottessohn mit großer Begierde.
Ihr höchster Wunsch war, seine Worte zu hören.
Sie schwiegen und dachten, ihr Bedürfnis war groß,
Im Herzen zu behalten, was das heilige Kind
Da zum ersten Male ihnen mit Worten
Großes erzählte. Da begann der zwölfe einer,
Der begabten Jünger, zu dem Gottessohne:
„Guter Herr und Lehrer, deiner Huld ist uns not,
Deinen Willen zu wirken, deine Worte zu hören,
Der Geborenen Bester. Darum lehr' uns beten
Jetzt, deine Jünger, wie Johannes tut,
Der teure Täufer, der jeglichen Tag
Die Erwählten unterweist, wie sie den Waltenden sollen,
Den Geber, grüßen. So uns, deinen Jüngern,
Enthülle das Geheimnis." Der Herrliche hatte

Da ohne Säumen, der Sohn des Herrn,
Gute Worte bereit: „Wenn ihr Gott den Herrn
Mit Worten wollt, den Waltenden, grüßen,
Der Könige Kräftigsten, so sprecht, wie ich euch kundtue:
Vater unser, aller deiner Kinder,
Der du bist im hohen Reiche der Himmel,
Geweiht werde dein Name bei jeglichem Worte;
Zu uns komme dein kräftiges Reich;
Dein Wille werde über die Welt gewaltig,
Hie unten auf Erden, wie er da oben ist,
Hoch im hohen Reiche der Himmel.
Gib uns, teurer Herr, die tägliche Notdurft,
Deine heilige Hilfe! Erlaß uns, Himmelswart,
Alle Übeltat, wie wir es andern tun,
Und laß uns nicht leidige Wichte verleiten,
Ihren Willen zu wirken, wenn wir des würdig sind,
Daß du uns von allem Übel erlösest.
So sollet ihr bitten, wenn ihr zum Gebet euch neigt,
Mit würdigen Worten, daß der waltende Gott
Das Leid euch erlasse, das ihr den Leuten tatet.
Denn laßt ihr die Leute gerne ledig
Der Schuld und der Sünden, die sie selber hier
Wider euch wirkten, so erläßt der Waltende,
Der allmächtige Vater, auch euch die Frevel,
Der Meintaten Menge. Aber wächst euch der Mut,
Daß ihr selber ungern andern erlaßt,
Was sie wider euch taten, so will auch euch der Waltende
Die Schuld nicht schenken, ihr sollt sie entgelten
Mit sehr leidigem Lohn auf lange Zeiten.
All das Unrecht, das ihr andern tatet
In dieses Lebens Licht, wenn ihr an den Leuten
Die Schuld nicht sühntet, bevor eure Seele
Hinwegfährt von dieser Welt.

                    Auch sag ich euch wahrlich noch,
So ihr leben wollt nach meiner Lehre,
So oft ihr hinfort die Fasten halten wollt,
Eure Meintat zu mindern, so tut's vor der Menge nicht,

Vor den Menschen meidet's: der Allmächtige kennt doch,
Der Waltende, euern Willen, wenn in der Welt euch auch
Die Leute nicht loben. Den Lohn gibt euch dann
Euer heiliger Vater im Himmelreiche,
Wenn ihr in Demut ihm dientet auf Erden,
Fromm unterm Volke.

                Auf vielen Gewinn geht
Nicht aus mit Unrecht: dient auf zu Gott,
Um Lohn, ihr Leute, das langt länger,
Als ob ihr auf Erden im Überfluß lebtet,
An Weltlust gewöhnt. Wollt ihr meinen Worten hören,
So sammelt hier nicht Schätze Silbers und Goldes,
In diesem Mittelkreis Mammonsgüter:
Das rottet und rostet, Räuber stehlen es,
Würmer verwüsten es; das Gewand zerschleißt,
Der Goldschatz zergeht. Tut gute Werke,
Häufet im Himmel euch größern Hort,
Erfreulichern Vorrat, den kein Feind benehmen mag,
Kein Dieb entwenden. Es wartet euer
Dort ganz entgegen, wie viel ihr des Guts
Hin in das Himmelreich, des Hortes, gesammelt habt
Durch eurer Hände Gabe. Dahin kehrt den Sinn,
Denn der Menschen Gemüt und Denken ist meist,
Sein Herz und Sinn, wo der Hort ihm liegt,
Der gesammelte Schatz. So selig ist niemand,
Daß er beides erziele in dieser breiten Welt,
Auf dieser Erde im Überfluß zu leben
In allen Weltlüsten, und doch dem waltenden Gott
Zu Dank zu dienen, sondern unter den Dingen
Muß er einem von beiden auf immer entsagen,
Den Lüsten des Leibes oder ewigem Leben.
  Kümmert euch nicht um Kleidung, vertraut kühnlich dem
                        Herrn,
Müht euch im Gemüte nicht, was ihr morgen sollt
Essen oder trinken oder anlegen
Werdet von Gewändern. Es weiß der waltende Gott,
Wes die bedürfen, die ihm dienen hier,

Seinen Befehlen folgen. An den Vögeln mögt ihr das
Wahrhaft gewahren, die in der Welt umher
In Federhemden fliegen: sie häufen nicht Vorrat,
Und Gott gibt ihnen doch jeglichen Tag
Wider den Hunger Hilfe. Auch merkt euch im Herzen
Des Gewandes wegen, wie ihr Gewächse seht
Festlich geschmückt auf dem Felde stehn
Und prächtig blühen: nicht mochte der Burgenwart,
Salomon der König, der doch mächtigen Schatz,
Köstlich Kleinode wie kein König zuvor
Gewann und aller Gewande Auswahl,
Doch mocht' er seinem Leibe nicht, dem all das Land gehorchte,
Solch Gewand gewinnen, wie Gewächse haben,
Die auf dem Felde stehen im festlichen Schmuck,
Die Lilie mit lieblichen Blumen. Der Landeswalter kleidet sie,
Der hehre, von der Himmelsau. Und die Helden sind ihm mehr,
Die Leute viel lieber, die er ins Land sich schuf,
Der Waltende, zu seinem Willen. Drum dürft ihr um Gewand
                                        nicht sorgen,
Nicht um den Anzug jammern: für das alles sorgt Gott,
Der Helfer von der Himmelsau, wenn ihr um seine Huld nur
                                        dient.
Trachtet zuerst nach Gottes Reich und tut gute Werke,
Nach dem Rechten ringt, so will euch der reiche Herr
Alle Güter geben, wenn ihr ihm gerne folgt,
Wie ich mit wahren Worten euch sage.
   Ihr sollt auch selber zu scharf nicht richten,
Unbillig urteilen, denn das Urteil kommt wieder
Über den Richtenden schnell, und da soll es zur Reue
Ihm werden, zu schwerem Weh, wenn sein Wort zu scharf erging
Über den andern.
                                Von euch tue das
Keiner, ihr Kinder, bei Kauf oder Tausch,
Daß er mit unrechtem Maß dem andern Mann
Meinvoll messe, denn so muß es ergehn
Auf Erden hier allen: wie er dem andern tut,
Ganz so begegnet's ihm, wo er gern nicht wollte

Seine Sünde wiedersehn.   Auch sag ich euch noch,
Wie ihr euch wahren mögt   vor schwerem Verweis,
Manches Meinwerks wegen.   Wie magst du beschelten
Deiner Brüder einen,   daß du ihm unter den Brauen sähst
Einen Halm in den Augen,   da du nicht beherzigst
Den bösen Balken,   den Baum in deiner Sehe,
Den schweren, den du selber hast?   Nimm das in den Sinn erst,
Wie du dich des erlösest,   daß Licht vor dir scheint,
Die Augen dir aufgehn: dann immer magst du
Auch des Gesippten Gesicht   zu bessern suchen,
Sein Haupt zu heilen.   So heg im Herzen
Mehr in dieser Mittelwelt   der Menschen jeglicher,
Was er selber Übels   in dieser Welt verübte,
Als daß er achte   auf des andern Manns
Schuld und Sünde,   da er doch selber mehr
Des Frevels vollführte.   Bedenkt er sein Frommen,
So soll er sich selber erst   von Sünden erledigen,
Von leiden Werken lösen;   mit seinen Lehren komm' er dann
Den Leuten zu Hilfe,   wenn er sich lauter weiß,
Vor Sünden sicher.

                    Vor die Schweine sollt ihr nicht
Eure Meerperlen werfen   oder kunstvoll Gewirk,
Köstliche Kleinode,   denn in Kot treten sie's,
Sudeln es im Sande,   wissen nicht Bescheid von Zier,
Von schönem Schmuck.   Solcher sind hier viele,
Die euer heilig Wort   nicht hören wollen,
Gottes Lehre wirken: sie wissen nicht von Gott.
Viel lieber sind ihnen   leere Worte,
Unfeine Dinge,   als ihres Fürsten und Herrn
Willen und Werke.   Unwürdig sind sie so,
Euer heilig Wort zu hören: ihr Herz will es nicht erwägen,
Nicht lernen und leisten: so lehrt sie lieber nicht,
Damit ihr Gottes Gebot   und gute Lehre
Nicht verliert an den Leuten,   die nicht glauben wollen
Den wahren Worten.   Auch sollt ihr euch wahren
Mit List vor den Leuten,   wo ihr in den Landen fahrt,
Daß euch lügenhafte   Lehrer nicht trügen

Mit Worten oder Werken. Sie kommen in schönem Gewand,
Im Festschmuck zu euch, und haben doch falschen Sinn.
Ihr mögt sie bald erkennen, wenn ihr sie kommen seht:
Sie sprechen weisliche Worte; aber ihre Werke taugen nichts,
Der Degen Gedanken. Ihr wißt, daß in Dornen nicht
Weinbeeren wachsen, noch Wertvolles irgend,
Erfreuliche Früchte; auch Feigen lest ihr nicht,
Ihr Helden, vom Hiefdorn. Das mögt ihr bedenken,
Daß euch ein übler Baum, wo er in der Erde steht,
Gute Früchte nicht gibt; wie es auch Gott nicht schuf,
Daß der gute Baum je den Erdegebornen
Bitteres brächte; von jedem Baume kommt nur
Solch Gewächs in dieser Welt, wie es aus seiner Wurzel dringt
Süß oder sauer. Auf die Gesinnung zielt das,
Auf der Menge Gemüt in der Menschen Geschlecht,
Wie ein jeder von uns auch es selber anzeigt,
Mit dem Munde meldet, welch Gemüt er habe,
Was er im Herzen hege, denn verhehlen kann es niemand.
Von dem übeln Manne kommt arger Rat,
Bitterböse Rede, wie er in der Brust sie hat,
In sein Herz geheftet: er kündet hoch und laut
Seinen Willen mit den Worten und den Werken nachher.
So kommt von dem guten Mann auch gute Antwort,
Weisliche aus seinem Wissen: mit Worten spricht er's aus,
Mit dem Munde der Mann, was er im Gemüte trägt,
Als Hort im Herzen; von ihm kommt heilige Lehre,
Sehr wonnesam Wort: seine Werke sollen
Dann dem Volke gedeihen und der Degen männiglich
Zur Wohltat werden, wie es der Waltende selbst
Guten Männern gegeben hat, Gott der allmächtige,
Der himmlische Herr; denn ohne seine Hilfe mögen sie
Mit Worten noch mit Werken Gutes erwirken
In dieser Mittelwelt. Darum sollen der Menschen Söhne
An seine alleinige Kraft allzumal glauben.
    Auch will ich euch weisen, wie der Wege zwei
In diesem Lichte liegen, die der Leute Kinder gehn,
Alles Volk der Erde. Die eine der Straßen

Ist weit und breit: die wandern gar viele,
Eine Menge der Menschen, die ihr Mut dazu
Verlockt und die Lust der Welt: zur linken Hand
Leitet sie die Leute, wo sie verloren gehn,
Die Helden, in der Hölle: da ist es heiß und schwarz,
Fürchterlich innen. Die Fahrt dahin ist leicht
Den Erdegebornen; aber das Ende frommt nicht.
Dann liegt ein anderer bei weitem engerer
Weg auf dieser Welt, den nur wenige wandern,
Eine schwache Schar: die Söhne der Menschen
Gehn ihn nicht gerne, obgleich er zu Gottes Reich,
In das ewige Leben die Edlinge leitet.
Nehmet ihr den engen, denn ob er nicht leicht auch
Dem Volk zu fahren ist, er führt doch zum Frommen.
Jeder, der ihn geht, empfängt Vergeltung,
Langdauernden Lohn, das ewige Leben,
Seliges Entzücken. Darum sollt ihr den Herrn,
Den Waltenden, bitten, daß ihr diesen Weg
Von vorn an fahren dürft, und fortgehn darauf
Bis in Gottes Reich. Er ist immer bereit,
Denen Gaben zu geben, die ihn gerne bitten,
Fromm zu ihm flehn. Sucht euern Vater droben
In dem ewigen Reiche: ihr werdet ihn immerdar
Zu euerm Frommen finden. Tut eure Fahrt da kund
An des Teuern Türen, so wird euch aufgetan,
Die Himmelspforte geöffnet, daß ihr in das heilige Licht
Eingehen mögt, in das Gottesreich
Und des Erbteils achten.
                          Ich sag euch überdies
Vor diesem weiten Volk ein wahrhaft Gleichnis.
Der Leute männiglich, der meine Lehre will
In seinem Herzen hegen und so im Sinne halten,
Daß er sie gerne leistet, der vergleicht sich wohl
Einem weisen Manne, der gewitzigt ist
Und verständigen Sinn hat, daß er die Stätte seines Hauses
Auf festem Felsen wählt, auf dem Felsen vorsichtig
Sich die Wohnung wirkt, wo der Wind nicht mag,

Wog' und Wasserstrom dem Werke schaden.
Den Ungewittern widersteht es allen
Auf dem Felsen oben, da so fest es ward
Auf den Stein gestellt: die Stätte schon erhält es
Und wahrt es vor dem Winde, daß es nicht weichen mag.
Doch der Männer männiglich, der nicht auf meine
Lehren lauschen will und nichts davon leisten,
Der tut wie der Unweise, der Ungewitzigte,
Der im Sand am Wasser ein Wohnhaus zimmern will,
Wo es westlicher Wind und der Wogen Strom,
Die See zerschlägt. Nicht mag es Sand und Grieß
Vor dem Winde wehren, sondern zerworfen wird es,
Zerfällt von der Flut, weil es nicht auf fester
Erde gezimmert ist. So soll allen und jedem
Ihr Werk gedeihn dafür, daß er mein Wort befolgt,
Mein heilig Gebot."

AUSSENDUNG DER JÜNGER

Im Herzen wunderte sich
Der Menschen Menge, da sie des mächtigen Gottes
Liebliche Lehre hörten. Sie waren im Lande
Ungewohnt von solchen Dingen sagen zu hören,
Solchen Worten und Werken. Die Weisen verstanden,
Daß sie so da lehrte der Leute Herr
Mit wahren Worten, wie er Gewalt besaß,
Gar ungleich allen, die ehedem
Unter den Leuten als Lehrer waren
Erkoren und bestellt. Nicht hatten Christi Worte
Ihresgleichen unter Menschen, die er vor der Menge sprach,
Auf dem Berge gebot. Beides verlieh er ihnen,
Den Jüngern, zu sagen mit seinen Worten,
Wie man das Himmelreich erhalten möge,
Ewig währendes Wohl; er gab ihnen Gewalt auch,
Daß sie heilen mochten Hinkende und Blinde,
Der Leute Lähmung, langwierig Lager
Und schwere Suchten. Denselben gebot er dann,

Daß sie Lohn von den Leuten   nicht verlangten, noch nähmen
Köstliche Kleinode.   „Bedenkt, von wem die Kraft euch kam
Wissen und Weisheit: daß Gewalt euch verleiht
Aller Lebenden Vater.   Ihr findet sie nicht feil
Für Geld und Gut: so seid denn allen gern
In euerm Herzen   zur Hilfe bereit.
Lehret die Leute   langdauernden Rat,
Und fördert sie vorwärts.   Aber Frevelwerk scheltet,
Beschwerende Sünde.   Haltet Silber und Gold
Der Ehre nicht würdig,   daß es in eure Gewalt kommt,
Den schimmernden Schatz.   Es mag euch zum Segen nicht
Werden, zum Wohl.
                    Gewandes sollt ihr mehr nicht
Zu eigen haben,   als was ihr anzuziehn,
Euch auszurüsten braucht,   wenn ihr reisen sollt
Unter die Menge.   Um Mundkost sorgt nicht,
Um Leibesnahrung,   denn den Lehrer muß
Das Volk ernähren,   dem er frommen soll,
Zum lieblichen Lohn,   daß er die Leute lehrt.
Der Werkmann ist wert,   daß man ihn wohl versehe
Mit dem Mahle, den Mann,   der so manchem soll
Für die Seele sorgen,   zur Seligkeit führen
Die Geister auf Gottes Au.   Das ist ein größer Ding,
Wer da sorgen soll   für der Seelen so viel,
Wie er sie erhalte   für das Himmelreich,
Als daß man den Leib   der Leutekinder
Mit Speise versorge.   Darum sollen ihn alle
In Hulden halten,   der zum Himmelreich
Die Wege weist,   sie den Würgegeistern,
Den Feinden, vorwegfängt   und Frevelwerk schilt,
Schwere Sünden rügt.   Nun ich euch senden soll
Über diese Landschaft   wie Lämmer unter Wölfe,
So fahrt unter eure Feinde,   unter viel der Völker,
Sehr mancherlei Menschen.   Euer Gemüte waffnet
Mit Schlauheit wider sie,   wie der schlaue Wurm,
Die bunte Natter,   wo sie nahe weiß
Den gefährlichen Feind,   daß man im Volk euch nicht

Auf der Sendung beschleiche.   Sorgen sollt ihr,
Daß euch die Menschen   den Mut nicht mögen,
Den Willen wenden.   Seid wachsam wider sie
Und ihre Falschheit,   wie man gegen Feinde soll.
In euerm Tun jedoch   seid Tauben gleich,
Wider alle Menschen habt   einfält'gen Sinn,
Mildes Gemüte: so mag kein Mensch
Durch eure Taten   betrogen werden,
Versucht durch eure Sünde.
                        Nun sollt ihr fahren
Auf eure Botschaft: da müßt ihr viel bittre Mühe
Von den Leuten erleiden   und lastenden Zwangs
Viel und mancherlei: weil ihr in meinem Namen
Die Leute lehrt,   darum müßt ihr viel Leid,
Von den Weltkönigen   Widerwärtigkeit dulden.
Oft müßt ihr vor Gericht   ob meines rechten Worts
Gebunden stehen   und beides ertragen,
Hohn und Harmrede.   Laßt euer Herz nicht zweifeln,
Die Seele schwanken.   Ihr dürst nicht Sorge
Im Herzen hegen,   wenn man vor die Herrschaft,
In den Gastsaal   euch gehen heißt,
Wie ihr da gute Worte   entgegnen wollt
Und weise sprechen;   weise Sprache kommt euch schon,
Hilfe vom Himmel: der heilige Geist spricht
Mächtig aus euerm Munde.   Drum scheut nicht der Männer
                        Gedräng,
Noch fürchtet ihre Feindschaft: haben sie Vollmacht gleich,
Des Leibes und Lebens   euch zu erledigen,
Mit dem Schwert zu erschlagen;   an der Seele mögen sie
Euch doch nicht schaden.   Nur den waltenden Gott scheut,
Fürchtet euern Vater   und erfüllet gern
Seine Gebote: beider hat er Gewalt,
Über das Leben,   den Leib der Leute,
Und der Seele zugleich.   Wenn ihr sie auf der Sendung
Verliert um meine Lehre,   am Lichte Gottes sollt ihr sie
Einst wieder finden: denn euer Vater
Hält sie, der heilige Gott,   im Himmelreiche.

Zum Himmel kommen nicht alle,   die hier zu mir rufen,
Die Männer zu dem Mundherrn.   Manche sind,
Die hier so Nacht als Tag   dem Herrn sich neigen,
Hilfe heischend,   und denken im Herzen an anderes,
Wirken Schandwerke: denen frommen die Worte nicht.
Nur die gelangen   zu dem himmlischen Licht,
Gehen ein zu Gottes Reich,   die gerne sich fleißen,
Daß sie hier vollführen   des allwaltenden Vaters
Werk und Willen: die dürfen mit Worten nicht viel
Erst Hilfe heischen,   denn der heilige Gott.
Weiß aller Menschen   Gemüt und Gedanken,
Wort und Willen,   und gibt ihnen der Werke Lohn.
Drum sollt ihr nur sorgen,   wenn ihr auf der Sendfahrt seid,
Wie ihr eure Botschaft   überbringt dem Volk.
Eure Fahrt denn lenket   über die Lande hin,
Über die weite Welt,   wie die Wege führen,
Breite Burgstraßen.   Immer kiest euch den besten
Mann aus der Menge,   euern Mut ihm zu künden
Mit wahren Worten.   Wenn sie dann so würdig sind,
Daß sie eure guten Werke   gerne leisten
Mit lauterm Herzen,   in ihrem Hause mögt ihr dann
Nach Willen wohnen   und ihnen wohl lohnen,
Die Guttat vergelten,   indem ihr sie Gott
Durch eure Worte weiht: sagt ihnen gewissen Frieden zu,
Die heilige Hilfe   des Himmelskönigs.
Wenn sie aber so selig   durch selbsteigene Tat
Nicht werden mögen,   daß sie eure Werke tun,
Eure Lehre leisten,   so verlaßt solche Leute,
Fahrt dahin von dem Volke;   ihr findet euern Frieden
Selber auf eurer Sendung.   In Sünden laßt sie so,
Bei ihrer Bosheit bleiben;   eine andre Burg sucht auf,
Andre Stätte,   und laßt des Staubs nicht von dort
Euch an den Füßen folgen,   wo man euch nicht empfing:
Schüttelt ihn von den Schuhen,   ihnen zur Schande,
Daß sie an dem Wahrzeichen wissen,   ihr Wille tauge nichts.
Noch sag ich euch wahrlich,   wenn diese Welt endet
Und jener mächtige Tag   über die Menschen dahinfährt,

Daß dann die Sodomsburg selbst,   die ihrer Sünden halb
In den Grundfesten   durch der Glut Gewalt,
Durch Feuer gefällt ward,   mehr Frieden haben soll,
Mildern Mundherrn,   als jene Männer,
Welche euch hier verwerfen,   euern Worten nicht folgen wollen.
Wer euch aber empfängt   mit frommem Sinn
Und mildem Gemüt,   der hat mir damit
Den Willen gewirkt,   und auch den waltenden Gott,
Euern Vater, empfangen,   den Herrn der Völker,
Den reichen Ratgeber,   der das Rechte kennt
Und weiß, der Waltende,   und den Willen lohnt
Einem jeden droben,   was er hier Gutes tut,
Und wenn er aus Gottesminne   der Menschen einem
Einen Trunk Wassers nur   mit gutem Willen gibt,
Daß er dem Dürftigen   den Durst stille
Aus kühler Quelle.   Ich künd' euch Wahrheit,
Daß es nicht lang' unterbleibt,   bis er Lohn dafür,
Vor Gottes Augen   Vergeltung empfängt,
Mannigfaltigen Dank,   was er mir zur Minne tat,
Wer mich aber verleugnet   von den Leutekindern,
Von dieser Helden Heer,   dem tu' ich auch im Himmel so
Dort oben vor dem allwaltenden Vater,   vor aller seiner
                                        Engel Schar,
Der mächtigen Menge.   Wer es aber von den Menschen
In dieser Welt nicht will   mit Worten meiden,
Meinen Jünger sich bekennt   vor den Kindern der Welt,
Den will auch ich erkennen   vor den Augen Gottes,
Vor aller Lebenden Vater,   wo der Völker viel
Vor den Allwaltenden   abzurechnen
Gehn mit dem Mächtigen: da will ich ihm gern gerecht sein,
Ein milder Mundherr,   jedem, der nach meinem
Wort sich wendet   und die Werke tut,
Die ich hier auf dem Berge   geboten habe."
   Da hatte wahrlich   des Waltenden Sohn
Die Leute gelehrt,   wie sie Gottes Lob
Wirken sollten.   Da ließ er die Werten
Nach allen Seiten hin,   die Scharen der Männer,

Zur Heimat hinziehn.   Sie hatten selbst sein Wort
Gehört, des Himmelskönigs   heilige Lehren,
Wie immer in der Welt   in Worten und Taten
Der Männer manche   über diese Mittelwelt
Gerechter und weiser sind,   die die Rede vernahmen,
Die da auf dem Berge sprach   der Gebornen Mächtigster.

DIE HOCHZEIT ZU KANA

Nach drei Nächten dann   ging dieser Völker Herr
Nach Galiläa,   wo zum Gastmahl war
Gebeten Gottes Geborner.   Eine Braut war zu geben,
Eine minnigliche Magd.   Da war Maria
Mit ihrem Sohne selbst,   die selige Jungfrau,
Des Mächtigen Mutter.   Der Menschen Herr
Ging mit seinen Jüngern,   Gottes eigen Kind,
In das hohe Haus,   wo die Häupter tranken
Der Juden im Gastsaal.   Unter den Gästen war auch er
Und gab da kund,   daß er Kraft von Gott besaß,
Hilfe vom Himmelsvater,   heiligen Geist,
Des Waltenden Weisheit.   Wonne war da viel,
In Lusten sah man   die Leute beisammen,
Gutgemute Gäste.   Umher gingen Diener,
Schenken mit Schalen,   trugen schieren Wein
In Krügen und Kannen.   Zu Kana war da groß
Des Festmahls Freude.   Als dem Volk unter sich
Auf den Bänken die Lust   am besten mundete,
Daß sie in Wonne waren,   am Wein gebrach es da,
Am Met beim Mahl: nicht das mindeste war mehr
Daheim im Hause,   das vor die Herrschaft
Die Schenken trügen,   die Geschirre waren des Tranks
Leer und ledig.
                 Nicht lange dauert' es,
So ersah es wohl   die Schönste der Frauen,
Die Mutter Christs: mit ihrem Kinde ging sie sprechen,
Mit ihrem Sohne selbst,   und sagt' ihm Bescheid,
Daß die Wirte weiter   des Weins nicht hätten

Den Gäften zu geben,   und begehrte drum,
Daß der heilige Herr   Hilfe fchüfe den Leuten
Nach Wunfch und Willen.
       Da hielt fein Wort bereit
Der mächtige Gottesfohn   und fprach zu der Mutter:
„Was geht mich und dich   diefer Männer Trank an,
Unfrer Wirte Wein?   Was fprichft du, Weib, davon
Und mahnft mich vor der Menge?   Noch ift meine
Zeit nicht gekommen.“
       Doch zweifelte nicht
In ihres Herzens Sinn   die heilige Jungfrau,
Daß nach diefen Worten   des Waltenden Sohn,
Der Heilande hehrfter,   doch helfen wollte.
Da befahl dem Dienervolk   der Frauen Schönfte,
Den Schenken und Schaffnern,   die der Verfammlung dienten,
Der Worte und Werke   fich nicht zu weigern,
Und was der heilige Chrift   fie heißen wollte
Zu leiften vor den Leuten.
       Nun ftanden leer
Der Steinkrüge fechs.   In der Stille gebot da
Das mächtige Gotteskind,   daß der Männer viel
Nicht wußten in Wahrheit,   was fein Wort da fprach:
Die Schenken follten   mit fchierem Waffer
Die Gefäße füllen: mit den Fingern dann
Segnet’ er es felber,   mit feinen Händen,
In Wein es wandelnd,   hieß davon aus weitem Becken
Die Schale fchöpfen   und gebot den Schenken,
Dem von den Gäften,   der bei dem Gaftmahl
Der Hehrfte wäre,   in die Hand zu geben
Die gefüllte Schale,   der des Volkes dort
Nächft dem Wirt gewaltete.
       Wie der des Weines trank,
Da mocht’ er’s nicht meiden,   daß er vor der Menge fprach
Zu dem Bräutigam: „Das befte Getränk
Pflegen fonft doch immer   zuerft die Wirte
Zu geben beim Gaftmahl: wenn dann der Gäfte Herz
Vom Wein erweckt wird,   daß fie in Wonne fich freuen

Und trunken träumen,   dann trägt man wohl auf
Den leichtern Wein;   so ist der Leute Brauch.
Aber du hast wunderlich   deine Bewirtung
Vor den Leuten angelegt: du ließest dem Männervolk
Deiner Weine   den wertlosesten
Von allen zuerst   auftragen die Diener,
Beim Gastmahl geben.   Deine Gäste sind nun satt,
Trunken alle   deine Tischgenossen
Und fröhlich das Volk: da setzest du uns vor
Aller Weine wonnigsten,   die ich auf der Welt noch je
Irgendwo haben sah.   Damit hättest du zuerst uns sollen
Bewirten und laben: deine Gäste würden es
Dann mit Dank empfangen haben."

                Da ward mancher Degen
Gewahr aus den Worten,   als sie des Weines tranken,
Daß der heilige Christ   in dem Hause dort
Ein Zeichen gewirkt.   Sie zweifelten nicht mehr
Und vertrauten ihm gern,   da er Macht habe von Gott,
Gewalt in dieser Welt.   Da ward das weithin kund
Über Galiläa   den Judenleuten,
Wie da selber gewandelt   des Waltenden Sohn
In Wein das Wasser.

                Das war das erste Wunder,
Das er in Galiläa   den Judenleuten
Als Zeichen zeigte.   Erzählen mag niemand,
Noch genugsam sagen,   wie nun bei den Leuten
Des Wunders ward so viel,   wo der waltende Christ
In Gottes Namen   den Judenleuten
Den langen Tag   seine Lehre sagte,
Das Himmelreich verheißend   und dem Höllenzwang
Mit Worten wehrend.   Das wahre Gottesleben
Sollten sie suchen,   wo der Seelen Licht ist,
Des Herren Wonnetraum,   seines Tages Schein,
Ewiger Gottesglanz,   wo mancher Geist
Nach Wunsche wohnt,   der hier wohl bedenkt,
Daß er heilig halte   des Himmelskönigs Gebot.

Der Hauptmann zu Kapharnaum

Mit den Jüngern ging   vom Gastmahl nun
Christ nach Kapharnaum,   der Könige Mächtigster,
Zu der herrlichen Burg.   Der Helden viel
Gingen ihm entgegen,   gute Männer,
Ein selig Gesinde,   seine süßen Worte,
Die heiligen, zu hören.   Ein Hauptmann kam ihm da
Entgegen, ein guter Mann,   und begehrte sehnlich
Des Heiligen Hilfe: einen Hausgenossen hab er,
Einen Gliederlahmen,   schon lange Zeit
Siech in seiner Wohnung: „den weiß kein Arzt
Mit Händen zu heilen.   Deiner Hilf' ist ihm not,
Mein Fürst, mein guter."   Das Friedenskind Gottes
Sprach ohne Säumen   ihm selber entgegen,
Daß er kommen wolle   alsbald, sein Kind
Der Not zu entnehmen.   Näher trat ihm da
Der Mann vor der Menge,   mit dem Mächtigen
Worte zu wechseln: „Ich bin nicht würdig,
Herr, o guter,   daß in mein Haus du kommst,
Meine Wohnung besuchst.   Ich bin ein sündiger Mann
Mit Worten und mit Werken.   Ich weiß, daß du Gewalt hast,
Daß du von hier aus wohl   ihn heilen magst,
Mein waltender Herr.   Wenn du ein Wort nur sprichst,
Ist er erlöst von dem Leiden   und wird ihm sein Leib
Heil und rein,   so du ihm Hilfe verleihst.
Ich habe selbst zu befehlen,   habe Felder genug
Und Wiesen gewonnen;   zwar unter der Gewalt
Des Edelkönigs,   hab ich doch edles Gefolge,
Holde Heermänner,   die mir so gehorsam sind,
Daß sie nicht Wort noch Werk   verweigern werden,
Was ich sie leisten heiße   in diesem Lande:
Es zu vollführen   fahren sie und kehren
Zu ihrem Herrn, die Holden.   Im Hause hab ich
Weiten Besitz wohl   und wonniges Gut,
Hochgesinnte Helden;   doch wag' ich dich Heiligen nicht
Zu bitten, den Gebornen Gottes,   in meinen Bau zu kommen,

Meinen Saal zu besuchen,   weil ich ein Sünder bin
Und weiß, was ich verwirkte."

                 Da sprach der waltende Christ,
Der gute, zu seinen Jüngern: „Bei den Juden fand ich,
Unter Israels   Abkommen nirgend
Dieses Mannes Gleichen,   der solchen Glauben,
Also lautern   in diesen Landen
Hätte zum Himmel.   Noch laß ich euch hören,
Wie ich hier mit wahren   Worten euch sage,
Aus andern Völkern   von Osten und Westen
Mögen der Menschen   manche noch kommen,
Ein heilig Volk Gottes,   zum Himmelreiche,
Und dürfen an Abrahams   und an Isaaks zumal
Und auch an Jakobs,   der guten Männer,
Busen rasten   und beides genießen,
Erwünschtes Wohl   und wonniges Leben
Und Gottes Himmelslicht,   wenn der Juden viel,
Dieses Reiches Söhne,   beraubt sein werden
Und teillos der Ehre,   und sollen in düstern Tälern,
In dem alleruntersten   Abgrund liegen.
Heulen hören   mag man die Helden da
Und ihren Zorn   mit den Zähnen zerbeißen.
Denn da ist grimmiger Geist   und gieriges Feuer,
Harter Höllenzwang,   heiß und düster,
Ewig schwarze Nacht   der Sünde zum Lohn,
Den Werken der Bosheit,   dem der nicht willens ist,
Sich erlösen zu lassen,   eh' er dies Licht verläßt,
Von dieser Welt sich wendet.

                 Fahre nun, willst du,
Schleunig nach Hause;   du findest gesund daheim
Den kindjungen Mann,   sein Gemüt voll Lust.
Dein Sohn ist geheilt,   wie du heischtest von mir.
Es wird alles erfüllt,   wie du festen Glauben
Im Herzen hegtest."   Dem Himmelskönige
Sagte der Hauptmann da,   dem allwaltenden Herrn,
Vor den Leuten Dank,   daß er in Bedrängnis ihm half,
Denn was er gewünscht,   hatt' er alles erwirkt

Seliglich. Da schritt er schnell dahin,
Wandte nach seinem Willen   sich wieder zur Heimat,
Zu Haus und Hof. Da fand er heil den Sohn,
Den kindjungen Mann. Christi Worte
Waren all erfüllt. Er hatte Gewalt,
Zeichen zu zeigen,   erzählen mag es niemand
Noch erachten auf Erden,   was allein durch seine Kraft
In diesem Mittelgarten   Großes vollbracht ward
Und Wunders gewirkt,   denn in seiner Gewalt steht alles,
Himmel und Erde.

DER JÜNGLING ZU NAIN

Der heilige Christ begann
Nun weiter zu wandern. Allmächtig erwies er
An der Tage jeglichem,   der gute Herr,
Den Leutekindern Liebes,   lehrte und wies
Gottes Willen den Guten,   hatte der Jünger viel
Zu Gefährten immerfort,   ein selig Volk Gottes,
Große Menge der Männer   aus mancherlei Stämmen,
Eine heilige Heerschar. Er half gütig
Und milde den Menschen. Mit der Menge kam er da,
Dem Haufen, Gottes Sohn,   zu der hohen Burg,
Gen Nain, der Nothelfer,   wo sein Name vor den Menschen
Sollte verherrlicht werden. Da schritt der Herrschende zu,
Der Nothelfer Christ,   bis er ihr nahe kam,
Christ, der Erlöser. Da sahen sie eine Leiche,
Einen leblosen Leib   von den Leuten getragen:
Auf der Bahre brachten sie   zum Burgtor hinaus
Einen kindjungen Mann. Die Mutter ging dahinter
Im Herzen betrübt   und die Hände ringend,
Beklagte kummervoll   ihres Kindes Tod,
Die unselige Frau. Es war ihr einziger Sohn;
Sie selber war Witwe,   der Wonne sonst entblößt.
Zu dem einzigen Sohn   versah sie allein
Der Wonne sich wieder: der war ihr genommen nun
Durch des Mächtigen Ratschluß. In der Menge folgte

Der Burgleute Gedräng,   wo man auf der Bahre trug
Zu Grabe den Jüngling.   Da ward ihr Gottes Sohn,
Der Mächtige, mild   und sprach der Mutter zu,
Wollte, daß vom Weinen   die Witwe ließe,
Von der Klage nach dem Kinde. „Du sollst hier die Kraft schaun
In des Waltenden Wirken.   Nach Wunsche werde dir
Trost vor dem Volke.   Betrauern darfst du nicht mehr
Des Gebornen Leben."   Zu der Bahre ging er da,
Berührte selber ihn,   der Sohn des Herrn,
Mit heiligen Händen,   und hub zu dem Jüngling an,
Hieß den alljungen   auferstehen,
Von der Rast sich errichten.   Und rasch erhob sich
Der Sohn auf der Bahre: in die Brust war ihm gekehrt
Der Geist durch Gottes Kraft,   daß er entgegensprach
Verwandten und Freunden.   Da befahl ihn der Mutter wieder
Zu Händen der Heiland.   Das Herz war zur Wonne
Dem Weibe gewandt,   da ihr der Wunsch gewährt ward.
Zu Füßen fiel sie Christ,   den Herrn der Völker preisend
Und lobend vor den Leuten,   der zu des Lieben Leben
Ihr half vor der Macht des Geschicks.   Sie verstand, es sei der
                                 mächtige Herr,
Der heilige Himmelswalter,   der auch helfen mag
Allen Erdenvölkern.

                    Da achteten manche
Des gewirkten Wunders: der Waltende nahe, sagten sie,
Seinem Volk, der Himmlsfürst: vorgesandt hab er so hehren
Wunderer in diese Welt,   der ihnen solche Wonne schüfe.
   Da wurden der Edeln viel   mit Ängsten befangen,
Das Volk geriet in Furcht,   da er dem befahl zu leben
Und des Tages Licht zu schaun,   der den Tod schon gelernt,
Auf dem Siechbett verscheidend.   Gesund war er wieder,
Kindjung erquickt.   Das ward da kund überall
Israels Abkommen.
                    Als der Abend kam,
Versammelten sich   alle siechen Männer,
Was irgend lebte   von Lahmen und Krummen,
Und leidender Leute: die leitete man hin,

Daß sie zu Christo kamen,   und seine große Kraft
Heilte sie hilfreich   und ließ sie heimgehn gesund
Nach Wunsch und Willen.   Drum mag man seine Werke loben,
Verherrlichen seine Taten,   denn der Herr ist er selber,
Der mächtige Schützherr   dem Menschengeschlecht,
Den Leuten allen,   die da glauben an ihn,
Seinen Worten und Werken.

DIE STILLUNG DES MEERES

    Da kam ein groß Gewühl
Aus allen Gauen   um Christi Gaben willen,
Um des Mächtigen Schutz.   Da wollt ein Meer befahren
Gottes Sohn mit den Jüngern,   an Galiläaland hin
Auf den Wogen, der Waltende.   Der Leute Gewühl
Hieß er weiter wandern;   mit wenigen stieg
In einen Nachen nur   der Nothelfer Christ,
Von der Reis' erschöpft bis zum Schlafe.   Die Segel hißten
Wetterweise Männer   und ließen vom Winde sich
Über den Meerstrom treiben,   bis in die Mitte kam
Der Göttliche mit seinen Jüngern.   Da begann des Wetters Kraft:
Im Wirbelwinde   stiegen die Wogen,
Nacht schwang sich schwarz hinab,   die See kam in Aufruhr,
Wind und Wasser kämpften.   Angst erwuchs den Leuten,
Da das Meer so mutig ward.   Der Männer versah sich keiner
Längeres Lebens.   Den Landeswart alsbald
Weckten sie und sagten ihm   von des Wetters Kraft,
Flehten, daß gnädig   ihnen der Notretter Christ
Wider das Wasser hülfe,   „sonst werden wir qualvoll
Sterben in diesem Sturm."   Da stand vom Lager empor
Der gute Gottessohn   und sprach zu den Jüngern:
„Euch darf des Wetters Wut   wenig erschrecken:
Wie hat euch Furcht erfaßt?   Noch nicht fest ist euch das Herz,
Noch laß euer Glaube.   Nicht lange mehr währt es,
So muß die Strömung   stiller werden
Und das Wetter wonnesam."   Da sprach er zu dem Winde
Und zu dem Meer zumal   und hieß sie milder

Beide gebaren. Dem Gebot gehorsam
Und des Waltenden Wort stillten die Wetter sich,
Heiter floß die Flut. Das Volk unter sich
Gewahrt' es verwundert, Worte gingen hin und her,
Welch ein mächtiger Mann das sein müsse,
Daß ihm Wind und Welle aufs Wort gehorchten,
Seinem Gebote beide. Der Geborne Gottes
Hatte sie der Not entnommen. Der Nachen schritt dahin,
Der hochgehörnte Kiel: die Helden kamen
Zu Lande, die Leute, und lobten Gott,
Verherrlichten seine Herrscherkraft.

AUSTREIBUNG DER TEUFEL

               Viel Männer huben sich
Dem Gottessohn entgegen, und gern empfing er sie.
Wer immer lautres Herzens Hilfe suchte,
Den lehrt' er den Glauben, seines Leibs Gebrechen
Mit Händen heilend. So hart war niemand
Von Siechtum heimgesucht, wenn selbst ihn des Satanas
Tückische Diener mit teuflischer Kraft
Unter Händen hatten, ihm Herz und Hirn
Und Bewußtsein verwirrend, daß er wütend
Unter dem Volke fuhr; doch gab ihm vollen Verstand
Der Heilspender Christ, wenn er ihm zu Händen kam.
Er trieb durch Gottes Kraft die Teufel aus
Mit wahren Worten; gab ihm Bewußtsein zurück,
Hieß ihn heil sein vor den hassenden Geistern,
In Frieden vor den Feinden. So mocht er fortziehn,
Wohin er in den Landen am liebsten ging.
So tat da Gottes Sohn an der Tage jeglichem
Gutes mit den Jüngern; doch wollten die Juden
Ungerne glauben an seine große Kraft,
Daß er über alles der Allwalter wäre,
Des Landes und der Leute; ihr Lohn ist noch heut
Weite Wanderfahrt, daß sie widerstritten
Ihm selbst, dem Sohn des Herrn.

Heilung des Gichtbrüchigen

Mit feinen Gefährten
Nach Galiläa ging da   Gottes eigner Sohn,
Zu den Freunden fahrend,   die ihn vormals gepflegt,
Als er unter Verwandten   kindjung erwachfen war,
Der heilige Heiland.   Heerfcharen Volks
Umdrängten ihn dicht: mancher Degen war
Selig ihm zugefellt.   Einen Siechen trugen
Auf den Armen etliche,   ihn vor die Augen Chrifts
Zu bringen, des Gebornen Gottes.   Wohl braucht' er Hilfe,
Daß ihn des Himmels   Walter heilte,
Der Menfchen Mundherr.   Er war feit manchem Tag
An den Gliedmaßen lahm: fein Leib vermochte
Wenig zu wirken.   Da war das Gewühl fo groß,
Sie konnten ihn nicht bringen   vor Gottes Gebornen,
Nicht durchs Gedränge dringen,   des Hilfebedürftigen
Schaden zu fagen.   Da ging in einen Saal
Der heilende Chrift: die Haufen drangen nach,
Eine mächtige Menge.   Die Männer befprachen fich,
Die den Gliederlahmen   nun lange getragen
Im Bette, wie fie ihn brächten   vor Gottes Gebornen,
In das Gewühl hinein,   daß der waltende Chrift
Ihn felber fähe.   Da gingen die Gefellen
Und huben ihn hoch   auf des Haufes Dach,
Durchfchlugen die Saaldecke   und fenkten ihn an Seilen
Herab in das Gemach,   wo der Mächtige ftand,
Der Könige Kräftigfter.   Als er ihn kommen fah
Durch des Haufes Decke,   in ihren Herzen las er,
In der Männer Gemüt,   fie hätten mächtigen
Und lautern Glauben.   Vor den Leuten fprach er da.
Er wolle den Siechen   von Sünden befreien
Und ledig laffen.   Da fprachen ihm entgegen
Gramherz'ge Juden,   die auf des Gotteskindes
Worte lauerten: „Nicht fo leicht gefchehe das:
Grimmwerk vergeben   möge Gott allein,
Der Walter diefer Welt."   Doch fein Wort hielt bereit

Das mächtige Gotteskind: „An diesem Mann erweis' ich's,
Den ihr siech liegen seht   in diesem Saal,
Vor Weh sich windend,   daß Gewalt mir ward,
Sünden zu vergeben,   den Siechen selbst
Hier zu heilen vor euch,   von meinen Händen unberührt."
Da mahnt' alsbald   der mächtige Herr
Den liegenden Lahmen,   vor den Leuten gebot er ihm,
Allheil aufzustehn   und auf die Achsel zu nehmen
Des Bettes Bürde.   Dem Gebote folgt' er
Ungesäumt vor der Schar,   und ging gesund hindann,
Heil aus dem Hause.   Mancher Heidenmann
Gewahrt' es verwundert   und sprach, der Waltende selbst,
Gott, der Allmächtige,   hätt' ihm gegeben
Mehr Gewalt und Macht   als der Menschen einem,
Kraft und Künste.

DAS GLEICHNIS VOM SÄMANN

         Doch wollten nicht erkennen
Die Judenleute,   daß er Gott wäre.
Sie glaubten seinen Lehren nicht,   stritten leidigen Streit
Wider seine Worte,   und erwarben dafür
Auch leidigen Lohn,   der noch lange währen wird,
Weil sie nicht hören wollten   des Himmelskönigs
Christi Lehren,   die er kundtat allwärts,
Weit über diese Welt,   und ließ sie seine Werke sehn,
An der Tage jeglichem   seine Taten schaun,
Hören sein heilig Wort,   daß er zu Hilfe sprach
Den Menschenkindern   und so manches mächtige
Zeichen zeigte,   damit sie nicht zweifelten
Und seinen Lehren glaubten.   Am Leibe so viele doch
Entband er böser Sucht.   Besserung schenkend,
Gab dem Toten Leben,   der schon angetreten
Hatte die Höllenfahrt: der Heiland mocht' ihn,
Christ, durch seine große Kraft,   vom Tod erquicken,
Hieß ihn wieder dieser Welt   Wonne genießen.
So heilt' er die Hinkenden   und half den Krummen,

Die Blinden ließ er wieder   dies prächtige Licht,
Das ewig schöne, schauen,   und tilgte die Sünden,
Der Menschen Grimmwerk.   Nicht ward den Juden doch,
Den leidigen Leuten,   der Glaube lauterer
An den heiligen Christ: sie hatten ein hartes Herz,
Stritten stark wider ihn,   wollten nicht verstehen,
Wie sie so sich verfingen   in des Feindes Strick,
Die Glaubenlosen.

       Doch ließ nicht ab darum
Der Sohn des Herrn: er sagte und lehrte,
Wie sie des Himmelreiches   habhaft würden.
Im Lande lehrend   hatt' er der Leute viel
Gewonnen durch sein Wort,   daß ihm wunderviel
Des Volkes folgte.   Vieles sprach er nur
In Bildern, der Geborne Gottes,   was sie in ihrer Brust nicht
                            mochten,
In ihrem Sinn verstehn,   eh' der selige Christ
Über all die Menge   mit offenen Worten
Ihnen selber später   es sagen wollte,
Seine Meinung melden.   Eine mächtige Menge
Umdrängt' ihn des Volks: ihr Bedürfnis war groß,
Daß sie hören möchten   des Himmelskönigs
Wahrfestes Wort.

       Er stand an eines Wassers Gestad
Und wollt im Gedränge nicht   über die Degen all
Auf dem Lande oben   seine Lehre künden;
Da ging der Gute,   und seine Jünger mit,
Das Friedenskind Gottes,   der Flut näher,
Und stieg in ein Schiff,   das er schalten hieß
Das Land entlang,   daß die Leute so sehr nicht
Ihn drängten und drückten.   Mancher Degen stand
Am Wasser wartend,   wo der waltende Christ
Über der Leute Volk   seine Lehre sagte:

      „Ich sag euch wahrlich,   ihr Gesellen mein,
Daß ein Ackerer einst   über die Erde Korn
Mit den Händen säte.   Auf harten Stein

Fiel aber einiges   und hatte nicht Erde,
Mochte nicht wachsen   und Wurzel fassen,
Bekleiben und keimen: das Korn ging verloren,
Die liebe Feldfrucht.   Anderes fiel auf Land,
Edle Erde,   darauf begann es
Wonnig zu wachsen   und Wurzel zu fassen,
Warf lustig Loden,   denn das Land war gut,
Fängig und fähig.   Noch anderes fiel
Auf die starre Straße,   wo Stapfen gingen
Von der Hengste Hufschlag   und der Helden Schritt.
Wohl wuchs es im Wege,   doch weggenommen war es
Von des Volkes Füßen;   anderes lasen Vögel auf:
Der Eigner konnte   nichts ernten davon
Nach Wunsch und Willen,   was so auf den Weg fiel.
Einiges fiel dahin,   wo allzuviel
Dichter Dornen stand,   als das gesät ward:
In Erde kam es wohl   und ging auch auf,
Keimte und bekleibte;   aber die Kräuter dazwischen
Wehrten seinem Wachstum,   und ein Wald von Laub
Überfing es oben;   es konnte nicht Frucht bringen,
Der Dornen Dickicht   drängt' es zu sehr."
   Da saßen und schwiegen   die Gesellen Christs:
Die wortweisen Männer   wunderte sehr,
Mit welchen Bildern   Gottes Geborener
Seine wahrhaften Sprüche   zu sagen anhub.
Da begann ihn der Jünger   einer zu fragen,
Den holden Herrn,   sich hin vor ihm neigend
Gar würdiglich: „Wahrlich, du hast Gewalt,
Heiliger Herr,   im Himmel wie auf Erden,
Dort oben wie hier unten   bist du der Allwalter
Über der Menschen Geister.   Wir, deine Jünger,
Sind dir hold von Herzen,   guter Herr und Meister!
Wenn es dein Wille ist,   so laß uns deine Worte
Auch zu Ende hören,   daß wir einst sie wie du
Verkünden können,   das erste Christenvolk.
Wir wissen, daß deinen Worten   wahrhafte Bilder
Zugrunde liegen,   drum ist uns große Not,

Daß wir deine Wort' und Werke,   die von solcher Weisheit
stammen,
Hier in diesem Lande   von dir erlernen."

Da entgegnete gleich   der Guten bester,
Ihm antwortend: „Nicht mein' ich irgend was
Geheim zu halten   von meinen Handlungen,
Worten und Werken: wissen sollt ihr alles,
Ihr meine Jünger,   weil euch gegeben hat
Der Walter dieser Welt,   daß ihr wohl erkennt
Das himmlische Geheimnis   in euern Herzen.
Den andern soll man in Bildern   die Gebote Gottes
Weisen und deuten.   Nun will ich euch wahrhaft,
Was ich meinte, melden,   damit ihr desto mehr
Über diesen Landen all   meine Lehre versteht.
Der Same, von dem ich sagte,   seht, das ist sein Wort,
Die heilige Lehre   des Himmelskönigs,
Die ihr melden sollt   über diesen Mittelkreis,
Weit über diese Welt.   Ihr wißt, wie ungleich
Der Menschen Gemüt ist: mancher hegt solchen Mut,
Rauh ist sein Herz   und roh seine Seele,
Er würdigt wenig   nach euern Worten zu tun,
Daß er meine Lehre   leisten wolle,
Sondern verloren gehen   meine Lehren all,
Gottes Gebote   und eure Worte, ihr Guten,
An dem übeln Mann;   wie ich euch eben sagte,
Daß das Korn verkam,   das nicht keimen mochte,
Und über dem Steine   eine Stätte finden.
So sind all verloren   der Edeln Reden,
Gottes Sendung,   was man den schlechten Mann
Immer lehren mag,   da er zur linken Hand
Unter der Feinde Volk   die Fahrt erkiest,
Zu Gottes Unwillen   und übler Geister Jubel,
Wo ihn Feuer umfängt   und er ewig verfluchen wird
In seiner Brust Gedanken   die breite Lohe.
Doch laßt es nicht, den Landen   meine Lehre
Zu weisen deswegen.   Wären auch viele

Also Gesinnter auf Erden,   einen andern gibt es wieder,
Der ist jung und glau   und guten Gemüts,
In der Sprache weise: der erspäht der Worte Sinn
Und hält ihn im Herzen,   hört mit den Ohren hin,
Genau nachsinnend,   und tritt euch näher
Und birgt in der Brust   die Gebote Gottes,
Lernt und leistet sie.   Ist sein Glaube so gut,
Er eifert, den andern   auch umzustimmen,
Den meintätigen Mann,   daß er im Gemüte trage
Herzliche Treue   zum Himmelskönig.
Dann breitet sich in seiner Brust   das Gebot Gottes,
Der liebreiche Glaube,   gleichwie im Lande tut
Das keimende Korn,   wo es bekleiben mag,
Und der Grund ihm günstig ist   und des Wetters Gang,
Regen und Sonne,   daß ihm sein Recht geschieht.
So tut Gottes Lehre   an dem guten Mann
Bei Tag und Nacht: ihm bleibt der Teufel fern
Und widrige Wichte;   aber die Wächter Gottes
Treten ihm näher   bei Tag und Nacht,
Bis sie ihn bringen dazu,   daß beides geschieht:
Die Lehre gereicht   den Leuten zum Heil,
Die von seinem Munde geht,   und der Mann wird Gottes.
So wechselt' er ein   in dieser weltlichen Zeit
Mit seines Herzens Gedanken   des Himmelreiches Anteil,
Die größte der Wonnen: er fährt in Gottes Gewalt,
Der Laster ledig.   Treue lohnt
So gut und giebig,   kein Goldeshort
Gleicht solchem Glauben.   Seid mit euern Lehren
Den Menschen milde.   Mannigfach gesinnt
Ist der Helden Herz.   Mancher ist harten Muts,
Widrigen Willens   und wandelbar,
Der Falschheit voll   und der Frevelwerke.
Vielleicht bedünkt ihn,   wenn er im Gedränge steht
Und zwischen den Leuten   lauschend verkünden hört
Gottes Lehre,   ihn dünkt, daß er sie gerne
Nun leisten wolle: so beginnt ihm die Lehre
Im Herzen zu haften,   bis ihm zu Hand wieder kommt

Erwerb und Gewinn   und des Nachbarn Wohlstand.
Da verleiten bald   ihn leidige Wichte,
Daß er Goldbegier   sich umgarnen läßt,
Und sein Glauben erlischt.   Dann lohnt es ihm wenig,
Was er im Herzen hatte,   wenn er es nicht halten will.
Der ist wie das Gewächs,   das am Wege begann
Zu wachsen und zu wurzeln   und wieder zertreten ward.
So bewältigt der Sünde Macht   in des Mannes Herzen
Gottes heilige Lehre,   wenn er sie nicht hütet:
Dann fällt sie ihn nieder   in der Flammen Abgrund,
In die heiße Hölle,   wo er dem Himmelskönig
Fürder nicht frommen mag;   die Feinde sollen ihn
Da martern und strafen.   Seid milde mit Worten
Im Lande zu lehren!   Ich kenne der Leute Sinn,
Den unsteten Mut   des Menschengeschlechts.
An Besitz hängt dem der Sinn: er sorgt viel mehr,
Wie er ihn behalte,   als wie er des Himmelskönigs
Willen wirke: drum mag nicht wachsen
Gottes heilig Gebot,   ob erst es haftete
Und wurzeln wollte;   die Weltgüter drängen es.
Gleichwie Kraut und Dorn   das Korn befangen,
Ihm das Wachstum wehren,   so der Wohlstand   dem Mann.
Sein Herz haftet dran,   daß er nicht beherzigen mag
In seinem Mute, der Mann,   wes er zumeist bedarf,
Wie er das erwirke,   dieweil er in dieser Welt ist,
Daß er in ewigen Tagen   dereinstmals dürfe
Des Herren Gnade haben   und des Himmels Reich,
So endloses Wohlsein,   wie kein einziger Mann
In dieser Welt mag wissen.   Denn wie weit auch immer
In seinem Mute der Mann   gedenken möge,
So erfaßt es doch nicht   das forschende Herz,
Daß es in Wahrheit wisse,   was der waltende Gott
Gutes bereitet hat,   das all gegönnt wird
Der Menschen jeglichem,   der ihn hier minnet wohl,
Und selber sorglich   seine Seele bewahrt,
Daß er an Gottes Licht   gelangen möge."

Vom Unkraut im Weizen

So lehrt' er und wies. Viel Leute standen
Um Gottes Geborenen, hörten ihn in Bildern
Von dieser Welt Ende weisen und sagen:
„Einst geschah's, daß ein Ehrenmann auf seinen Acker
Das schöne Korn säte mit seinen Händen;
Wollte sich ein wonnesam Gewächs erzielen,
Erfreuliche Frucht. Da fuhr sein Feind hinterdrein
Mit hämischem Herzen, säte Hederich drein,
Das übelste Unkraut. Auf gingen beide,
Das Korn und das Kraut. Nicht lange, so kamen
Seine Hofknechte heim und sagten dem Herrn,
Die Diener dem Dienstherrn, mit dreisten Worten:
„Du sätest, lieber Herr, doch lauteres Korn
Allein auf den Acker, und nichts anderes sieht man
Als Wust da wachsen: wie wurde das so?"
Da gab der Ehrenmann zur Antwort den Knechten,
Der Dienstherr den Dienern: „Wohl gedenken mag ich,
Daß mir ein unholder Mann Unkraut nachsäte,
Ein Feind, das falsche Kraut: er gönnte mir die Frucht nicht,
Verwüstete mein Gewächs." Und wieder sprachen die Diener
Zu ihm, die Hofknechte: „So wollen wir hingehn
Alle auf einmal, das Unkraut jäten
Und heimholen." Doch der Herr entgegnete:
„Nicht will ich, daß ihr es jätet, denn ihr könntet euch nicht
                                              wahren,
Bei euerm Gang nicht hüten, wenn ihr auch gerne wolltet,
Daß ihr des Korns nicht zu viel, der Keime verderbtet
Und unter die Füße fälltet. Laßt sie nur immerfort
Miteinander wachsen, bis die Ernte kommt
Und auf dem Felde dann die Frucht gereift ist,
Die Ähren auf dem Acker: dann eilen wir alle hin,
Sie heimzuholen; das heilige Getreide
Sondern wir dann säuberlich und bringen es zur Scheune,
Heben es sorgsam auf, daß ihm nicht Schaden möge
Irgendwas antun; aber das Unkraut nehmen wir,

Binden es zu Bündeln   und werfen es in bitter Feuer,
Daß es lodern möge   in heißer Lohe,
Unersättlicher Glut."
                    Da stand und sann
Des Gefolges viel,   was der Führer des Volks
Meinen möchte,   der mächtige Christ,
Mit dem Bilde bezeichnen,   der Gebornen Hehrster.
Da baten sie begierig   den guten Herrn,
Die Lehre zu erläutern,   daß die Leute fortan
Der heiligen gehorchten.   Und der Herr entgegnete,
Der mächtige Christ: „Des Menschen Sohn ist es,
Ich bin es selbst, der sät,   und die seligen Männer
Sind das lautere Korn,   die meiner Lehre gehorchen,
Meinen Willen wirken.   Diese Welt ist der Acker,
Das breite Bauland   der Geborenen all,
Und so ist's der Satanas,   der da sät hinterher
Seine leidige Lehre.   Er hat der Leute so viel
Verderbt in dieser Welt,   daß sie böse Dinge
Wirken nach seinem Willen.   Doch mögen sie wachsen,
Die gottvergeßnen   wie die guten Männer,
Bis des Weltbrands Macht   über die Menschen fährt,
Das Ende dieser Welt.   Dann sind die Äcker all
Gereift in diesen Reichen,   und des Ewigen Ratschluß
Erfüllt sich an den Völkern.   Dann zerfährt die Erde:
Das ist der Ernten Ernte.   Von oben kommt im Glanze
Der Herr mit seiner Engel Kraft,   und kommen alle zusammen
Die Leute, die das Licht je sahn,   den Lohn zu empfangen,
Des Übeln wie des Guten.   Dann gehen Engel Gottes,
Heilige Himmelswächter,   und heben die Frommen
Für sich gesondert   in das ewig schöne,
Hohe Himmelslicht;   zur Hölle weisen sie die andern.
Die Verworfnen werfen sie   in das wallende Feuer:
Da sollen sie gebunden   bittere Lohe,
Folterpein erfahren,   da die andern freudevoll
Im Himmelreiche   der hellen Sonne gleich
Leuchten und glänzen.   Das ist der Lohn, der die Menschen
Für würd'ge Tat erwartet.   Drum wer Gewissen,

Gedanken hat im Herzen   oder hören mag
Mit Ohren auf Erden,   der erinnre sich des,
Sorge in seinem Sinne,   wie er an jenem schrecklichen Tag
Dem allmächtigen Gotte   Antwort gebe
Seiner Worte und Werke   hier in dieser Welt.
Das ist das Ängstlichste   von allen Dingen,
Das Furchtbarste den Volkskindern,   daß sie mit dem Fürsten
                                        rechnen sollen,
Die Hörigen mit dem Herrn.   Dann möchte herzlich gerne
Der Menschen männiglich   der Meintat frei sein,
Aller schlimmen Schuld.   Darum sorge vorher
Aller Leute jeglicher,   eh' er dies Licht verläßt,
Wie ihm dann werde   ewig währende Zier,
Das hohe Himmelreich   und die Huld Gottes."

VOM SENFKORN UND NETZE

So vernahm ich, daß da selber   der Sohn des Herrn,
Der Geborenen Bester,   in Bildern lehrte,
Was da wäre   in dieser Welt Reichen
Vergleichbar dem Himmelreich   hier bei den Menschen.
Ein winzig Ding wachse   so gewaltig oft,
Erhebe so hoch sich   wie das Reich der Himmel;
„Und doch ist das höher,   als hier ein Mensch wohl
Wähnt in dieser Welt.   So gleicht ihm das Werk auch,
Wenn ein Mann in die See   ein Senknetz wirft
Zum Fischen in die Flut,   und beiderlei Fische fängt,
Üble und gute,   und auf zum Gestade zieht,
Zum Lande sie leitet;   da liest er sie aus,
Die guten birgt er,   läßt die schlechten zu Grunde fahren,
In die weite Woge.   So tut der waltende Gott
An jenem merklichen Tage   den Menschenkindern:
Er bringt das Erdenvolk   alle zusammen,
Liest die reinen aus   für das Reich des Himmels,
Läßt die Gottvergeßnen   fahren in den Grund
Des ewigen Feuers.   Nicht einer hienieden
Weiß ein Weh dem ähnlich,   wie die Weltkinder trifft

Im Abgrunde,   die Erdenvölker;
Noch wird je der Vergeltung   ein Gleichnis gefunden,
Des Wohls und der Wonne,   die der Waltende beschert.
Denn Gott vergönnt   den Guten allen,
Die sich heilig halten,   daß sie ins Himmelreich einst,
In das langwährende Licht   gelangen mögen."

MORDVERSUCH

   So lehrt' er mit Weisheit.   Die Leute liefen zu
Aus ganz Galiläa,   das Gotteskind zu sehn,
Verwundert, von wannen   solch Wort ihm käme,
So weislich gesprochenes,   daß er den Willen Gottes
So wahrhaftig   zu sagen wußte,
So kräftig zu künden.   „Er ist doch ein Kind des Landes,
Ein Mann aus unsrer Mitte;   seine Mutter wohnt bei uns,
Ein Weib aus dem Volke,   wie wir das alle wissen.
So kennen wir seine Abkunft,   seine Kundschaft und Sippe;
Sie erwuchsen hier wie wir.   Wie käm ihm solch Wissen,
Wie vermöcht' er mehr   als andre Männer?"
So verachteten ihn alle,   sprachen übel von ihm,
Verhöhnten den Heiligen,   wollten nicht hören
Auf seine Gebote.   Da mocht er der Bilder viel
Ihres Unglaubens wegen   ihren Ohren nicht gönnen,
Noch hehre Zeichen zeigen: er kannt' ihren Zweifelsinn,
Ihren widrigen Willen.   Keine andern waren
Unter den Juden so grimm   wie die Galiläer,
So harten Herzens,   obwohl der heilige Christ
Da geboren war, Gottes Sohn,   doch wollten sie seine Botschaft
Nicht freundlich empfangen,   vielmehr begann das Volk,
Das rohe, zu beraten,   wie sie den reichen Christ
Recht martern möchten.   Sie ließen die Mannen
Sich sammeln und scharen: Sünde wollten sie
Dem Gottessohne   gern andichten
Aus widrigem Willen.   Seiner Worte achteten sie nicht,
Der weislich gesprochenen,   sondern besprachen sich,
Wie sie den Starken   von einer Steinklippe würfen,

Über einen Burgwall: sie wollten Gottes Geborenen
Des Lebens ledigen. Doch er mit seinen Leuten
Fuhr fröhlich einher; ohne Furcht war sein Herz:
Ihm mochten, wußt er, die Menschenkinder,
Seiner Göttlichkeit wegen, die Judenleute,
Eh' seine Zeit kam, nicht Schaden zufügen,
Leidige Verletzung. Mit seinen Leuten all
Stieg er auf den Steinholm, der Stätte zu,
Wo sie ihn vom Walle zu werfen gedachten,
In den Grund zu begraben, daß er den Geist aufgäbe,
Das Leben ließe. Doch ward den Leuten ihr Anschlag
Auf dem Berge oben, der bittre Gedanke,
Den Juden vereitelt: nicht einer war so grimmes Muts,
So widrigen Willens, daß sie des Waltenden Sohn,
Den Christ, noch erkennten. So kund war er keinem,
Daß sie ihn unterschieden. So konnt er unter ihnen stehn,
Mitten in der Menge der Menschen gehen
Und das Volk durchfahren. — Den Frieden schuf er sich
Selbst wider die Schar und schritt dann mitten
Durch das Volk der Feinde und fuhr dahin,
Wo er wollte, in eine Wüste, des Waltenden Sohn,
Der Könige Kräftigster: er hatte der Kür Gewalt,
Wo er im Lande am liebsten wollte sein,
Weilen in dieser Welt.

DES TÄUFERS ENTHAUPTUNG

        Andern Weg fuhr derweil
Mit den Jüngern Johannes, Gottes Amtmann.
Er lehrte die Leute langwährenden Rat,
Hieß sie Frömmigkeit üben und die Frevel meiden,
Mein= und Mordtat, und war manchem lieb
Der guten Menschen. Er besuchte den Judenkönig
In seinem Hause, den Heerführer, der geheißen war
Nach den Eltern Herodes, der übermütige Mann.
Er wohnte bei der Frau, die zuvor sein Bruder
Zur Ehe gehabt, bis er anderswohin ging,

Die Welt wechselnd. Das Weib nahm sich da
Der König zur Gattin, die schon Kinder gebracht
Zuvor seinem Bruder. Das verwies der Frau
Johannes der gute und sprach, es wäre Gott
Dem Waltenden zuwider, daß wer das täte,
Daß er seines Bruders Weib in sein Bett nähme
Und zur Gattin hätte. „Wenn du mir hören willst
Und meinen Lehren glauben, so behalte sie länger nicht,
Meide sie in deinem Gemüt, laß die Minne zu ihr,
Versündige dich nicht so schwer." Da begann zu besorgen
Das Weib nach den Worten, daß den weltlichen König
Seine Mahnung verleiten möchte, die Macht seines Worts,
Sie zu verlassen. Da begann sie ihm Leides viel
Zu bereiten und zu raten, gebot den Recken,
Den Unsündigen einzufangen
In des Kerkers Kluft, ihn mit schließenden Ketten,
Mit Blei zu belasten. Das taten die Leute;
Ihn zu töten wagten sie nicht: ihm waren alle freund,
Wußten, daß er gut war und Gott auch wert;
Sie hielten ihn für einen Weissager, wie sie wohl auch mochten.
    Nun war in dem Jahrgang des Judenkönigs
Zeit gekommen, der Zählung gemäß
Erfahrner Volksmänner, das Fest seiner Geburt,
Da er ans Licht gelangt war. So war der Leute Brauch,
Daß der Juden jeglicher das begehen sollte
Und fröhlich feiern. Da ward in dem Festsaal
Eine mächtige Menge der Mannen versammelt
Und der Herzoge, im Hause, wo der Herr saß
Auf dem Königstuhle. Da kamen in Menge
Die Juden in den Gastsaal und wurden guter Dinge
Und froh zufrieden, da sie ihres Festgebers
Wonne gewahrten. Man trug Wein in die Halle,
Schieren, in Schalen; Schenken schwärmten umher,
Aus Goldgefäßen gießend. Da ward Jubel laut
Erhoben in der Halle, da die Helden tranken.
In der Lust überlegte der Landeshirt,
Was er die Wonne recht zu mehren gewährte.

Da ließ er kommen   die kecke Dirne,
Seines Bruders Erzeugte,   wo er zechfroh faß
Auf der hohen Bank.   Da hub er zu ihr an,
Sie vor den Gästen grüßend,   begehrte dringend,
Daß sie vor den Tischgenossen   zu tanzen begänne,
Über dem Estrich schwebend.   „Laß uns alle schauen,
Was du gelernt hast,   der Leute Menge
Zu erfreuen beim Festmahl.   Und erfüllst du die Bitte,
Mein Gesuch hier im Saale,   so versichr’ ich dir wahrhaft
Laut vor den Leuten,   und leist’ es auch so,
Ich will dir willig   alles gewähren,
Was du von mir forderst   vor den Festgenossen.
Und heischtest du die Hälfte   meiner Herrlichkeit,
Meines Reiches hier,   der Recken keiner sollt’ es
Mit Worten wenden,   ich würd’ es gewähren.“
So ward der Magd   das Gemüt geworben,
Das Herz ihrem Herrn,   daß sie im Hause dort
Zu tanzen begann   vor der Gäste Bänken,
Wie es der Leute   Landweise brachte,
Der Juden Sitte.   Die Jungfrau sang
Und hüpfte in dem Hause,   daß das Herz erfreut ward,
Im Gemüt die Männer.   Als das Mädchen nun
Dort zu Danke   gedient dem Fürsten
Und all der Gesellschaft,   die versammelt war
Von Gästen im Gastsaal,   da begehrte die Gabe
Die Magd vor der Menge.   Mit der Mutter sprach sie
Und fragte sie zuvor   geflissentlich,
Was sie von dem Burgherrn   erbitten sollte:
Die unterwies sie, ihrem Wunsch gemäß,   weiter nichts
Zu begehren vor den Gästen,   als daß man des Johannes
Haupt ihr brächte   in die festliche Halle,
Vom Leibe gelöst.   Das schuf den Leuten Harm,
Im Gemüte den Männern,   als die Magd das sprach.
Auch den König kümmert’ es;   doch konnt’ er sein Geheiß,
Sein Wort nicht wenden.   Er hieß seinen Waffenträger
Aus dem Gastsaal gehn   und den Gottesmann
Des Lebens erledigen.   Unlange währt’ es da,

Bis man in die Halle   das Haupt brachte
Des Volksfreundes   und es vor die Dirne trug,
Zu der Magd in der Menge: die bracht' es der Mutter.
   So endete von allen   Erdenmännern
Der Weiseste wohl,   der in die Welt gekommen,
Des je eine Frau   zu Kind sich erfreute,
Vom Ehmann die Ehfrau;   der eine zählt nicht her,
Den die Magd gebar,   die vom Manne nie
In der Welt gewußt: nur der waltende Gott
Von der Himmelsau   durch den Heiligen Geist
Hatt' ihn ausgegossen: seinesgleichen hat er nicht,
Vorher noch nachher.   Volksmänner drängten
Sich um Johannes,   seiner Jünger Menge,
Ein selig Gesinde: im Sande begruben sie
Des Geliebten Leiche   und wußten, daß er Gottes Licht,
Entzückende Himmelsluft   mit dem Herrn zusammen
Genießen dürfe   und die Heimat droben,
Ein Seliger, suchen.
                    Da schieden die Gesellen,
Johannes' Jünger,   jammermütig,
Die heiligen Seelen,   um ihres Herren Tod
In schmerzlichen Sorgen.   Zu suchen gedachten sie
Weit in der Wüste   des Waltenden Sohn,
Den kraftreichen Christ,   um ihm kund zu tun
Des Gottesmannes Hingang,   wie der Judenkönig
Mit des Schwertes Schärfe   dem Seligsten der Männer
Das Haupt enthauen.   Nicht harmvoll sprach darum
Der Sohn des Herrn: er wußte die Seele
Heilig aufbehalten   wider die Hassenden,
Befriedet vor den Feinden.

Die Speisung der Fünftausend

                    Da fuhr das Gerücht
Über die Landschaft,   wie der Lehrer Bester
Sich Anhang sammle   in der öden Wildnis.
Das Volk fuhr hinzu,   der Begierde voll

Nach den weisen Worten. Das war auch der Wunsch allein
Des Sohnes Gottes,   daß er solch Gesinde
In das Licht Gottes   laden dürfe,
Sich willig gewinnen. Der Waltende lehrte
All den langen Tag   die Leute männiglich,
Der Auswärt'gen viel,   bis daß am Abend
Die Sonne zum Sedel ging.   Seine zwölf Gesellen
Gingen zu dem Gottessohn   und sagten dem guten,
Wie die Leute Not litten,   der Labe bedürftig
In der wüsten Wildnis: sie wüßten sich nicht zu fristen,
Die Helden, vor des Hungers Zwang.   „Nun laß, guter Herr,
          sie ziehn,
Wo sich Wohnungen finden.   Nah sind bewohnte Burgen,
Vielbevölkerte,   da finden sie Mundvorrat
In Weilern und Flecken."   Da sprach der waltende Christ,
Der Fürst der Völker: „Ferne sei doch,
Daß sie der Speise wegen   verlassen sollten
Meine liebliche Lehre.   Gebt den Leuten genug
Und gewinnt sie zu weilen."   Da hielt sein Wort bereit
Philipp, der erfahrne Mann: „Zu viele sind, zu groß ist
Der Menschen Menge. Und hätten wir für ihr Mahl
Auch Geld zu geben,   wenn wir's vergelten wollten,
Und der Silberstücke   zusammen dafür
Zweihundert zahlten,   zweifelhaft bliebe noch,
Ob auch nur etwas   auf den einzelnen käme:
So wenig wär's so viel Leuten."   Der Landeswart erwiderte
Und fragte sie   beflissentlich,
Der Menschen Herr,   was sich zum Mahle denn
Vorrätig fände?   Der Frage entgegnete
Vor den andern Andreas,   dem Allwaltenden
Versetzt' er und sagte: „Wir sind auf der Reise
Ohne Vorrat ganz und gar;   nur Gerstenbrote
Finden sich fünfe,   und Fische zwei:
Was macht das solcher Menge?"   Da sprach der mächtige Christ,
Der gute Gottessohn,   das ganze Gefolge
Sollten sie sondern   und die Scharen setzen,
All das Volk,   auf die Erde hin,

Ins grüne Gras.   Den Jüngern gebot dann
Der Gebornen Bester,   die Brote zu holen
Und die Fische zumal.

                    Das Volk harrte ruhig,
All die Gefolgschaft,   dieweil durch eigne Kraft
Der Menschen Herr   das Mahl weihte,
Der hehre Himmelskönig.   Mit den Händen brach er es
Und gab es den Jüngern: sie sollten gehn, es dem Volke
Tragen und teilen.   Die taten nach des Herren Wort
Brachten gern seine Gabe   jedem des Gefolges,
Eine heilige Hilfe.   Unter ihren Händen wuchs
Den Männern die Mundkost.   Die Menge mochte
In Lusten leben.   Alle Leute wurden
Satt, ein selig Volk,   so viele sich gesammelt hatten
Auf weiten Wegen.   Da hieß der waltende Christ
Seine Jünger gehen: „Gebet wohl acht,
Daß die Überbleibsel   nicht untergehen,
Sondern sammelt sie,   wenn sich gesättigt hat
Der Menschen Menge.“   Da blieb des Mahles,
Der Kost so viel,   daß man Körbe voll las,
Zwölfe zusammen.   Das war ein mächtig Zeichen
Großer Gotteskraft,   denn der Gäste Zahl war
Ohne Weib und Kind,   der wehrhaften Männer,
Fünftausend wohl.   Das Volk erkannte da
Im Gemüt, die Männer,   daß sie einen mächtigen
Herren hatten,   so daß hoch den Himmelskönig
Die Leute lobten: „An dies Licht kam nie
Ein weiserer Weissager,   noch der Gewalt von Gott
In diesem Mittelgarten   so große gehabt,
So schaffenden Sinn.“   Einstimmig sprachen sie,
Daß er würdig wäre   aller Wonnegüter,
Und das Erdenreich sollte   zu eigen haben,
Den weiten Weltthron,   da er solche Weisheit habe,
So große Kraft von Gott.   Sie wurden gänzlich eins,
Daß sie zum höchsten   Herrn ihn erhöben,
Zum König kören.

Das war dem Christ nun
Von wenigem Werte,   da er dies Weltreich ja,
Erd' und Himmel oben   allein durch seine Kraft
Selber erschuf   und seither erhielt
Mit Land und Leuten.   Das leugneten freilich
Die wirren Widersacher,   daß in seiner Gewalt stand
Der Königreiche Kraft   und des Kaisertums,
Und das letzte Weltgericht.   So wollt er durch der Leute Spruch
Keine Herrschaft haben,   der heilige Fürst,
Eines Weltkönigs Würde.   Mit Worten stritt er
Mit dem Volk nicht fürder,   sondern fuhr, wohin er wollte,
Hinauf ins Gebirge.   Der Geborne Gottes
Floh der Frechen Ruhmwort   und befahl den Jüngern
Über den See zu segeln   und beschied sie auch,
Wie sie ihm wieder entgegen   gehen sollten.

AUF DEM MEERE WANDELN

Da verliefen sich die Leute   über all dem Lande,
Das Volk zerfuhr,   da ihr Fürst entwichen war
Hinauf ins Gebirge,   der Gebornen Mächtigster,
Der Waltende, nach seinem Willen.   An des Wassers Gestad
Sammelten die Gesellen sich,   die er selbst sich erkoren,
Die zwölf, ob ihrer Treue.   Sie zweifelten nicht:
Im Dienste Gottes   wollten sie gerne
Über den See setzen.   Sie ließen in schneller Strömung
Das hochgehörnte Schiff   die hellen Wogen
Schneiden, die lautre Flut.   Das Licht des Tages schied,
Die Sonne ging zum Sedel,   und die Seefahrer hüllte
Nacht und Nebel.   Ihr Nachen trieb
Vorwärts in der Flut.   Die vierte Weile
Der Nacht war genaht.   Der Notretter Christ
Sah den Wogenden nach.   Der Wind wehte mächtig,
Ein Unwetter erhob sich,   die Wogen heulten
Den Stamm umströmend.   Angestrengt steuerten
Wider den Wind die Männer: ihr Herz war bewegt,
Ihre Seele sorgenvoll: sie wähnten selber nicht,

Die starken Steurer,   das Gestad zu erreichen
Vor des Wetters Wut.   Da sahn sie den waltenden Christ
Selber auf dem See   geschritten kommen,
Zu Fuße wandelnd: in die Flut mocht er nicht,
In den See versinken,   da seine Kraft ihn,
Die heilige, hielt.   Das Herz war in Furchten,
Den Männern der Mut,   daß es der mächtige Feind
Sie zu täuschen täte.   Da sprach ihnen Trost zu
Der heilige Himmelskönig,   daß er ihr Herr wäre,
Ihr mächtiger Meister: „Nun sollt ihr Mut,
Festen, euch fassen,   ohne Furcht sei euer Herz,
Gebaret mutig!   Gottes Geborner bin ich,
Sein eigener Sohn: wider den See will ich euch,
Den Meerstrom schützen."
                    Da sprach der Männer einer
Vom Rand des Schiffes,   der ruhmwerte Mann,
Petrus der gute: „Keine Pein soll mir machen
Des Wassers Wut,   wenn du der Waltende bist,
Unser Herr, der gute,   wie mich im Herzen dünkt.
So heiß' mich zu dir gehn   über die zürnende Flut,
Trocken über die Tiefe,   wenn du der Teure bist,
Der Menschen Mundherr."   Da hieß ihn der mächtige Christ
Ihm entgegengehn: und gerne gehorcht' er,
Stieg aus dem Stamme,   und stapfend ging er,
Fort zu seinem Fürsten.   Die Flut ertrug
Den Mann durch Gottes Macht,   bis sein Mut begann
Die Tiefe zu scheuen,   da er treiben sah
Die Wogen mit dem Winde,   denn Wellen umwallten ihn
Rings, hohe Strömung.   Wie das Herz ihm zweifelte,
Wich das Wasser,   und in die Woge
Versank er, in den Seestrom.   Da schrie er empor
Zu dem Gottessohne   und begehrte flehentlich,
Daß er ihm hilfreich nahte,   da er in Nöten war,
In harter Bedrängnis.   Der Herr der Völker
Empfing und faßt' ihn   und fragte sogleich,
Warum er verzweifle.   „Du solltest nicht zagen,
Denn wisse in Wahrheit,   daß des Wassers Strom

Hier in der See   deinem Schritt nicht mochte
Nachgeben, wo du gingeſt,   wenn du Glauben feſt
Im Herzen hielteſt.   Nun will ich dir helfen,
Der Not dich entnehmen."   Ihn nahm der Allmächtige,
Der Herr, bei den Händen.   Da ward ihm die helle Flut
Wieder feſt unter den Füßen,   und fort gingen
Sie beide, bis ſie   über Bord des Schiffes
Aus dem Strome ſtiegen,   und am Steuer niederſaß
Der Gebornen Beſter.   Da war die breite Flut
Und die Strömung geſtillt: zum Geſtade kamen ſie,
Die Seeſegler,   zuſammen ans Land
Trotz des Waſſers Wut.

                    Da danken ſie dem Waltenden,
Verherrlichten den Herrn,   den hehren, mit Wort und Tat,
Fielen ihm zu Füßen   und ſprachen viel
Weislicher Worte.   Sie wußten nun,
Er wär es ſelber,   der Sohn des Herrn,
Wahrhaft auf dieſer Welt,   der Gewalt beſitze
Über den Mittelkreis,   den Menſchen allzumal
Das Leben zu friſten,   wie er auf der Flut getan
Wider des Waſſers Wut.

DIE KANAANITIN

                    Da gedachte der waltende Chriſt
Von dem See zu ſcheiden,   der Sohn des Herrn,
Gottes Eingeborner.   Da kamen Ausländiſche
Ihm entgegengegangen,   die von ſeinen guten Werken
Erfahren in der Ferne   und vieles, das er ſprach
Von weiſen Worten.   Sein Wunſch wohl war es,
Auch fremde Völker   dahin zu fördern,
Daß ſie Gott dem Geber   gerne dienten,
Den Gehorſam hielten   dem Himmelskönig,
Alle Menſchen zumal.   Über der Mark der Juden
Sucht' er Sidon auf,   und die Geſellen mit ihm,
Die guten Jünger.   Da ging ihm entgegen
Ein ausländiſch Weib   von edelm Geſchlecht,

Gebürtig aus Kanaan. Sie bat den Gewaltigen,
Den Heiligen, um Hilfe: ihr wär Harm erstanden
Um die Tochter Sorge, die eine Sucht befinge
Durch tückischer Geister Trug. „Der Tod ist ihr nah,
Ihr Bewußtsein bannten die Bösen. Nun bitt ich dich, Waltender,
Der du Davids Sohn bist, daß du von der Sucht sie befreist
Und bald die Arme erbarmungsvoll
Vor dem Wüterich bewahrst." Noch weigerte der waltende Christ
Ihr alle Antwort, doch unablässig
Folgte sie ihm fürder, bis sie ihm zu Füßen fiel
Und ihn jammernd begrüßte. Die Jünger Christs
Baten ihren Herrn, daß sein Herz doch milde
Würde dem Weibe.
     Da hielt sein Wort bereit
Der Sohn des Herrn und sprach zu den Gesellen:
„Erst soll ich Israels Abkömmlinge
Fördern, unser Volk, daß sie frommen Sinn
Zu dem Herrn haben. Ihnen ist Hilfe not:
Verloren sind die Leute, da sie verließen
Des Waltenden Wort. Sie wanken und zweifeln
Unerleuchteten Herzens, wollen dem Herrn nicht gehorchen.
Israels Abkommen sind ungläubig geworden
Ihrem holden Herrn. Doch Hilfe von da kommt dann
Auch den Außenvölkern." Unablässig bat
Das Weib doch weiter, daß der waltende Christ
Ihr mild werden möchte in seinem Gemüte
Und sie ferner der Tochter sich erfreuen dürfte,
Sie heil erhalten sehn.
     Der Herr entgegnete,
Der mächtige Mittler: „Keinem Manne geziemt,
Und wahrlich wär es auch übel bewandt,
Wenn er das Brot den eignen Gebornen
Versagen sollte, sie verschmachten ließe
In heißgrimmem Hunger, und würf' es den Hunden vor."
„Das ist wahr," sprach sie, „Waltender, was du mit weisen
       Worten
Sinnig sagst. Doch geschieht's, daß im Saal

Sich auch die Hündlein   unter des Herren Tisch
Von den Brosamen sättigen,   die unter die Bank
Beim Festmahl fielen."   Das Friedenskind Gottes
Sah des Weibes Gesinnung   und sagte zu ihr:
„Wohl dir, o Weib,   du bist guten Willens,
Und groß ist dein Glaube   an Gottes Macht,
Den Herrn der Heerscharen.   Drum soll es gehalten sein
Um deines Kindes Gebrechen,   wie du batest von mir."
Und geheilt ward sie gleich,   wie es der Heilige sprach
Mit wahrhaften Worten.   Das Weib ward froh,
Daß sie der Tochter ferner   sich erfreuen durfte.
Geholfen hatt' ihr   der heilende Christ,
Hatte sie, die verfallen   schon an des Feindes Macht,
Vor dem Wüterich bewahrt.

PETRI SCHLÜSSELAMT

                    Da ging der Waltende,
Der Gebornen Bester,   eine andre Burg suchen,
Eine vollgefüllte   mit dem Volk der Juden,
Der südlich wohnenden.   Da wandt' er sich zu den Jüngern,
Die er gütig erwählt,   daß sie gern bei ihm weilten
Ob seiner weisen Worte: „Nun will ich euch fragen,
Ihr meine Jünger,   was sagt bei den Juden
Der Männer Menge,   was für ein Mann ich sei?"
Ihm antworteten fröhlich   die Freunde dagegen,
Die guten Jünger: „Die Juden sind nicht
Einstimmig alle: einige halten dich für Elias,
Den weisen Wahrsager,   der lang' einst weilte
In diesen Gaun, der gute.   Für Johannes geben andre dich aus,
Den teuern Boten des Herrn,   der getauft hat die Leute
Weiland im Wasser.   Andre wollen wissen,
Daß in dir einer   der edlen Männer,
Der Weissager wäre,   die da weiland hier
Die Leute lehrten,   aufs neu ans Licht geboren,
Die Welt zu unterweisen."   Da sprach der waltende Christ:
„Und ihr, was ist eure Meinung,   ihr meine Jünger,

Meine lieben Leute?"   Nicht zu laß war da
Simon Petrus: ohne Säumen sprach er
Allein vor allen,   denn eifrig war er,
Herzhaften Sinns   und seinem Herren hold:
„Du bist des Waltenden   wahrhafter Sohn,
Des lebendigen Gottes,   der dies Licht erschuf,
Christ, der ew'ge König.   Das bekennen wir,
Deine Jünger all,   daß du Gott selber bist,
Der Heilande Bester!"   Da sprach der Herr ihm entgegen:
„Selig bist du, Simon,   Jonas' Sohn!
Das mochtest du nicht   aus eignem Mute schöpfen,
Noch mochte dir   eines Mannes Zunge
Solche Worte weisen: der Waltende gab es dir,
Aller Völker Vater,   was du so feurig sprachst,
So tief vor deinem Herrn.   Dafür wird dir teurer Lohn.
Lauter ist an den Herrn dein Glaube,   dein Herz wie ein Stein,
Wie ein fester Fels   hart: drum sollst du hinfort St. Peter
                                        heißen.
Auf solchen Stein   will ich meinen Saal erbaun,
Das heil'ge Gotteshaus,   da seine Angehörigen
Selig sich sammeln.   Wider solche Kraft
Hat die Hölle nicht Gewalt.   Dir geb ich des Himmels Schlüssel,
Daß du mögest nach mir   Macht besitzen
Über alles Christenvolk.   Zu dir kommen alle
Geister der Guten.   Du hast große Gewalt:
Wen du auf Erden   in aller Zukunft
Binden willst,   dem ist beides getan:
Der Himmel verschlossen   und die Hölle offen,
Das brennende Feuer;   doch wem du entbinden willst
Die Hände der Haft,   dem ist das Himmelreich aufgetan,
Das längste Licht;   der hat ewiges Leben,
Die grüne Gottesau.   Mit solcher Gabe will ich dir
Den Glauben lohnen.
                Doch sollt ihr den Leuten noch nicht
Melden, der Menge,   daß ich der mächtige Christ bin,
Gottes einiger Sohn.   Mich sollen die Juden erst,
Den Unschuldigen   die Schuldigen, binden,

Entſetzlich verſehren,   viel Weh mir ſchaffen
In Jeruſalem,   mit der Gere Spitzen
Mein Alter kürzen,   mit der Klingen Schärfe
Mir das Leben löſen.   Doch werd ich in dieſem Licht
Durch Gottes Kraft   vom Grab erſtehen
Am dritten Tage."   Da war der Degen beſter
Sehr in Sorgen,   Simon Petrus,
Sein Herz härmte ſich,   zu dem Herrn begann
Der Held insgeheim: „Das verhüte," ſprach er,
„Des Waltenden Willen,   daß du je ſolch Weh
Erdulden dürfteſt   unter dieſem Volke;
Das haſt du nicht not, Herr!"   Da entgegnete der Heiland
Der mächtige Mittler;   ſein Gemüt war ihm hold:
„Was, du widerſetzeſt dich   meinem Willen,
Meiner Kämpen beſter?   Und du kennſt ın der Welt
Doch der Menſchen Sitte;   nur die Macht Gottes nicht,
Die ich vollführen ſoll.   Ich könnte dir viel ſagen
Mit wahren Worten;   wiſſe nur, daß hier
Meiner Geſellen ſtehen,   die nicht ſterben ſollen,
Zur Heimat hinfahren,   eh' ſie des Himmels Licht,
Gottes Reich geſehen."

DIE VERKLÄRUNG

                Von den Jüngern kor er
Darauf ohne Säumen   den Simon Petrus,
Und Jakobus und Johannes,   die guten zween
Gebrüder beide,   und den Berg beſtieg
Mit den Sondergeſellen   das ſelige Gotteskind,
Mit den Degen dreien   der Droſt der Völker,
Der Walter dieſer Welt.   Er wollt ihnen der Wunder viel,
Der Zeichen zeigen,   daß ſie nicht zweifelten,
Er ſelber ſei   der Sohn des Herrn,
Der heilige Himmelskönig.   Den hohen Wall hinan
Stiegen ſie, Stein und Berg,   bis ſie zur Stätte kamen
Unweit den Wolken,   die der waltende Chriſt,
Der Könige kräftigſter,   erkoren hatte,

Weil er seine Gottheit da   den Jüngern wollte
Aus eigener Kraft   anschaulich zeigen,
Ein prächtiges Bild.   Denn als er nun betete,
Ward ihm da oben   ganz anders gestaltet
Gewand und Antlitz;   seine Wangen wurden licht,
Blendend wie der Sonne Bild   schien der Geborne Gottes;
Sein Leib leuchtete,   Lichtstrahlen flossen
Wonnig von des Waltenden Sohn.   Sein Gewand war weiß
Wie Schnee zu schaun,   und ein seltsam Ding
Ereignete sich: Elias und Moses
Kamen zu dem Christ,   mit dem Kraftreichen
Worte zu wechseln.   Die Sprache war wonnesam
Unter den Guten,   da der Gottessohn
Mit den hehren Helden   sich unterhielt.
Die Höhe erhellte sich,   ein holdes Licht schien,
Einem schönen Garten glich sie,   einer grünenden Au,
Dem Paradies.   Petrus begann da,
Der hochgemute Held,   und sprach zu seinem Herrn,
Den Gottessohn grüßend: „Hier ist gut sein,
Wenn du es wünschtest,   waltender Christ,
Daß man hier auf der Höhe   dir ein Haus erbaute,
Ziervoll gezimmert;   dazu ein andres für Moses,
Und eins für Elias,   denn hier oben ist's selig,
Wonnig zu wohnen."   Als er das Wort noch sprach,
Da zerließ sich die Luft,   eine Lichtwolke schien
In gleißendem Glanz,   die guten Männer umgab
Blendende Schönheit.
                    Da scholl aus der Wolke
Gottes heilige Stimme,   und zu den Helden dort
Sagte er selber: „Dies ist mein Sohn,
Der Liebste der Lebenden: der geliebt mir wohl
In meinem Herzen: ihr sollt ihm gehorchen
Und gerne folgen."
                    Da konnten die Jünger Christs
Der Wolke Wunderglanz   und dem Worte Gottes,
Seiner gewaltigen Macht   nicht mehr widerstehn:
Sie fielen vor sich hin,   in der Furcht verzweifelnd

An längerm Leben. Da ging der Landeswart,
Berührte sie mit Händen,   der Heilande Bester:
Sie sollten sich nicht entsetzen: „Schaden mag euch nicht,
Was ihr Seltsames hier   gesehen habt,
Wunderbarer Dinge."   Da wurde den Männern
Das Herz erheitert   und heil der Mut.
Ihre Kraft kehrte wieder: da sahn sie das Kind Gottes
Noch allein da oben,   alles andere geschwunden,
Verhüllt das Himmelslicht.

       Nun ging der heilige Christ
Vom Berge nieder   und gebot darauf
Den guten Jüngern,   daß sie dem Judenvolk
Das Gesicht nicht sagten,   „bevor ich selber
Mich hoch und herrlich   erhebe vom Tode,
Von der Rast errichte: dann berichtet es frei,
Meldet's über den Mittelkreis   der Menge der Völker,
Über die weite Welt."

       Da ging der waltende Christ
Nach Galiläaland wieder   zu den lieben Verwandten,
Besuchte die Gesippten   und sagte da vieles noch
In Bildern den Brüdern.   Der Geborne Gottes barg
Den süßen Gesellen   die Schmerzenskunde nicht:
Ihnen allen   sagt' er es offenbar,
Den guten Jüngern,   wie ihn die Juden sollten
Entsetzlich versehren.   Da sah man die weisen Männer
In schweren Sorgen,   ihr Sinn war siech
Und harmvoll ihr Herz,   da sie den Herren hörten,
Des Waltenden Sohn,   wahrhaft erzählen,
Was er unter den Leuten   erleiden solle,
Willig unter der Würger Schar.

DER FISCHFANG

       Nun ging der waltende Christ,
Der gute, von Galiläa   zu einer Judenburg.
Da fanden sie in Kapharnaum   einen Königsdiener,
Der brüstete sich prahlerisch,   ein gewaltiger Bote
Des Kaisers zu sein.   Er kam und sprach

Zu Simon Petrus: „Ich bin gesandt hieher,
Daß ich mahnen solle   der Männer jeglichen
Des Kopfgelds wegen,   das an des Kaisers Hof
Als Zins zu zahlen ist.   Es zögert niemand
Der Gaubewohner,   sie geben es willig
Aus der Menge der Schätze;   euer Meister allein
Hat es unterlassen.   Übel geliebt das wohl
Meinem hohen Herrn,   wenn es am Hofe kund wird
Dem edeln Kaiser."   Da beeilte sich
Simon Petrus: er wollt' es sagen gleich
Seinem holden Herrn.   Da hatt' es im Herzen
Schon der Waltende gewahrt: ihm mochte kein Wort
Verborgen bleiben: bis aufs kleinste wußt er
Der Menschen Gedanken.   Dem hehren Degen gebot er,
Dem Simon Petrus,   in den See sogleich
Eine Angel zu werfen: „Den ersten, den du da
Fängst, den Fisch,   zieh aus der Flut zu dir
Und klüst' ihm die Kinnlade: zwischen den Kiemen wirst du
Goldmünzen finden: mit diesem Gelde
Magst du den Mann befriedigen   für meinen und deinen
Und jeglichen Zins,   den er uns zahlen heißt."
Das braucht' er nicht erst   zum andern Male
Ihm zu befehlen.   Der gute Fischer ging,
Simon Petrus,   und warf in den See
Hinab die Angel,   und herauf zog er
Einen Fisch aus der Flut;   sofort mit beiden Händen
Klüstet' er ihm die Kinnlade   und nahm aus den Kiemen
Die goldenen Münzen: damit tat er, wie des Gottessohns
Wort ihn angewiesen.   Da ward des Waltenden
Kraft aufs neue kund,   und daß künftig jeder
Willig und unweigerlich   seinem weltlichen Herrn
Schoß und Schatzung,   so viel ihm beschieden ist,
Zahle und zinse.   Er zögere nicht damit,
Murre nicht mit seinem Mut,   sondern sei ihm mild im Herzen,
Dien' ihm in Demut: darin mag er Gottes
Willen wirken   und des weltlichen Herrn
Huld sich erhalten.

Vergib dem Beleidiger

So lehrte der Heilige Chriſt
Die guten Jünger:　„Wer je wider euch
Eine Sünde wirkt,　den ſtell’ er geſondert
Zur Rede und rüg’ es,　berat’ ihn freundlich,
Unterweiſ’ ihn mit Worten.　Würdigt er dann nicht
Auf ihn zu hören,　ſo hol’ er einen andern
Guten Freund hinzu　und verweiſ’ ihm den Frevel,
Nach der Schuld ihn ſcheltend.　Wird ihm die Sünde dann,
Die leidige, nicht leid,　ſo tu’ er’s den Leuten kund,
Meld’ es vor der Menge,　laſſe der Männer viel,
Was er verwirkte, wiſſen.　So widert ihm wohl die Tat
Und reut ihn im Herzen,　wenn er hört, wie die Helden
Ihm alle drum abhold ſind　und ihm die Übeltat
Verwarnend wehren.　Will er ſich dann noch nicht wenden,
Die Menge mißachtend,　ſo laßt den Mann fahren,
Haltet ihn für einen Heiden,　kehrt das Herz von dem Leidigen,
Meidet ihn im Gemüte,　wenn der milde Gott nicht,
Der hehre Himmelskönig,　ihm noch Hilfe verleiht,
Aller Völker Vater.“　Da fragte Petrus,
Aller Helden hehrſter,　den holden Herrn:
„Wie oft ſoll ich ihnen,　die alſo wider mich
Beleidigung übten,　lieber Herr,
Soll ich ihnen ſiebenmal　ihre Sünd’ erlaſſen,
Die ruchloſen Werke,　eh’ ich Rache nehme
Dem Leid zum Lohne?“　Der Landeswart entgegnete,
Der Gottesſohn,　dem guten Degen:
„Ich ſagte nicht von ſiebenmal,　wie du ſelber ſprichſt
Und dein Mund es meldet:　ich tue dir mehr dazu:
Siebenmal ſiebenzig　ſollſt du die Sünde jedem
Die Beleidigung erlaſſen:　die Lehre geb ich dir
Mit wahrhaften Worten.　Da ich dir ſolche Gewalt gab,
Daß du in meinem Hauſe　der Hehrſte wurdeſt
Vor aller Menſchen Menge,　ſo ſollſt du ihnen milde ſein,
Gelinde den Leuten.“

Gefahr des Reichtums

Da kam dem Lehrenden
Ein junger Mann entgegen   und fragte Jesum Christ:
„Guter Meister,   was muß ich tun,
Damit ich das Himmelreich   erhalten möge?"
Er hatte sich Erbgüter   in Überfluß gewonnen,
Großen Schatzeshort,   obgleich er milden Sinn
Barg in der Brust.   Da sprach Gottes Geborner:
„Was nennst du mich gut?   Das ist niemand hienieden:
Der ist es allein,   der alles erschuf,
Welt und Wonne.   Wenn du den Willen hast,
Daß du in Gottes Licht   gelangen möchtest,
So halte hier   die heilige Lehre,
Die im Alten Bunde   geboten ward:
Keinen Menschen morde;   schwöre nicht Meineid,
Fliehe den Ehebruch   und falsches Zeugnis,
Hader und Hinterlist;   sei nicht hartes Herzens,
Neidisch und gehässig;   Notraub meide
Und alle Untat;   sei den Eltern gut,
Vater und Mutter,   und den Freunden hold,
Dem Nächsten geneigt: so genießest du
Des Himmelreiches,   wenn du das halten willst
Und Gottes Lehre folgen."   Da sprach der junge Mann:
„Das hab ich alles geleistet,   wie du jetzt mich lehrst
Und warnend weisest.   Davon wich ich niemals
Seit meiner Kindheit."   Da sah ihn Christ
Mit den Augen an: „Eines gebricht dir doch
Wohl an den Werken: wenn du den Willen hast,
Daß du in Demut   dienen möchtest
Deinem himmlischen Herrn,   so nimm deinen Hort,
Veräußre alle   deine Erbgüter,
Die teuern Schätze,   und heiß' sie verteilen
Unter die Armen: so hast du immerdar
Einen Hort im Himmel.   Dann halte dich zu mir
Und folge meiner Fährte: so hast du Frieden fürder."
Da schufen Christi Worte   dem kindjungen Manne

Zu heftige Sorge: es härmt' ihm den Sinn
Und sehrt' ihm das Herz. Des Schatzes hatt' er viel,
Des Wohlstands gewonnen: er wandte sich wieder.
Dies war ihm unleicht im Innern der Brust,
In seiner Seele schwer. Da sah ihm nach
Christ, der Allwaltende, und wider die Jünger
Sprach er, die guten: „Zu Gottes Reich
Ist dem Reichen nicht leicht empor zu gelangen.
Einen Elefanten mag man, ob unmäßig groß,
Durch ein Nadelöhr, wie eng es sei,
Sanfter schieben, als die Seele zum Himmel kommt.
Des Überreichen, der hier einzig hat
Wunsch und Willen auf Weltschätze gewandt,
Herz und Mut, und Gottes Macht nicht ansieht."

GLEICHNIS VOM LAZARUS

Ihm antwortete da der ehrenfeste Jünger,
Simon Petrus, und bat ihm zu sagen
Den lieben Herrn: „Was soll unser Lohn sein
Einst zur Vergeltung, daß wir um dein Jüngertum
Eigen und Erbe und alles verließen,
Haus und Hof, und dich zum Herrn erkoren,
Deiner Fährte folgten: was soll uns das frommen
Zu langem Lohne?" Der Leute Fürst
Sprach da zu Simon: „Wenn ich zu sitzen komme
In erhabener Macht an dem herrlichen Tage,
Wo ich über alle Erdenvölker
Das Urteil spreche, so sollt ihr euerm Herrn
Zur Seite sitzen und der Sache walten,
Sollt über Israels Edelvölker
Nach ihren Taten urteilen: der Preis wird euch zuteil.
Und wißt in Wahrheit, wer in dieser Welt
Um meine Minne sein mütterlich Erbe,
Das liebe, verläßt, des Lohn ist schon hier
Ein hundertfältiger, falls er es treulich tut,
Mit lauterm Herzen; dazu wird ihm des Himmels Licht,
Das ewige Leben."

Darauf begann
Der Gebornen Bester   ein Bild zu sagen,
Wie ein vornehmer Mann   in frühern Zeiten
Unter den Leuten lebte,   der hatte lustsames Gut
Und Schätze gesammelt;   auch sah man ihn stets
In Gold gekleidet   und köstlich Gewebe,
In prächtigen Schmuck;   er prangt' im Hause
Mit überschwenglichem Gut;   mochte sich gütlich beim Schmaus
Einen Tag wie den andern tun,   sich trefflich pflegen,
Schwelgen und schlemmen.   Da schwankt' auch ein Bettler,
Der am Leibe litt,   Lazarus geheißen:
Der lag alle Tage   vor der Türe draußen,
Wo er den vermöglichen Mann   in den Gemächern wußte,
Im festlichen Saale   des Mahls sich erfreun
Und beim Gelage liegen,   dieweil lungernd harrte
Der Verarmte draußen.   Hinein durft' er nie,
Auch erbat es der Bettler nicht,   daß man des Brotes hinaus
Ein Teil ihm trüge,   das vom Tische nieder
Unter ihre Füße fiel.   Er empfing keine Gabe
Von dem Herrn des Hauses;   nur seine Hunde kamen
Seine Leibwunden lecken,   wo er da lag und litt
So heftigen Hunger,   ohne daß ihm Hilfe ward
Von dem reichen Manne.   Da erfuhr ich, daß Gottes Ratschluß
Dem armen Manne   seinen Endetag sandte:
Eine Seuche mahnt' ihn,   der Menschen Traum
Aufzugeben.   Gottes Engel
Empfingen seine Seele   und führten sie fort,
Bis sie in Abrahams Schoß   des armen Mannes
Seele setzten,   wo er immer sollte
In Wonne weilen.   Da sandte das waltende Geschick
Auch dem reichen Manne   die Endestunde,
Daß er dies Licht verließ.   Leidige Wichte
Versenkten seine Seele   in die schwarze Hölle,
In den finstern Abgrund,   den Feinden zur Lust,
Begruben ihn bei den grimmen.   Da mocht' er zu dem guten
Abraham aufschaun,   den er da oben sah
In des Lebens Lusten,   und Lazarus saß ihm

Selig im Schoße: süßen Lohn empfing er
Für all die Armut. Aber der Reiche lag
In der heißen Hölle: in die Höhe rief er da:
„Vater Abraham! mir ist ängstlich not,
Daß du mir im Gemüte milde werdest,
Lind in dieser Lohe: sende mir Lazarus her,
Daß er einen Tropfen mir trage in diese Tiefe
Lauen Wassers zur Labe, denn lebend brenn' ich
Heiß in dieser Hölle. Deiner Hilfe bedarf ich,
Nur daß er mir kühle mit dem kleinen Finger
Der Zunge Brand, die nun gezüchtigt wird
Mit Elend und arger Qual für übeln Rat
Und leidige Rede: das lohnt sich mir nun alles."
Da gab ihm Abraham Antwort, der Altvater:
„Beherzige nun, was hattest du einst
Wohlleben in der Welt! All die Wonne verbrauchtest du
Da gar an den Gütern, die dir jemals sollte
Vom Schicksal beschert sein. Aber Schweres erduldete
In jenem Lichte Lazarus: des Leides hatt' er viel,
Des Wehs in der Welt. Dafür wird ihm nun wohl:
Er mag in Lusten leben, dieweil du Lohe duldest,
Lodernde Glut. Keine Linderung kommt dir
Von hier zur Hölle: sie hat der heilige Gott
So gesernt und befestigt, es fährt von hinnen niemand
Durch die Düsternis, die so dicht ist unter uns."
  Da sprach zu Abraham abermals der Reiche
Aus der heißen Hölle und heischte von ihm,
Daß er den Lazarus doch in der Lebenden Mitte
Senden sollte, damit er dort sage:
„Meinen Brüdern Botschaft, wie ich hier brennend
Die Folter fühle. Ihrer fünfe leben mir
Noch fort im Volke: drum bin ich in Furcht,
Daß sie sich verwirken und auch in dies Weh müssen,
In so gefräßig Feuer." Sofort entgegnete
Altvater Abraham: „Sie haben alle das Gesetz
Gottes im Lande, soviel der Leute sind:
Die Gebote Moses und dabei so mancher

Weissager Wort: wenn sie willig sind,
Das zu halten, so müssen sie in die Hölle nicht,
In das Feuer fahren, wenn sie dem nur folgen,
Was die gebieten, welche die Bücher lesen
Die Leute zu lehren. Wenn sie es nicht leisten wollen,
So hören sie auch nicht, wenn von hier erstehend
Ein Mann sie mahnt. Laß in ihrem Gemüte
Sie selber wählen, was sie süßer dünke
Zu tun und zu lassen, solange sie am Leben sind,
Daß sie Übles oder Gutes dereinst erlangen."

DAS GLEICHNIS VOM WEINBERGE

So lehrte die Leute mit lichtvollen Worten
Der Gebornen Bester; der Bilder sagt' er viel
Und manche der Menschheit, der mächtige Herr.
So, sagt' er auch, sammelte ein seliger Mann einst
Männer am Morgen, und verhieß ihnen Miete,
Der Herr des Hauses, gar holden Lohn,
Denn jedem von ihnen gab er am Abend
Eine Silbermünze. So sammelt' er viel
Der Werkner im Weinberg und wies jedem sein Werk
In der Uchte schon an. Andre kamen zur Undernzeit,
Nach Mittag erst manche der Männer zum Werk,
Andre noch zur None, um die neunte Stunde
Des sommerlangen Tages, und zuletzt noch einige
Um die eilfte Stunde. Als der Abend kam,
Die Sonne sich senkte, da sandte der Herr
Seinen Amtmann hin zu den Arbeitsleuten,
Daß er männiglich seine Miete zahle,
Den Arbeitslohn. Zuerst hieß er denen geben,
Die von den Leuten die letzten gekommen
Waren in den Weinberg, und so wollt' er auch,
Daß den Liedlohn jene zuletzt empfingen,
Die zu allererst sich eingestellt
Zum Werk in den Weinberg. Die erwarteten gewiß,
Daß man größern Lohn ihnen geben werde

Für ihre Arbeit.   Allein man gab
Allen Leuten gleich.   Gar leid war das,
Ein Ärger allen   den Erstgekommenen:
„Wir kamen bei Tagesanbruch   und ertrugen viel
Und mancherlei Mühe,   unmäßige Hitze
Beim Sonnenschein,   und sollen nicht mehr
Als die andern haben,   die nur eine Stunde
Beim Werke waren!"   Da hielt sein Wort bereit
Der Herr des Hauses: „Ich verhieß euch nicht mehr
Für euer Werk zu Lohn.   In meiner Gewalt muß es stehn,
Allen den gleichen   Lohn zu bezahlen,
Eures Werkes Wert." —
                    Der waltende Christ
Meinte doch mehr damit,   obwohl er vor den Männern
Von dem Weingarten nur   nach seinen Worten sprach,
Wie zu ungleicher Zeit   die Arbeiter kamen
Zu dem Werk im Weinberg,   so von der Welt dereinst
Der Helden Kinder   an das herrliche Licht
In der Gottesau.   Mancher beginnt sich dazu
Schon in der Kindheit zu rüsten   und erkiest sich dazu
Willigen Mut: er meidet das Weltliche
Und verläßt die Lust,   sein Leib verlockt ihn
Nicht zu wüstem Leben,   er lernt Weisheit
Und Gottes Gesetz   und scheut der Gramgeister,
Der feindlichen, Fallstrick: das fährt er fort beständig
In diesem Licht zu leisten,   bis da kommt seines Lebens,
Seines Alters Abend,   daß er aufwärts wandert.
Da wird ihm seine Arbeit   dann all gelohnt,
Mit Gutem vergolten   in Gottes Reiche.
Das waren die Werkner,   die im Weingarten
In der Uchte, die ersten,   arbeitsam
Beim Werke waren   und weiter förderten
Die Arbeit bis zum Abend.   Andere kamen zur Undernzeit:
Die hatten den Morgen   müßig verbracht,
Die Zeit verzettelt!   So zaudert der Toren mancher,
Der abgeirrten,   der nach allerlei Dingen
In der Jugend jagt,   und mit Selbstruhm die Jagd sich,

Die leidige, lohnt,   mit viel losen Worten,
Bis die kindischen Jahre   ihm verkommen sind
Und die Gnade Gottes   den Jüngling mahnt
Freudig in seiner Brust: dann fängt er an sich zu bessern
In Worten und Werken   und wendet zum Frommen
Sein Leben bis zu Ende.   Für das alles wird ihm Lohn,
Für die guten Werke,   in Gottes Reiche.
Mancher läßt von Meintat   erst mitten im Leben,
Von schweren Sünden,   strebt nach seligen Dingen,
Beginnt durch Gottes Kraft   nun gute Werke,
Bessert böse Reden,   läßt die bittre Tat
Sich im Herzen gereuen: so kommt ihm Hilfe von Gott,
Daß ihn der Glaube geleitet,   solang sein Leben währt.
So fährt er dahin   und empfängt den Dank,
Guten Lohn von Gott;   es gibt nicht bessern.
Mancher fängt erst später an,   als erfahrener Mann
Auf des Alters Neige: dann wird seine Übeltat
In diesem Licht ihm leid,   die Lehre Gottes
Ermahnt sein Gemüt,   milder wird sein Herz,
Güte durchdringt ihn,   und Vergeltung empfängt auch er,
Das hohe Himmelreich,   wenn er von hinnen scheidet.
Den gleichen Liedlohn,   wie er den Leuten ward,
Die zur None des Tages,   um die neunte Stunde
In den Weingarten   zu wirken kamen.
Mancher bringt es hoch hinauf   und büßt die Sünde nicht,
Häuft Übel auf Übel,   bis ihm der Abend naht,
Das Alter seine Wonne raubt: so beginnt er Weh zu fürchten,
Sorgt um seine Sünde,   gedenkt, was er Schlimmes verübte,
Solang er der Jugend genoß: dann kann er nicht mehr gut-
                                        machen
Die traurigen Taten,   sondern schlägt alle Tage
Die Brust mit beiden Händen,   weint bittre Tränen
Mit lautem Schluchzen,   und bittet den lieben Herrn,
Den mächtigen, ihm mild zu sein.   Der mag ihn nicht verzwei-
                                        feln lassen,
So barmherzig ist der Herrscher der Welt,   will keinem hienieden
Den Wunsch verweigern: der Waltende gibt auch ihm

Das heilige Himmelreich,   und geholfen iſt ihm auf ewig.
Alle ſollen ſie Gnade finden,   obwohl ſie zur gleichen Zeit
Nicht kommen, die Kinder der Menſchen: der kraftreiche Herr
will
Allen Leuten lohnen,   die an ihn geglaubt haben.
Ein Himmelreich gibt er   allen Völkern,
Allen Leuten zu Lohn.   Das lehrt' uns der mächtige Chriſt,
Der Gebornen Beſter,   als er bildlich ſprach
Von dem Weingarten,   zu dem die Werkleute kamen
Zu ungleicher Friſt,   und doch all empfingen
Den vollen Liedlohn: ſo ſollen alle Lebenden
Von Gottes Güte   Vergeltung empfahen,
Sehr lieblichen Lohn;   auch die zuletzt gekommen ſind.

DAS KÜNFTIGE LEIDEN

Da hieß er ſeine guten   Jünger ihm näher
Treten, die zwölfe,   die ihm die treuſten waren
Der Männer auf Erden.   Ihnen ſagte der Mächtige
Nun abermals,   welche Angſt und Not
Ihm zukünftig wäre.   „Kein Zweifel iſt daran.
Jetzt nach Jeruſalem   zu der Juden Volk
Geleitet ihr mich.   Da wird alles geleiſtet,
Dem Volk erfüllt,   was in der Vorzeit einſt
Weiſe Männer von mir   meldeten und wieſen.
Da ſollen mich verkaufen   unter die Schächer
Die Helden an die Herrſchaft;   da werden mir die Hände ge-
bunden,
Die Arme gefeſſelt.   Viel erdulden muß ich,
Des Hohnes hören   und der Harmrede,
Schimpfen und Schelten,   viel ſchmähliche Läſterung.
Sie martern mich entſetzlich   mit der Waffen Schärfe,
Löſen mich vom Leben.   Doch werd ich zu dieſem Licht
Durch Gottes Kraft   vom Grab erſtehen
Am dritten Tage.   Nicht deshalb kam ich dieſem Volk.
Daß die Söhne der Zeit   Schweres um mich litten,
Mir dienten dieſe Leute;   nicht das will ich begehren,

Von dem Volk erflehen: ihnen zum Frommen will ich werden,
Ihnen demütig dienen, für diese Degen all
Meine Seele geben. Sie selber will ich nun
Mit meinem Leben erlösen, die hier lange harrten,
Die Menge der Menschen, meiner Hilfe.

Die Blinden vor Jericho

Nun fuhr er vorwärts, freudigen Sinn
In der Brust geborgen, der Geborne des Herrn.
Zu Jerusalem wollt er des Judenvolkes
Übeln Willen weisen, denn wohl erkannt' er
Ihr heißgrimmes Herz, ihren harten Sinn
Und widrigen Willen. Die Wandernden zogen
Vor Jericho hin: der Gottessohn
In der Menge, der mächtige. Zwei Männer saßen am Wege,
Erblindet beide, der Besserung bedürftig,
Daß sie heilte der Himmelswalter,
Die sie leider lange nun des Lichtes entbehrten,
So manche Stunde. Sie hörten die Menge nahn
Und fragten sofort beflissentlich,
Die Starrblinden, was für ein starker Held
In dem nahenden Volke der vornehmste wäre,
Der hehrste Häuptling. Der Helden einer versetzte,
Daß Jesus Christus von Galiläaland,
Der Heilande Bester, der Hehrste wäre
Vor dem Volk, das ihm folge. Da wurde fröhlich das Herz
Den beiden Blinden, da sie Gottes Geborenen
Unter der Leute Schar wußten. Da schrien sie laut
Zu dem heiligen Christ, daß er ihnen Hilfe gewährte.
„Herr, du Sohn Davids, sei uns mild mit der Tat,
Entnimm uns dieser Not, wie du so viele nimmst
Des Menschengeschlechts. Du bist so manchem gut,
Hilfst und heilest." Da wollten ihnen die Helden
Mit Worten wehren, daß sie zu dem waltenden Christ
So laut nicht riefen. Sie aber ließen nicht ab,
Immer mehr und mehr über der Männer Volk

Zu schreien ungestüm. Da stand der Heiland still,
Der Gebornen Bester, hieß sie zu ihm bringen,
Durch die Leute leiten und legt' ihnen die Frage vor
Milde vor der Menge: „Was möchtet ihr von mir denn
Für Hilfe erbitten?" Da baten sie den Heiligen,
Daß er die Augen ihnen öffnen wollte,
Dieses Licht verliehe, daß sie der Leute Lust,
Den hellen Sonnenschein erschauen möchten,
Die wunderschöne Welt. Der Waltende willfahrte,
Berührte sie mit den Händen und half dazu,
Daß alsbald den Blinden beiden wurden
Die Augen geöffnet, daß sie Erd' und Himmel
Durch Gottes Kraft erkennen konnten,
Licht und Leute. Da lobten sie Gott,
Verherrlichten den Herrn, daß sie des hellen Tags
Sich erfreuen durften. Sie fuhren nun mit ihm
Und folgten seiner Fährte. Erfüllt war ihr Flehn
Und des Waltenden Werk weithin verkündet,
Der Menge gemeldet.

       Hiemit war ein herrliches
Bild geboten, da die blinden Männer
Am Wege saßen und Wehe duldeten,
Des Lichtes ledig. Der Leute Kinder meint' es,
Der Menschen Geschlecht, wie sie der mächtige Gott
Im Anbeginne durch seine einige Kraft,
Zwei Eheleute, liebreich erschuf,
Adam und Eva, und ihnen Aufwege lieh
Zum Himmelreiche. Da war der Gehässige nah,
Der falsche Feind, der sie mit Frevelwerken,
Mit Sünde bestrickte, daß sie das ewig schöne
Licht verließen. An leidige Stätte wurden,
In diesen Mittelkreis, die Menschen verworfen,
Wo sie im Düster Drangsal duldeten und Arbeit,
Auf weiter Wanderung der Wonne darbten,
Des Gottesreichs vergaßen, den Gramgeistern dienten,
Des Feindes Kindern, die ihnen mit Feuer lohnten
In der heißen Hölle. Darum waren im Herzen blind

In diesem Mittelkreis   die Menschenkinder,
Weil sie nicht erkannten   den kräftigen Gott,
Den himmlischen Herrn,   dessen Hand sie erschuf,
Nach seinem Willen bildete.   Da war die Welt so verirrt,
In Düster gedrängt,   in Dienstbarkeit,
In des Todes Täler.   Betrübt saß die Menschheit
An des Herren Straße,   Gottes Hilfe erwartend:
Die mocht ihnen nicht werden,   eh' der waltende Gott
In diesen Mittelkreis,   der mächtige Herr,
Senden wollte   den eigenen Sohn,
Daß er das Licht erschlösse,   den Leutekindern
Das ewige Leben öffnete,   daß sie den Allwaltenden
Erkennen könnten,   den kräftigen Gott.
Auch mag ich euch sagen,   wenn ihr es sinnig wollt
Hören und beherzigen   (daß ihr des Heilands
Kraft mögt erkennen,   wie sein Kommen ward
In diesem Mittelkreis   den Menschen hilfreich
Und was mit seinen Taten   Tiefes meinte
Der hohe Herr),   warum die hehre Burg
Jericho heißt,   die bei den Juden steht
Mit mächtigen Mauern.   Nach dem Mond ist sie genannt,
Dem leuchtenden Gestirn.   Der läßt von seinen Zeiten nicht,
Sondern an jedem Tage   tut er das eine oder das andere,
Er wächst oder schwindet.   So in der Welt auch hier,
In diesem Mittelgarten,   der Menschen Kinder:
Sie fahren hin und folgen sich;   die frühern sterben,
Nach jenen kommen   dann junge wieder
Und wachsen heran, bis wieder   das waltende Geschick sie rafft.
Das meinte Gottes Geborner,   als er der Burg vorüber,
An Jericho fuhr,   daß nicht früher den Menschen
Die Blindheit zu bessern sei,   daß sie das blendende Licht,
Das ewig schöne, sähen,   eh' er selber hier
In dieser Mittelwelt   die Menschheit empfangen hätte,
Fleisch und Leib.   Da wurden die Völker der Menschen
In dieser Welt gewahr,   die hier wehvoll zuvor
In ihren Sünden gesessen,   des Gesichtes bar
Im Düster duldend,   nun komme diesem Volke

Der Heiland zu Hilfe   vom Himmelreiche,
Chrift, der Könige Befter.   Sie erkannten ihn nun wohl
Empfanden feine Nähe,   da fie nun fo laut
Zu dem Mächtigen riefen,   daß ihnen milde hinfort
Der Waltende würde.   Da wehrten ihnen mahnend
Die fchweren Sünden,   die fie felber getan,
Vom Glauben zu laffen.   Doch mochten fie den Leuten
Ihren Willen nicht wehren: zu dem waltenden Gott
Riefen fie laut und lauter,   bis er ihnen Heil verlieh,
Daß fie der Seligen Leben   erfchauen durften,
Das ewige Licht,   und eingehn einft
In den prächtigen Bau.   Das bedeuteten die Blinden,
Die bei Jericho   zu dem Gottesfohne
So laut riefen,   daß er ihnen Heilung verleihe,
Diefes Lebens Licht,   wiewohl der Leute viel
Ihnen mit Worten wehrten,   die des Weges fuhren
Vorn und hinten.   So wehren die Frevel
In diefem Mittelkreis   dem Menfchengefchlecht.
Nun hört, wie die Blinden,   als fie Heilung empfingen
Daß fie das Sonnenlicht   erfchauen mochten,
Wie die guten taten.   Sie gingen mit dem Herrn,
Folgten feiner Fährte   und verherrlichten freudig
Des Landeshirten Lob.   So tun der Leute Kinder
Weit über diefe Welt,   feit fie der waltende Gott
Erleuchtete mit feiner Lehre,   ihnen ewiges Leben,
Gottes Reich gab,   den guten Mannen,
Des hohen Himmels Licht,   und feine Hilfe jedem,
Der zu wirken willig ift,   daß er feinem Wege folgen mag.

EINZUG IN JERUSALEM

Da nahte nun   der Nothelfer Chrift,
Der gute, Jerufalem.   Entgegen ging ihm
Viel williges Volk   und wohlgefinntes.
Die empfingen ihn feftlich   und beftreuten vor ihm
Den Weg mit Gewändern   und würzigen Kräutern,
Blumen und Blüten   und der Bäume Zweigen,

Mit Palmen das Feld,   wohin seine Fahrt ging,
Als jetzt der Gottessohn   einzugehn gedachte
Zu der weltkunden Burg.   Ihn umwogte die Menge
Der Leute mit Lusten,   und Lobgesang erhob
Die freudige Menge,   den Fürsten verherrlichend,
Daß er selber gekommen war,   der Sohn Davids,
Sein Volk zu erfreuen.   Da sah der waltende Fürst
Dort zu Jerusalem,   der Guten Bester,
Den Burgwall blinken   und der Juden Gebäude,
Die hohen Hornsäle,   und das Haus Gottes,
Der Weihtümer wonnigstes.   Da wallt' ihm bewegt
Das Herz in der Brust,   das heilige Gotteskind mochte
Dem Weinen nicht wehren;   viel Worte sprach er
Schmerzlich betrübt   und mit schwerem Herzen:
„Weh ward dir, Jerusalem,   daß du in Wahrheit nicht weißt
Die Wehgeschicke,   die dir noch werden sollen!
Wie du noch umstellt wirst   mit Heeresstärke,
Dich umlagern werden   arglistige Männer,
Feindliche Völker;   dann findest du nirgends Frieden,
Schutz noch Hilfe.   Sie schwingen wider dich viel
Schwerter und Schneiden,   schwere Kriegsworte
Verfemen dein Volk,   Feuers Flammen
Verwüsten deine Wohnungen,   die hohen Wälle
Fällen sie zu Boden.   Kein Fels bleibt dann,
Kein Stein auf dem andern: die Stätte wird wüst
Um Jerusalem   den Judenleuten,
Weil sie nicht erkennen,   daß ihnen gekommen sei
Die Zeit ihrer Zeiten,   denn sie zweifeln noch,
Wissen nicht, daß sie heimsucht   des Waltenden Kraft."
  Mit der Menge ging dann   der Männer Fürst
In die prächtige Burg.   Als der Geborne Gottes
In Jerusalem   mit der gaffenden Menge
Und den Begleitern einzog,   da ward der Sänge größter
In hellen Stimmen erhoben: mit heiligen Worten
Lobte den Landeswart   der Leute Menge,
Der Gebornen Besten.   Die Burg kam in Aufruhr,
Das Volk war in Furchten   und fragt' alsbald,

Wer es wär, der da käme   mit kräftiger Schar,
Mit der mächtigen Menge.   Da gab ein Mann zur Antwort,
Daß da Jesus Christ   von Galiläaland,
Von Nazarethburg,   der Nothelfer käme,
Der weise Wahrsager,   zu wenden die Not.
Das schuf den Juden,   die ihm gram waren längst,
Abhold im Herzen,   Harm im Gemüte,
Daß ihm die Leute so lauten   Lobgesang erhoben,
Den Herrn zu verherrlichen.   Da huben Toren an,
Die ihre Worte wandten   zu dem waltenden Christ,
Er sollte dem Geleite   doch Schweigen auferlegen,
Die Leute hindern,   daß sie ihm Lobs soviel
Im Gesange spendeten,   „ihr Geschrei beschwert
Die Burgleute."   Der Geborne Gottes sprach:
„Hindert ihr hier   die Heldenkinder,
Daß sie des Waltenden Kraft   mit Worten verherrlichen,
So werden die Steine   ihre Stimmen erheben,
Die festen Felsen   vor dem Volke hier,
Eh' es unterbliebe,   daß ihm Lob gesungen sei
Weit über die Welt."

SÄUBERUNG DES TEMPELS

            Als er in das Weihtum
Ging, in Gottes Haus,   fand er der Juden viel.
Mancherlei Männer   Menge beisammen,
Die zum Kaufhaus die Stätte   sich erkoren hatten,
Zum Markt für mancherlei.   Münzhändler saßen
In dem Heiligtum: die hielten da täglich
Ihre Wechselbänke.   Das war dem Gebornen Gottes
Alles ein Ärgernis: sie alle zumal
Trieb er aus dem Tempel: „Es ist besser getan,
Daß hier Israels Geborene   zum Gebete gehen,
Und hier in meinem Hause   um Hilfe bitten,
Daß sie der Siegesfürst   von Sünden befreie,
Als daß hier Diebe   ihre Dingstätte halten
Und verworfene Wichte   Wechsel treiben,

Eitel Unrecht. Zu ehren wißt ihr übel
Eures Gottes Haus, ihr Judenleute!"
So räumte und reinigte der reiche König
Das heilige Haus und half alsdann
Der Menschen manchem, die von seiner mächtigen Kraft
In der Ferne erfuhren und nun gefahren kamen
Auf weiten Wegen. Mancher Schadhafte ward,
Mancher Hinkende heil; er half den Krummen
Und heilte die Blinden. So tat der Geborne des Herrn
Den Wallenden willig, denn in seiner Gewalt steht alles,
Der Leute Leben und des Landes Heil.

DAS SCHERFLEIN DER WITWE

Vor dem Weihhaus stand der waltende Christ,
Der liebe Landeswart, der Leute Sinn
Und Treiben betrachtend. Viele kamen und trugen
In das heilige Haus gar herrliche Schätze,
Begabten es mit Gold und gutem Gewebe,
Köstlichem Schmuck: Christ, unser Herr,
Gewahrt' es weislich. Eine Witwe kam da auch,
Eine arme Frau, und ging zu dem Fronaltar,
Legte da nieder vor dem Schatzhause nur
Zwei eherne Pfennige, einfältigen Herzens
Und guten Willens. Da sprach der waltende Christ,
Der gute, zu den Jüngern: „Der Gaben brachte sie
Mehr hiemit als sonst ein Menschensohn.
Wenn begüterte Männer zur Gabe trugen
Manchen Schatzes Hort, so ließen sie mehr daheim
Des gewonnenen Wohlstands. Diese Witwe nicht so:
Sie opferte dem Altar alles, was sie hatte
An Reichtum errungen: nicht das Geringste blieb ihr
Daheim in der Hütte. Darum hat ihre Gabe
Mehr Wert vor dem Waltenden, weil sie es so willig gab
An das Gotteshaus. Das wird ihr vergolten
Mit langdauerndem Lohn, daß sie solchen Glauben hat."

Die Steuerzahlung

So erfuhr ich, daß im Weihtum   der waltende Chrift
An der Tage jeglichem,   der teure Herr,
Unterwies und lehrte.   Viel Leute umftanden ihn,
Groß Volk der Juden,   hörten ihn gute Worte
Und füße fagen.   So felig war mancher
In der Menge der Menfchen,   es zu Gemüt zu nehmen.
Sie lernten die Lehre,   die der Landeswart
In Bildern fprach,   der Geborne des Herrn.
Doch leid war andern   die Lehre Chrifts,
Des Waltenden Wort.   Ihm widrigen Sinn
Hegten, die in der Herrfchaft   die höchften waren,
Die Fürften des Volkes.   Gefährde fannen ihm
Die ergrimmten Männer   und hatten ihm einen Gegner
Sich zu Hilfe geholt,   des Herodes Knecht,
Des Königs Kämpen: der kam und ftellt' ihm nach,
Mit widrigem Willen   feine Worte behorchend:
Wofern er fich verfinge,   daß fie in Feffeln ihn,
In Gliederbande   legen könnten,
Den Sündelofen.   Die Gefellen gingen hin,
Bitterböfe   dem Gebornen Gottes,
Und wandten das Wort an ihn,   die Widerfacher:
   „Du bift Gefetzgeber   den Völkern gefamt
Und weifeft die Wahrheit nur.   Du würdigft nie
Ein Wort zu meiden   einem Manne zulieb,
Weil er reich und vornehm ift: das Rechte fprichft du,
Damit du der Männer   Menge auf Gottes Weg
Mit deinen Lehren leiteft.   Nicht den leifeften Tadel
Findet dies Volk an dir.   Nun follen wir dich fragen,
Gewaltiger Volksherr: Welches Recht hat
Der Kaifer von Rom,   von dem Könige hier
Zinfen zu fordern   und die Zahl zu beftimmen,
Wieviel wir jedes Jahr   ihm geben follen
Vom Haupt als Steuer?   Laß hören, was dünkt dich,
Ift es recht oder nicht?   Rate deinen
Landsleuten wohl: deiner Lehre bedürfen wir."

Verneinen sollt' er's nur; doch genau erkannt' er
Ihren widrigen Willen.

           „Weshalb, ihr Heuchler,
Fragt ihr so verfänglich? Es soll euch nicht frommen,
Daß ihr Betrüger mit tückischer List
Mir Fallstricke legt." Da befahl er die Münzen
Zur Schau herbeizuschaffen, die sie schuldig seien
Als Gülte zu geben. Die Juden brachten
Einen Silberling herbei. Da sahen manche zu,
Wie er gemünzt sei. In der Mitte sah man
Des Kaisers Bild; sie erkannten wohl
Ihres Herren Haupt.

           Da fragte der heilige Christ,
Wessen Bildnis da gebildet sei?
Sie erwiderten, es wäre des Weltkaisers Bild
Von Romaburg, der des Reiches all
Über die weite Welt Gewalt besitze. —
„So will ich euch denn in Wahrheit raten,"
Sagt' er zu ihnen, „daß ihr ihm das Seine gebt:
Dem Weltherrn sein Bild, und dem waltenden Gott
Selber was sein ist, daß eure Seelen seien
Den guten Geistern."

           So ward der Juden Absicht
Bei der Anfrage vereitelt. Den Übeltätern
Ward es so wohl nicht, wie sie doch wünschten,
Daß sie ihn mit Falschheit fingen. Das Friedenskind Gottes
Nahm sich in acht vor den Argen und antwortete
Mit lauterer Lehre, obwohl sie so glücklich nicht waren,
Sie aufzufassen, wie es ihr Frommen wäre.

DIE EHEBRECHERIN

Noch ließ man ihn nicht ledig: sie ließen ein Weib
Vor dem Volk herbeibringen, die ein Verbrechen begangen,
Gar frechen Frevel: Die Frau war
Im Ehbruch ertappt und des Todes schuldig:
Das Leben sollte sie verlieren darum,

Ihr Alter enden: so verordnete das Gesetz
Da legten die Falschen   ihm die Frage vor
Mit boshaften Worten,   was sie dem Weibe tun sollten,
Sie am Leben lassen   oder am Leibe strafen,
Oder was er für die Tat   ihr erteilen wolle:
„Du weißt, wie unserm Volke   Moses befohlen hat
Mit weisen Worten,   die Weiber sollten
Durch Eheverletzung   das Leben verwirken:
Zu Tode geworfen   werden sie von dem Volk
Mit starken Steinen.   Hier steht nun eine
Auf der Tat ertappt: was erteilst du ihr?"
Die Widersacher wollten ihn   mit Worten fangen,
Denn wenn er lehrte,   sie sollt' am Leben bleiben,
Ihre Seele schützend,   sollten die Juden sagen,
Er widersetze sich   dem Gesetz ihrer Väter,
Dem Landrecht der Leute;   und ließ' er sie am Leben strafen,
Das Weib vor der Menge,   so wollten sie sagen, die Milde
Berg' er nicht in der Brust,   die Gottes Gebornem zieme.
So sollte, was er auch sagte,   der Sohn des Herrn
Seiner Worte wegen   gescholten werden,
Wenn er sein Urteil erteilte.   Aber der teure Herr
Wußte der Männer   Mutgedanken wohl,
Ihren widrigen Willen,   und erwiderte so
Vor den Anwesenden all: „Wer von euch sich aller
Frevel frei weiß,   der trete vor sie
Und schleudre, der erste,   aus seinen Händen
Den Stein auf sie."
        Da standen die Juden,
Dachten und sannen: der Degen keiner wußte
Auf seinen Ausspruch   die Antwort zu finden.
Die Männer gedachten   ihrer Meingedanken,
Ihrer Sündenschuld: so sicher wußte sich keiner,
Daß er nach den Worten   zu werfen getraute
Den Stein auf die Frau.   Sie ließen sie stehen
Allein an dem Ort,   und abseits alsobald
Gingen die gramharten   Judenleute,
Einer nach dem andern,   bis ihrer keiner aushielt

Des feindlichen Volkes,   der fürder gedachte
Der Ehebrecherin   das Alter zu kürzen.

   Da fragte die Frau   das Friedenskind Gottes,
Aller Gebornen Bester: „Wo blieben die Juden,
Deine Widersacher,   die dich verklagen wollten?
Haben sie dir heute   keinen Harm getan,
Kein Leid, die Leute,   die dir ans Leben wollten,
Dich schwer versehren?"   Da sagte das Weib,
Nein, niemand hab ihr   durch des Nothelfers
Heilige Hilfe   irgend Harm getan
Ihrem Laster zu Lohne.   Da sprach der Leute Herr,
Der allwaltende Christ: „So will ich auch dir nichts tun,
Geh heil von hinnen.   Im Herzen nur sorge,
Daß du hinfort nicht wieder   in Sünde verfällst."
So hatt' ihr geholfen   das heilige Gotteskind,
Ihr Leben gefriedet.

DER LEBENDIGE BRUNNEN

                    Da stand das Volk der Juden
Übles im Herzen   wie von Anfang hegend
Und widrigen Willen,   wüßten sie des Volkes Herz
Dem Friedenskind Gottes   nur feindlich zu stimmen.
Aber die Leute waren   im Glauben uneins:
Die Ärmern eher   zu ihm geneigt,
Gar viel begieriger,   des Gotteskindes
Geheiß zu vollbringen,   was ihr Herr nur gebot,
Und dem Rechten holder   als die reichen Leute:
Sie hielten ihn für den Herrn,   für den Himmelskönig,
Und folgten ihm gerne.
                    Da ging der Gottessohn
In das Weihtum wieder;   ihn umwogte des Volks
Eine mächtige Menge.   In der Mitte stand er
Und lehrte die Leute   mit lichten Worten,
Mit lauter Stimme.   Da lauschten alle,
Und viele staunten,   wie er dem Volk gebot:
„Wer da vom Durste   bedrängt ist, der komme

Zu mir und trinke   an der Tage jeglichem
Süßen Brunnen!   Ich sag euch wahrlich,
Wer lauter an mich glaubt   von der Leute Kindern,
Unter diesem Volke,   dem heiß' ich fließen
Aus seinem Leibe   lebende Flut:
Rinnendes Wasser   aus rauschender Quelle
Wallt' ihm, ein Lebensborn.   Dies Wort wird erfüllt,
Den Leuten geleistet,   die an mich glauben.«
Mit dem Wasser meinte   der waltende Christ,
Der hehre Himmelskönig,   den Heiligen Geist,
Daß des Volkes Söhne   den empfangen sollten,
Licht und Erleuchtung   und ewiges Leben,
Die hohe Himmelsau   und die Huld Gottes.
Da gerieten die Leute   um die Lehre Christs
In Streit: dort standen   stolze Männer,
Hochmüt'ge Juden,   die sich vermaßen,
Den Herrn zu höhnen: sie hörten wohl, sagten sie,
Daß aus ihm redeten   üble Wichte,
Unholde Geister,   da er so Übles lehre
Mit jedem Worte.   Dawider sprachen andre:
»Lästert den Lehrer nicht!   Lebensworte kommen
Mächtig aus seinem Munde,   und mancherlei Wunder
Wirkt er in dieser Welt.   Wär es des Teufels Werk,
Unsel'ger Geister,   wie brächt' es solchen Segen?
Drum ist es offenbar,   von dem allwaltenden Gott
Kommt es, von seiner Kraft.   Wohl erkennt ihr es auch
An seinen wahren Worten,   daß er Gewalt besitzt
Über alles auf Erden.«   Da hätten ihn die Abgünstigen
Gern auf der Stelle gefangen   oder gar gesteinigt,
Müßten sie der Menschen   Menge nicht scheuen,
Das Volk nicht fürchten.   Da sprach das Friedenskind Gottes:
»Ich zeig euch des Guten   von Gott doch so viel
In Worten und in Werken,   und ihr wollt mich strafen,
Ihr Starrsinnigen,   mich mit Steinen ertöten,
Vom Leben lösen.«   Die Leute entgegneten,
Die wütigen Widersacher: »Nicht deiner Werke wegen
Tun wir's, daß wir den Tod   dir erteilen wollen,

Nur deiner Worte wegen,   der widersinnigen,
Daß du dich so mächtig rühmst   und solche Meinreden führst
Und sagst vor den Juden,   du seist Gott selber,
Der mächtige Herr,   da du ein Mensch bist wie wir,
Von unserer Abkunft."
                    Der allwaltende Christ
Wollte nun den Hohn   nicht mehr hören der Juden,
Der Wütigen Verwünschung.   Aus dem Weihtum ging er
Über des Jordans Strom,   und seine Jünger mit ihm,
Die seligen Gesellen,   die stets bei ihm
Willig weilten: dort wußt er ein ander Volk.
Da tat nach Gewohnheit   der waltende Christ;
Er lehrte die Leute,   und glaubte wer wollte
An sein heilig Wort,   das immer half
Der Menschen männiglichem,   der es zu Gemüte nahm.

Des Lazarus Erweckung

Nun hör ich, daß zu Christ   gekommen waren
Boten aus Bethania,   die dem Gebornen Gottes
Sagten, sie seien   von zwei Frauen gesendet,
Maria und Martha,   den minniglichen beiden,
Den wonnesamen,   ihm wohlbekannten.
Sie waren Schwestern,   die er selber längst
Im Gemüte minnte   ihres milden Sinnes
Und guten Willens wegen.   Der Wahrheit nach ließen sie
Ihm von Bethanien entbieten,   wie zu Bett ihr Bruder
Lazarus läge,   an dessen Leben sie verzweifelten.
Sie baten, daß ihm Christ   der allwaltende käme,
Der heilige, zu Hilfe.   Wie er nun hörte
Von dem Siechen sagen,   da sagt' er sogleich:
„Lazarus liegt   auf dem Lager nicht
Unheilbar zum Tode: nur des Herren Preis
Soll da gefördert werden;   ihn gefährdet es nicht."
Da säumte dann noch   der Sohn des Herrn
Zwei Nächte und Tage,   bis die Zeit genaht war,
Da er wieder zu Jerusalem   die Judenleute

Versuchen wollte,   wie er Gewalt besaß.
Zu den Gesellen sagt' er,   der Sohn des Herrn,
Daß er jenseits des Jordans   die Juden wieder
Besuchen wolle.   Da versetzten sogleich
Die guten Jünger: „Wie begehrst du so dahin,
Mein Fürst, zu fahren?   Ist doch nicht fern die Zeit,
Wo sie deiner Worte   wegen dich wollten
Mit Steinigung strafen: und unter das störrische
Volk willst du fahren?   Da sind der Feinde viel,
Der übermütigen."   Aber einer der Zwölfe,
Thomas, versetzte,   der treffliche Mann:
„Tadeln wir sein Tun nicht,"   sprach der teure Degen,
„Oder wehren seinem Willen,   sondern weilen bei ihm,
Dulden mit dem Dienstherrn: das ist des Degens Ruhm,
Daß er seinem Fürsten   fest zur Seite stehe
Und standhaft mit ihm sterbe.   Stehn wir all ihm bei,
Folgen seiner Fahrt,   lassen Freiheit und Leben
Uns wenig wert sein,   wenn wir im Volk mit ihm
Erliegen, dem lieben Herrn: dann bleibt uns noch lange
Bei den Guten guter Nachruhm."   So wurden die Jünger Christs,
Die edelgeborenen,   einmütigen Sinnes
Dem Herrn zu Willen.
                    Da sprach der heilige Christ
Zu seinen Gesellen,   entschlafen sei
Auf dem Lager Lazarus.   „Dies Licht verließ er,
Entschlief selig.   Ohne Säumen laßt uns nun
Ihn wieder erwecken,   daß er diese Welt schaue,
Dies Licht, und lebe.   So wird euch der Glaube dann
Noch ferner gefestigt."   Da fuhr über die Flut
Der gute Gottessohn,   bis er mit den Jüngern
Nach Bethanien kam,   der Geborne Gottes,
Mit seinem Gesinde,   wo die Schwestern beide
Maria und Martha   bekümmerten Gemüts
In Schmerzen saßen.   Versammelt waren da
Von Jerusalem   der Judenleute viel:
Die Weiber wollten sie   mit ihren Worten trösten,
Daß sie so nicht jammerten   über des Jünglings Tod,

Des Lazarus Verluſt. Wie nun der Landeswart
Dem Gehöft entgegenging, da ward des Gottesſohns
Kommen dort kund getan, der Kräftige wäre
Draußen bei der Burg. Die beiden Frauen
Waren es wohl zufrieden, daß der waltende Chriſt,
Das Friedenskind Gottes, zu ihnen gefahren kam.
Es war ihnen wahrlich der Wünſche größter,
Die Kunſt des Herren, und Chriſti Wort
Wieder zu hören. Weinend ging da
Die trauernde Martha, mit dem Mächtigen
Worte zu wechſeln. Zu dem Waltenden ſprach ſie
Aus harmvollem Herzen: „Wärſt du, o Herr,
Der Nothelfer Beſter, uns näher geweſen,
Guter Herr und Heiland, ich hätte den Harm nun nicht,
Die bittere Bruſtbeſchwer: mein Bruder wär nicht geſchieden,
Lazarus, aus dieſem Licht, er möcht' uns noch leben
Des Geiſtes voll; obgleich ich zu dir, o Herr,
Lichthell glaube, der Lehrer Beſter,
Was du auch verlangen willſt von dem erlauchten Herrn,
Daß es gleich dir gibt Gott der Allmächtige,
Deinen Wunſch gewährend." Da gab der waltende Chriſt
Ihr zur Antwort: „Laß dir im Innern nicht
Die Seele verdüſtern. Sagen will ich dir
Mit wahren Worten, und wenden mag es nichts:
Dein Bruder ſoll auf Gottes Gebot
Durch des Herren Kraft ſich erheben vom Tode
In ſeinem Leichnam." Sie ſprach: „Den Glauben hab ich
                                        gänzlich,
Daß es alſo werden wird, wenn dieſe Welt endet,
Und jener mächtige Tag über die Menſchen fährt,
Daß er dann auch von der Erde wird auferſtehen
Am Tage des Gerichts, wenn vom Tod erweckt
Durch die Macht Gottes die Menſchengeſchlechter
Sich von der Raſt errichten." Da ſprach der reiche Chriſt,
Der allmächtige, zu ihr mit offenen Worten,
Er ſelber wäre der Sohn des Herrn,
Das Licht und das Leben, und der Leute Kindern

Die Auferstehung.   „Nie sterben wird
Und sein Leben verlieren,   der da glaubt an mich,
Ob auch die Erdensöhne   ihn mit Erde bedecken,
Ihr tief ihn vertrauen,   doch scheint er nur tot:
Das Fleisch ist ihr befohlen,   doch frei der Geist
Und die Seele gesund.“   Da versetzte sogleich
Das Weib die Worte: „Du bist des Waltenden Sohn,
Der allmächtige Christ: das mag man erkennen
Wahrlich an deinen Worten,   du hast Gewalt durch Gottes
Heiligen Ratschluß   über Himmel und Erde.“
    Da kam der Edelfraun   die andre gegangen,
Maria, die trauernde,   der in Menge folgten
Die Judenleute.   Zu Gottes Gebornem
Sagte sie schmerzensvoll,   wie ihr voll Sorgen war,
Voll Harm das Herz,   wie herb ihr Jammer
Um Lazarus' Verlust,   des lieben Mannes.
Mit Schluchzen weinte sie,   bis dem Sohne Gottes
Das Herz gerührt ward: heiße Tränen
Entwallten dem weinenden.   Zu den Weibern sprach er dann:
„Nun leitet mich hin,   wo Lazarus liegt
Der Erde befohlen.“   Ein Fels lag über ihm,
Ein schwerer Stein gedeckt.   Der Sohn des Herrn gebot,
Die Last zu lüften,   daß er die Leiche sähe,
Den Toten schaute.   Da trieb ihr Herz
Marthen, vor der Menge   zu dem Mächtigen zu sprechen:
„Guter Herr,“ begann sie,   „wenn man vom Grabe höbe
Den starken Stein,   so stiege Gestank auf,
Unsüßer Geruch,   denn sagen mag ich dir
Mit wahren Worten   all sonder Wahn,
Der Tag' und Nächte vier   schon ward er befohlen
Der Erd' im Grabe.“   Doch Antwort gab
Dem Weibe der Waltende: „Wahrlich, ich sage dir,
Wenn du glauben wolltest,   so würdest du bald
Erkennen können   die Kraft des Herrn,
Gottes große Macht.“   Da gingen etliche
Und huben den Stein ab.   Da sah der heilige Christ
Hinauf mit den Augen   und sagte dem Ewigen

Dank, der diese Welt schuf,   „daß du mein Wort erhörst,
O Herr des Sieges,   denn sicher weiß ich
Du tust es immer.   Ich aber tue dies
Vor diesem großen   Judenvolke,
Daß sie in Wahrheit wissen,   daß du in die Welt mich sandtest
Die Leute zu lehren!"   Dann rief er Lazarus an
Mit starker Stimme,   und hieß ihn auferstanden
Aus dem Grabe gehn.   Da kam der Geist zurück
In des Liegenden Leichnam: er rührte die Glieder
Und wand sich empor unterm Gewand,   denn bewunden war
                                                er noch,
In Leichentücher gehüllt.   Da ließ ihm helfen
Der waltende Christ: Leute kamen,
Ihm das Gewand zu entwinden.   Wonnig erstand
Lazarus zu diesem Licht.   Ihm war Leben verliehen,
Des anerschaffenen   Alters zu genießen
Fürder in Frieden.   Da freuten sich beide,
Martha und Maria.   Das mag kein Mann dem andern
Beschreiben und sagen,   wie die zwei geschwisterten
Frauen frohlockten.   Viele nahm es wunder
Der Judenleute,   da sie ihn vom Grabe sahen
Gesund erstehen,   den Siechtum hingerafft,
Den sie tot vertraut   der Erde tief,
Den Lebenslosen,   daß er nun leben dürste
Heil in der Heimat.   So mag der Himmelskönig,
Die gewaltige Gottesmacht,   einem jeden der Menschen
Die Seele befreien,   ihm wider der Feinde Drang,
Der Heilige, helfen,   dem er seine Huld verleiht.

  Da ward manchem Manne   das Gemüt zu Christ
Hingewandt, das Herz,   als sie sein heilig Werk
Da selber sahen,   denn so war nie geschehen
Ein Wunder in der Welt.

KAIPHAS

          Doch waren im Volke
Viel mutstarre Männer,   die Gottes Macht nicht
Kundbar erkennen wollten,   sich seiner großen Kraft

Mit Worten widerſetzten: ihnen war des Waltenden
Lehre ſo leid! Andre Leute nun ſuchten
Sie in Jeruſalem auf, wo des Judenvolkes
Höchſter Gerichtshof, ihre Hauptſtadt war,
Das große Gaumal des grimmen Volkes,
Und verlautbarten da, daß ſie den lebend geſehen
Mit eigenen Augen, der in der Erde gelegen,
Der Tiefe vertraut vier Tag' und Nächte,
Tot und begraben, bis er durch ſeine Tat,
Sein Wort ihn erweckte, daß er dieſe Welt wieder ſchaute.
Sehr widerwärtig war das den ſtörriſchen
Judenleuten: ſie ließen ihr Volk
Sich in Rotten ſcharen und zur Verſammlung rufen
Die Menge der Menſchen, wider den mächtigen Chriſt
Rat zu pflegen: „Nicht ratſam iſt es,
Daß wir es ferner dulden: zu viel dieſes Volkes
Glaubt ſchon ſeiner Lehre: nicht lange, ſo wird
Ein Aufſtand erſtehen: ihn zu ſtillen kommen dann
Die Römer geritten, und des Reiches müſſen wir
Verluſtig leben, oder gar den Leib verlieren,
Das Haupt wir Helden."

                   Da ſprach ein gehehrter Mann,
Ein Oberhirt der Männer, der über das Volk
In der Burg beſtellt war zum Biſchof den Leuten,
Kaiphas geheißen; gekoren hatten ihn
In jenem Jahre die Judenleute,
Daß er das Gotteshaus behüten ſollte,
Des Weihtums warten: „Wundern ſollte mich,
Erleuchtete Männer, die von ſo manchem Kunde habt,
So ihr wirklich nicht wüßtet, ihr Weiſeſten der Juden,
Daß es beſſer wäre der Gebornen jeglichem,
Wenn wir einem einzelnen das Alter kürzten,
Daß er blutig ſtürbe mit eurer Beſtimmung,
Sein Leben verlöre für dieſe Leute all',
Als daß zugrunde ginge das ganze Volk!"
  Wohl war es ſein Wille nicht, daß er ſo Wahres ſprach,
So frei vor dem Volke aller Menſchen Frommen

Vor der Menge vermeldete: durch die Macht Gottes kam es ihm
Durch sein heiliges Amt,   da er das Haus des Herrn
Versehen sollte   in der Stadt Jerusalem,
Des Weihtums warten: darum sprach so wahr
Der Bischof der Leute,   Gottes Geborner sollte
Alle Erdenvölker   durch seinen Tod, des einen,
Mit seinem Leben erlösen.   Allen Leuten half er so,
Denn es führte damit   auch die Völker der Heiden,
Alle Welt zu seinem Willen   der waltende Christ.

   Da kamen überein   die Übermütigen,
Die Rotten der Juden,   und beschlossen im Rat,
Die mächtige Menge,   sie möchte nichts irren,
Und wofern man im Volke   ihn finden möchte,
Sollt' er gefangen werden   und vorgeführt
Dem Malgericht der Männer: nicht möchten sie's dulden mehr,
Daß der eine Mann   so alles Volk
Gewinnen wollte.
            Der waltende Christ
Kannte der Männer   Mutgedanken
Und haßgrimmes Herz: verhohlen blieb ihm nichts
In dieser Mittelwelt.   Da mocht er in die Menge
Nicht öffentlich ferner   unter das grimme Volk
Der Juden gehen: der Gottessohn harrte
Der lichten Zeit,   die ihm zukünftig war,
Wo er den Leuten zuliebe   leiden wollte,
Dulden für das Volk;   wußt er zuvor doch wohl
Tag und Stunde.   Da ging der teure Herr,
Der allwaltende Christ,   um zu Ephraim,
Der heilige Herr,   in der hohen Burg
Mit den Jüngern zu weilen,   und wandte sich wieder
Gen Bethanien dann   mit dem breiten Gefolge,
Seiner ganzen Jüngerschaft.   Die Juden besprachen es
Mit manchem Worte,   da sie so große Menge
Ihm folgen sahen.   „Nun ist kein Frommen mehr,
Kein Rat für das Reich,   wie recht wir auch sprechen,
Kein Ding gedeiht uns,   da doch das Volk
Nach seinem Willen sich wendet,   so weite Schar ihm folgt

Der Leute, feiner Lehre halb, daß wir kein Leid
Vor all dem Anhang ihm antun mögen."
Da kam gen Bethanien der Geborne Gottes
Sechs Nächte zuvor, eh' die Volksverfammlung
Der Judenleute in Jerufalem
An den feftlichen Tagen gefeiert wurde,
Da fie die heiligen Zeiten halten follten,
Der Juden Pafcha. Da weilte der Gottesfohn
In der Menge, der mächtige. Viel Männer waren da
Seiner Worte wegen, und zwei Weiber zumal,
Maria und Martha, die ihm mildes Herzens
In Demut dienten. Diefen gab der Herr
Langdauernden Lohn: alles Leides erließ er fie,
Aller Schuld und Sünde. So gebot er ihnen,
Daß fie in Frieden führen vor der Feinde Drang
Mit gutem Urlaub, denn fie hatten ihr Amt
Ihm nach Wunfch verwaltet.

VOM WELTUNTERGANGE

     Da ging der waltende Chrift
Mit dem Volke fort der Völker Herr,
Gen Jerufalem. Da waren der Juden
Heißmüt'ge Herrfcher, die heilige Zeit
Im Weihtum zu feiern. Noch war des Volks da viel,
Kühner Kämpen, die Chrifti Wort
Nicht gerne hörten, zu dem Gottesfohne
In ihrem Gemüte keine Minne trugen,
Ein feindfelig Volk, ihm völlig abgeneigt
Im Meuchlermute. Mordluft trugen fie,
Bosheit in der Bruft: ins Böfe verkehrten fie
Chrifti Lehre, wollten den Kräftigen ftrafen
Seiner Worte wegen. Doch waren da viel
Um ihn der Leute den langen Tag:
Die Geringern hielten ihn fchützend umringt
Wegen feiner füßen Worte, daß ihn die Widerfacher
So vielen Volks halb zu fahen nicht wagten,

Ihn mieden ob der Menge.   Da stand der mächtige Christ
Mitten in dem Weihtum   und sprach manches Wort
Den Völkern zum Frommen.   Viele blieben um ihn
All den langen Tag,   bis daß die lichte
Sonne sich senkte.   Da schied aus dem Tempel
Auch die wogende Menge.

                              Nun war ein berühmter
Berg bei der Burg,   der war breit und hoch,
Grün und schön;   die Juden hießen ihn
Ölberg mit Namen: da hinauf begab sich
Der Nothelfer Christ,   da die Nacht begann,
Und blieb da mit den Jüngern;   der Juden keiner
Wußt ihn da weilen,   denn im Weihtum wieder
War der Leute Herr,   wenn das Licht von Osten kam,
Empfing das Volk da,   und sagt' ihm viel
Wahrer Worte.   In dieser Welt ist nicht,
In diesem Mittelgarten,   ein Mann so beredt
Unter der Leute Kindern,   daß er die Lehren könnte
Zu End' erzählen,   die da alle sprach
Im Weihtum der Waltende.   Ihnen wies sein Wort,
Nach dem Gottesreiche   begehren sollten
Die Menschen am meisten,   daß sie an jenem mächtigen Tage
Dereinst ihres Herren   Herrlichkeit empfingen.
Er mahnte sie der Sünden: die müßten sie vor allem
Zu löschen verlangen   und das Licht Gottes
Im Gemüte minnen,   Meintat lassen
Und die leidige Hoffart,   und Demut lernen,
Sie im Herzen hegen: so würd ihnen das Himmelreich,
Der Güter höchstes.

                      Da ward der Hörer viel
Zu seinem Willen gewandt,   da sie das Wort Gottes,
Das heilige, hörten,   und des Himmelskönigs
Hohe Kraft erkannten   und des Heilands Kommen,
Des Herren Hilfe.   Ja das Himmelreich war
Rettend nun genaht,   und Gnade Gottes
Den Menschenkindern

Doch ward ihm mancher
Nun gänzlich gram   der grimmen Juden,
Bissig böse.   Die Erbitterten wollten
Sein Wort nicht hören,   wehrten sich mächtig
Gegen Christi Kraft,   konnten nicht dazu kommen,
Die Leute, vor leid'gem Streit,   daß sie den Glauben an ihn
Fest erfaßten: das Heil blieb ihnen fern,
Daß sie das lichte Himmelreich   erlangen mochten.
   Da ging der Gottessohn,   und seine Jünger mit ihm,
Aus dem Weihtum, der Waltende,   nach freiem Willen
Und erstieg den Berg,   der Geborne Gottes,
Saß mit den Seinen da,   und sagt' ihnen viel
Der wahren Worte.   Von dem Weihtum sprachen da
Die Jünger, dem Gotteshaus: es gebe kein schöneres,
Edleres auf Erden   irgend, durch Menschenarbeit,
Von Künstlerhand   also vollkommen
Und reich errichtet.   Da sprach der reiche,
Hehre Himmelskönig: die andern hörten es:
„Ich kann euch verkünden,   kommen wird die Zeit,
Da nicht stehen bleibt   ein Stein ob dem andern:
Zu Boden fällt der Bau,   von Feuer erfaßt,
Von gieriger Lohe,   obgleich er so schön nun ist
Und weislich gewirkt.   Nichts währt dann auf dieser Welt,
Die grüne Au zergeht."   Da gingen die Jünger zu ihm
Und fragten ihn stille: „Wie lange steht noch
Diese Welt in Wonne,   eh' die Wende kommt,
Daß der letzte Tag   des Lichtes scheint
Durch den Wolkenhimmel? Oder wann willst du wiederkommen
In diesen Mittelgarten,   dem Menschengeschlecht
Das Urteil zu erteilen,   Toten und Lebenden,
Herr, mein Guter!   Gar heftig verlangt uns
Zu wissen, waltender Christ,   wann das geschehen soll."
Worauf zur Antwort   der allwaltende Christ
Gütlich gab   den Jüngern umher:
„Das hält so heimlich   der Herr, der gute,
So hat es verhohlen   des Himmelreichs Vater,
Der Walter dieser Welt,   wissen mag es nicht

Ein Held hier auf Erden, wann die hehre Zeit
In diese Welt soll kommen; auch kennen sie wahrlich nicht
Gottes Engel, die gegenwärtig sind
Immer vor seinem Angesicht: sie selber auch
Wüßten es nicht zu sagen, wann es geschehen solle,
Daß er in diesem Mittelgarten, der mächtige Herr,
Die Völker heimsuche. Der Vater weiß es allein,
Der heilige im Himmel, verhohlen bleibt es
Lebenden und Toten, wann er den Leuten naht.
Doch erzählen mag ich euch, welche Zeichen zuvor
Wundersam werden, eh' er in diese Welt kommt
An dem mächtigen Tage. Das wird am Monde kund
Und so an der Sonne. Sie schwärzen sich beide,
Von Finsternis befangen, die Sterne fallen,
Die schimmernden Himmelslichter, die Erde schüttert,
Die breite Welt erbebt. Solcher Zeichen bieten sich viel;
Die große See ergrimmt, der tiefe Golfstrom des Meers
Wirkt mit seinen Wogen den Erdenwohnern Grausen.
Dann erstarren die Sterblichen vor des Sturmes Zwang,
Alles Volk vor Furcht. Dann ist nirgend Friede,
Waffenkampf wird weit über diese Welt,
Heißgrimm erhoben, die Herrschaft breitet
Volk über Volk, die Fürsten befehden sich
In mächtiger Heerfahrt, die Menge erliegt
Im offenen Allkrieg. Das ist ein ängstlich Ding,
Daß Menschen müssen solchen Mord erheben.
Weit wütet Pest auch über diese Welt,
So groß Menschensterben, als nie auf diesen Mittelkreis
Seuche senkte. Dann sieht man Sieche liegen,
Zum Tode taumeln, ihre Tage enden,
Mit ihrem Leben füllen. Dann fährt unleidlicher
Hunger heißgrimm über die Heldenkinder,
Die quälendste Kostgier. Das ist nicht das kleinste
Weh in dieser Welt, das da werden soll
Vor dem Unheilstage. Wenn ihr das alles
Seht auf Erden geschehen, so mögt ihr sicher wissen,
Daß der letzte Tag den Leuten nah ist,

Der mächtige, den Menschen,   und die Macht Gottes,
Der Himmelskraft Bewegung,   des Heiligen Kunst,
Des Herrn in seiner Herrlichkeit.   Seht, hievon mögt ihr
An diesen Bäumen   ein Bild erkennen:
Wenn sie knospen und blühen   und Blätter zeigen,
Laub sich löst,   dann wissen die Leute,
Daß ihnen sicher   der Sommer nah ist
Warm und wonnesam,   mit schönem Wetter.
So zeigen auch die Zeichen,   die ich aufgezählt,
Wann der letzte Tag   den Leuten naht.
Dann sag ich euch wahrlich,   daß auf der Welt nicht ehe
Dies Volk zerfahren wird,   bevor sich erfüllt
Mein Wort und bewährt.   Die Wende kommt
Des Himmels und der Erde,   und mein heilig Wort
Steht fest und währt fort,   und erfüllt wird alles,
In diesem Licht geleistet,   was ich vor den Leuten sprach.
Nun wacht und wahrt euch,   denn gewiß wird kommen
Der große Gerichtstag,   der eures Gottes Kraft zeigt,
Seiner Macht Strenge: die schreckliche Zeit,
Die Wende dieser Welt.   Davor wahret euch,
Daß sie euch nicht schlafend,   in des Schlummers Ruh
Fährlich befange,   in Frevelwerken,
Der Untaten voll.   Das Weltende kommt
In düstrer Nacht   wie ein Dieb geschlichen,
Der sein Tun verbirgt: so bricht der Tag herein,
Der letzte dieses Lichtes,   eh' es die Leute denken —
Völlig wie die Flut tat   in der Vorzeit Tagen,
Die in steigenden Strömen   die Menschheit zerstörte
In Noahs Zeiten,   den allein aus der Not nahm,
Ihn und sein Haus,   der heilige Gott
Aus der umfangenden Flut.   So fiel auch Feuer
Heiß vom Himmel,   als die hohen Burgen
In Sodomas Land   schwarze Lohe umfing,
Grimm und gierig: da entging niemand
Außer Lot allein;   denn ihn entleiteten
Die Boten Gottes   mit seinen beiden Töchtern
Einen Berg hinauf,   weil brennend Feuer alles,

Land und Leute die Lohe verzehrte.
Wie das Feuer da jählings kam, und die Flut gefahren,
So jäh der Jüngste Tag. Daran soll jeglicher
Gedenken vor dem Dinge: des ist große Durst
Den Menschen allen. Drum mögt ihr in Sorgen sein,
Denn wenn das geschehn wird, daß der waltende Christ,
Der hehre Menschensohn, mit der Macht Gottes
Kommt in seiner Kraft, der Könige reichster,
Zu sitzen in seiner Stärke, und zusammen mit ihm
Die Engel alle, die da oben sind,
Die heiligen, im Himmel, dann sollen der Helden Kinder,
Der Erde Geschlechter alle versammelt werden,
Was von Leuten lebt, was je in diesem Licht
Von Menschen erzeugt war. Dieser Menge wird dann,
Allem Menschengeschlechte, der mächtige Herr
Erteilen nach ihren Taten. Dann weist er die Verteilten,
Die verworfnen Leute zur linken Hand;
Die Seligen schart er zur rechten Seite,
Und gegen die Guten grüßend kehrt er sich:
„Kommt, ihr Erkorenen, kommt in dies herrliche
Reich, das bereitet ward den Gerechten allen
Nach der Wende der Welt. Geweiht hat euch
Aller Völker Vater: ihr dürst der Freuden genießen,
Dieses weiten Reichs walten, weil ihr mir oft zu Willen wart,
Mir gerne gabet aus gütiger Hand.
Da ich bedrängt war von Durst und Hunger,
Von Frost befangen, oder in Fesseln lag,
Bekümmert im Kerker, so kam dem Beklemmten
Hilfe von eurer Hand; euer Herz war mir milde,
Ihr besuchtet mich liebreich.'

Dann entgegnen die Seligen:

„Mein Fürst, wann fanden wir so dich befangen,
So bedrängt und darbend, wie du vor diesem Volk
Erwähnst, du Gewaltiger? Wann je sah man dich
In Bedrängnis darben? dich, der aller Dinge gewaltest,
Aller Güter zugleich, die je der Menschen Söhne
In dieser Welt gewannen.' Und der Waltende erwidert:

‚Was ihr auf Erden tatet   in eures Herren Namen,
Was ihr Gutes gabet   zu Gottes Ehre
Den Menschen, den mindesten   in dieser Menge,
Den aus Demut Bedrängten,   darum, weil sie
Meinen Willen wirkten —   was ihr denen eures Wohlstands
Hingabt zu meiner Verherrlichung,   das hat euer Herr emp=
                                             fangen,
Die Hilfe kam dem Himmelskönig.   Darum will der heilige
                                            Herr
Euern Glauben lohnen   mit ewigem Leben.‘
   Dann wendet zur Linken   der Waltende sich
Und spricht zu den Verteilten: ‚Eurer Taten entgeltet nun,
Eures Meinwerks, ihr Menschen.   Nun müßt ihr,‘ spricht er
‚Verfluchte, fahren   in das ewige Feuer,
Das da den Gegnern   Gottes bereitet ward,
Dem Volk seiner Feinde   für ihre Frevelwerke.
Ihr habt mir nicht geholfen,   wenn mich Hunger und Durst
Entsetzlich quälten;   wenn ich der Kleider bar
Jammermütig ging   in großer Bedrängnis.
Ihr habt mir nicht geholfen,   wenn ich in Haften lag,
In Ketten und Banden,   oder auf dem Krankenbette
Schweres Siechtum litt.   Dann besuchtet ihr mich nicht,
Erwiest mir keine Wohltat,   ich war euch nicht würdig,
Daß ihr mein gedächtet: dafür duldet nun
In Feuer und Finsternis.‘
                    Dann entgegnet das Volk ihm:
‚Ei, waltender Gott,   wie willst du doch so
Vor dieser Menge reden?   Wann bedurftest du der Menschen,
Daß sie Gut dir gönnten?   Du gabst uns ja allen
Wohlstand in dieser Welt.‘   Aber der Waltende erwidert:
‚Wenn ihr die ärmsten   der Erdenkinder,
Die mindesten der Menschen   in euerm Mute
Ihr Helden, überhörtet,   sie haßtet im Herzen,
Ihnen Wohltat weigertet: das ward euerm Herrn getan,
Die Wohltat mir geweigert.   Drum will euch der Waltende,
Euer Vater, nicht empfangen.   In Feuer fahrt ihr
In den tiefen Tod,   den Teufeln zu dienen

Den wütigen Widerſachern, für eure Werke.‘
Nach dieſen Worten wird das Volk geſchieden,
Die Werten von den Böſen. Die Verworfnen fahren
In die heiße Hölle, das Herz voll Harms,
Die ewig Verdammten, Weh zu erdulden,
Endloſes Übel. Aber aufwärts führt
Der hehre Himmelskönig der Lautern Heerſchar
In langwährendes Licht: da iſt ewiges Leben,
Gottes Reich bereit den Rechtſchaffenen all.“
    So hört’ ich, daß den Helden der herrliche Herr
Der Welt Wende mit Worten ſchilderte,
Wie die Welt währen ſoll, dieweil da wohnen dürfen
Die Erdenſöhne, und wie ſie am Ende ſoll
Zergleiten und zergehn.

JUDAS ISCHARIOT

                    Auch ſagt’ er den Jüngern da
Mit wahren Worten: „Ihr wiſſet wohl alle,
Daß nach zweien Nächten nun die Zeit kommen,
Der Juden Oſtern, da ſie ihrem Gotte dienen
Wollen im Weihtum. Nun iſt es unwendbar,
Da wird des Menſchen Sohn an der Menge Häupter,
Der Kräftige, verkauft und ans Kreuz geſchlagen,
Todesqual zu dulden.“
                    Nun waren da der Degen viel,
Argſinniger, verſammelt, der Süderleute,
Der Juden Gilde, ihrem Gott zu dienen.
Die Schriftgelehrten ſah man alle kommen
In die weite Verſammlung, die zu den weiſeſten
Unter der Menge der Männer zählten,
Ein kampflich Geſchlecht. Da war auch Kaiphas gekommen
Der Biſchof der Juden. Sie rieten wider Gottes Gebornen,
Wie ſie ihn erſchlügen, den Sündeloſen:
„Legen wir nicht Hand an ihn an dem heiligen Tage
Unter der Menſchenmenge, daß die Scharen der Männer
Nicht in Aufruhr geraten; denn Rotten würden ihn

Streitbar umstehen. In der Stille müssen wir
Ihn fangen und richten, daß das Volk der Juden
An den heiligen Tagen nicht im Aufruhr tobe."
Da ging Judas hin, der Jünger Christs,
Einer der Zwölfe, wo der Adel saß
In der Juden Gilde: „Guten Rat weiß ich euch,"
Sprach er, „zu zeigen: was wollt ihr mir zahlen
An Geld zu Lohne? So liefr' ich euch den Mann
Ohn' alles Aufsehn." Da war der Argen Herz,
Der Leute, in Lusten: „Wenn du das leisten willst,
Dein Wort bewähren, so wähle nach Wunsch,
Fordre nach Gefallen von diesem Volke
Geld und Gut." Da verhieß ihm die Gilde
Nach seiner Bestimmung der Silbermünzen
Dreißig an der Zahl. Zu den Degen sprach er da
Aus herbem Herzen, dafür gäb' er seinen Herrn.
So ging er fort in feindlichem Sinn
Treulos betrachtend, welcher Tag gelegen sei,
Daß er ihn überwiese der wütigen Schar
Des Volks seiner Feinde.
                    Das Friedenskind Gottes,
Der Waltende, wußte nun wohl, daß er diese Welt
Aufgeben sollte und das Gottesreich suchen,
Zu seines Vaters Erbe fahren.

DIE FUSSWASCHUNG

                    Zuvor sah da niemand
Wohl der Minne mehr, als er den Mannen erwies,
Den guten Jüngern. Ein Gastmahl bereitet' er,
Setzte sie zu sich und sagt' ihnen viel
Wahrer Worte. Gen Westen schritt der Tag,
Die Sonne zum Sedel. Sieh, da gebot
Des Waltenden Wort, daß man ihm lautres Wasser
Im Becken brächte. Auf stand der Geborne des Herrn,
Der gute, vom Gastmahl und wusch den Jüngern
Mit seinen Händen die Füße, rieb mit dem Handtuch

Und trocknete sie verehrlich. Da sprach der Getreue,
Simon Petrus zu dem Herrn: „Nicht paßlich scheint es mir,
Mein Fürst, du guter, daß du die Füße mir wäschest
Mit den heiligen Händen." Da sprach sein Herr zu ihm,
Der Waltende: „Wenn du den Willen nicht hast
Den Dienst zu empfangen, daß ich dir die Füße wasche
Aus gleicher Minne, wie ich diesen Männern
Verehrlich tue, so hast du nicht teil mit mir
Am Himmelreiche." Da war das Herz gewandt
Dem Simon Petrus; er sprach: „So gebiete
Über meine Hände und Füße und über mein Haupt zumal,
Sie nach Gefallen zu waschen, daß ich fürder nur
Deine Huld habe und des Himmelreiches
Solchen Teil, wie mir, teurer Herr,
Deine Güte geben will." Die Jünger Christs
Duldeten da die Diensterweisung,
Die Degen, geduldig, und was ihr Dienstherr tat,
Der mächtige, aus Minne. Noch mehr gedachte den Menschen
Fürder zu frommen das Friedenskind Gottes.
Er setzte sich zu den Gesellen und sagt' ihnen viel
Langfördernden Rats.

DAS ABENDMAHL

            Da kam das Licht zurück
Am Morgen den Menschen. Den mächtigen Christ
Grüßten die Freunde und fragten, wo sie das Mahl
Ihm am Weihtag anrichten sollten,
Daß er halten möchte die heiligen Zeiten,
Er und sein Ingesind. Da sandt' er voraus
Die Jünger nach Jerusalem: „Wenn ihr gegangen kommt
In die hohe Burg, wo euch entgegenbraust
Der Menschen Menge, so seht ihr einen Mann
In den Händen tragen mit helllauterm Wasser
Ein Füllgefäß: dem folget immer,
Zu welcher Wohnung er auch weiter schreite,
Und dem Herrn darin, der das Haus besitzt,

Sollt ihr dann sagen,   ich hab' euch gesandt,
Mein Mahl zu bestellen.   Dann zeigt er euch ein stattlich Haus,
Einen hohen Söller,   der ganz behangen ist
Mit schönem Schmuck.   Da schaffet mir
Meine Wirtschaft dann,   denn gewiß werd ich kommen
Selbst mit dem Ingesind."
                          Da eilten ungesäumt
Gen Jerusalem   die Jünger Christs,
Die Fahrt zu vollbringen.   Da fanden sie
Sein Wort bewährt: es war kein Fehl daran.
Sie bereiteten das Gastmahl,   und der Gottessohn,
Der heilige Herr,   kam zu dem Hause,
Wo sie die Landesweise   zu leisten gedachten,
Gottes Gebot zu vollbringen,   wie bei den Juden
Gesetz und Sitte war   seit der Väter Zeit.
   Da ging am Abend   der allwaltende Christ
Im Saal zu sitzen.   Die Gesellen rief er,
Die Zwölfe, zu sich,   ihm die zuverlässigsten
Im treuen Mute   von allen Männern
In Worten und Weisen.   Auch wußte wohl
Ihres Herzens Gedanken   der heilige Christ,
Da er sie beim Gastmahl grüßte.   „Ich begehrte sehr,
Hier zusammen   mit euch zu sitzen,
Des Gastmahls zu genießen,   der Juden Pascha
Mit euch Teuern zu teilen.   Nun tu ich euch kund
Des Waltenden Willen,   daß ich in dieser Welt
Nicht mehr mit Menschen   ein Mahl teilen mag,
Mit Lebenden fürder,   bevor erfüllt wird
Das himmlische Reich.   Mir ist vor Handen nun
Schmerz und Schreckensqual: ich soll nun für diese Welt
Dulden, für dieses Volk."   Wie da zu den Degen sprach
Der heilige Herr,   da ward ihm sein Herz betrübt,
Die Seele verdüstert.   Zu den Gesellen sprach
Der gute, zu den Jüngern: „Ich hab euch Gottes Reich
Verheißen, des Himmels Licht: ihr verhießt mir dagegen
Geleit und Huld.   Nun verharrt ihr nicht dabei,
Wankt von euern Worten.   Wahrlich, ich sage euch,

Unter euch Zwölfen   bricht mir einer die Treue,
Will mich verkaufen   den Kindern der Juden,
Für Silber verhandeln,   sich Schatz zu erhaschen,
Gemünzten Mammon,   und seinen Meister verraten,
Den holden Herrn;   was ihm doch zum Harme,
Zum Wehe werden soll.   Wenn er das Weitre sieht,
Das Ende ahnt   all seiner Arbeit,
Dann weiß er in Wahrheit,   ihm wär' ein ander Ding
Besser bei weitem: daß er nie geboren wär'
In dieses Lebens Licht,   da er zu Lohn empfängt
Übles Elend   für argen Verrat."
      Da begann der eine   nach dem andern zu schauen,
Sich sorgenvoll umzusehn   mit schwerem Mute.
Es härmt' ihr Herz,   da sie den Herren hörten
So trauernd sprechen.   Die Getreuen sorgten,
Welchen der Zwölfe   er bezichtigen werde
Der Schädigung schuldig,   daß er den Schatz sich habe
Von dem Volk bedungen.   Verdenken mochten sie
Solcher Falschheit   der Freunde keinen:
Dem Meingedanken   entsagte männiglich.
Doch befiel sie Furcht,   daß sie zu fragen nicht getrauten,
Bis endlich winkte   der ehrwürdige Jünger,
Simon Petrus   (er selber wagt' es nicht)
Johannes dem guten,   der dem Gotteskinde
In jenen Tagen   der Getreuen Liebster war,
Der meistgeminnte;   dem mächtigen Christ
Durft' er am Busen ruhen,   an der Brust ihm liegen,
Mit dem Haupte lehnen,   da er manch heilig Geheimnis,
Tiefe Gedanken vernahm.   Der begann zu dem teuern
Fürsten und fragte: „Wer wäre, Herr, der Falsche,
Der dich verkaufen wollte,   der Könige mächtigsten,
Unter der Feinde Volk?   Das erführen wir gern,
Willst du's uns wissen lassen."   Da hielt sein Wort bereit
Der heilige Christ: „Seht her, wem ich hier
Meiner Mundkost reiche,   der hat Meingedanken
In der Brust verborgen,   der wird mich den erbitterten
Feinden überliefern,   daß ich mein Leben so,

Mein Alter ende." Und alsobald nahm er
Der Mundkost vor den Männern   und gab sie dem meintätigen
Judas in die Hand,   und gegen ihn gerichtet
Vor seinen Gesellen   hieß er ihn ungesäumt
Von seinem Volke fahren: „Vollführe, was du vorhast,
Tu, was du tun willst,   trügerisch birgst du nun
Die Gesinnung nicht mehr.   Die Entscheidung ist vor der Hand,
Meine Zeiten nahen."   Wie da der Zweideutige
Die Mundkost empfing   und sie zum Munde führte,
Da entging ihm die Gotteskraft,   Gramgeister fuhren
In seinen Leichnam,   leidige Wichte,
Satanas selber   umschnürte scharf
Sein hartes Herz,   seit ihn des Herren Hilfe
Verließ in diesem Lichte.   So wird den Leuten weh,
Die unter des Himmels Höhn   den Herren wechseln.
Da raffte sich rasch auf   des Verrats begierig
Judas und ging,   grimmen Sinn hegend,
Der Degen dem Dienstherrn,   und düstre Nacht
Umfing den Verfemten.
                    Der Fürst der Lebendigen
Verblieb beim Gastmahl   und seine Jünger.
Da weihte der Waltende   Wein und Brot,
Heiligt' es, der Himmelskönig.   Mit den Händen brach er es,
Gab es den Jüngern   und dankte Gott,
Dem Ewigen,   der alles erschuf,
Welt und Wonne,   und sprach diese Worte:
„Glaubet lichthell,   dies ist mein Leib
Und dies mein Blut: ich geb euch beide
Zu essen und zu trinken.   Auf Erden soll ich sie
Hingeben und vergießen   und euch zu Gottes Reich
Mit meinem Leib erlösen   in das ewige Leben,
In das Licht des Himmels.   Euer Herz verlange stets,
Gleich mir zu begehn,   was ich bei diesem Mahl beging.
Meldet das der Menge,   es ist ein mächtig Ding:
Euern Herrn sollt ihr hiemit   verherrlichend ehren.
Behaltet es im Herzen   als mein heilig Bild,
Daß es der Erde Kinder   euch künftig nachtun

Und bewahren in der Welt,   und es wissen alle
Über diesem Mittelkreis,   daß es mir zur Minne geschieht,
Dem Herrn zur Huldigung."
                              „Beherzigt stets,
Wie ich euch hier gebiete,   daß ihr eure Brüderschaft
Fest wahrt hinfort.   Habt frommen Sinn,
Minnt euch im Gemüte,   daß der Menschen Kinder
Über der Erde   es all erkennen,
Daß ihr gänzlich seid   meine Jünger, Christs.
Auch muß ich euch melden,   daß der mächtige Feind
Mit heißgrimmem Haß   euer Herz versuchen wird.
Satanas selber   kommt, eure Seelen
Mit Ränken zu berücken.   Drum richtet zu Gott
Eures Herzens Gedanken: ich helf euch, wenn ihr betet,
Daß euch der Meintätige   das Gemüt nicht gefährde,
Schütz' euch vor dem Feinde.   Er fliß sich auch, mich zu betrügen,
Obwohl sein Wille   ihm nicht gewährt ward;
Sein Gelüst gelang ihm nicht."
                              „Nicht länger verhehl ich euch,
Was euch nun schleunig soll   für Sorge entstehen.
Ihr werdet mir versagen,   ihr meine Gesellen,
Eure Degenschaft,   eh' die düstre Nacht noch
Von den Leuten läßt   und neues Licht kommt
Am Morgen den Menschen."
                              Da ward der Mut den getreuen
Degen verdüstert,   Schmerz bedrängte
Herb ihr Herz,   um ihres Herren Wort
Sorgten sie schwer.   Simon Petrus sprach,
Der Degen zu dem Dienstherrn,   in dreisten Worten
Aus Huld zu dem Herrn: „Wenn die Helden dich all,
Die Leute, dich verlassen,   doch will ich lebenslang
In allen Drangsalen   mit dir dulden.
Wenn es Gott mir gönnt,   bin ich gerne bereit,
Daß ich dir zu helfen   standhaft beharre.
Wenn dich im Kerker auch   mit Ketten enge
Die Leute belegen,   ich lasse mich nicht schrecken,
In den Banden bei dir   will ich verbleiben,

Mit dir Liebem liegen.　Wenn sie vom Leben dich
Mit des Schwertes Schlägen　zu scheiden gedenken,
Mein Fürst, mein guter,　ich gebe mein Leben
Für dich im Waffenspiel.　Ich würdige nicht
Zu weichen vor irgendwas,　dieweil mir währt
Herz und Handkraft."
　　　　　　　　Da entgegnete sein Herr:
„Wohl bewähnst du dich　weiser Treue
Und kühner Tat.　Du hast kampflichen Sinn
Und guten Willen.　Doch wird dir, wisse, geschehn,
Daß du so weichmütig wirst,　obwohl du es jetzt nicht wähnst,
Daß du deinen Dienstherrn diese Nacht　dreimal verleugnest
Vor dem Hahnenschrei,　als sei ich dein Herr nicht;
So verschmähst du meinen Schutz."
　　　　　　　　Da versetzte Petrus:
„Wenn es in der Welt auch je　so werden sollte,
Daß ich mit dir zumal　verderben müßte,
Schönen Tod erleiden,　so käme der Tag doch nie,
Daß ich dich verleugnete,　lieber Herr,
Dein Jünger, vor den Juden."　Da sprachen die Jünger all,
Daß sie da vor dem Dingmahl　mit ihm dulden wollten.
　Da gebot ihnen der Waltende　mit milden Worten,
Der hehre Himmelskönig:　„Hegt mir nicht Bangen.
Betrübt euch nicht　in Gedanken vertieft,
Härmt das Herz nicht　um euers Herren Wort,
Fürchtet nicht zu viel.　Unsern Vater will ich,
Ihn selber suchen:　dann send ich euch
Vom Himmelreiche　den Heiligen Geist,
Der euch tröstend soll　in Betrübnissen frommen,
Der Gedanken euch mahnen,　die ich manchmal euch hier
In meinen Worten wies.　Er gießt euch Weisheit in die Brust,
Lustsame Lehre,　daß ihr gerne leistet
Die Worte und Werke,　die ich euch in dieser Welt gebot."

CHRISTUS AUF DEM ÖLBERG

Da erhob sich der Herrliche   in dem Hause dort,
Der Nothelfer Christ,   und ging in die Nacht hinaus,
Er selbst und die Gesellen.   In Schmerzen schritten,
In großem Jammer   die Jünger Christs,
In wehem Mute.   Er wollt' auf den hohen Berg
Der Ölbäume: auf ihn war er gewohnt
Mit den Jüngern zu gehen.   Das wußte Judas wohl,
Der bösherz'ge Mann,   der auf dem Berg oft mit ihm war.
Da grüßte der Gottessohn   seine Jünger so:
„Ihr seid nun betrübt,   meinen Tod zu wissen,
Jammert und grämt euch,   und die Juden sind in Lusten.
Das Volk freut sich,   frohlockt und jubelt,
Die Welt ist voll Wonne.   Doch wenden wird sich das
Sehr geschwinde: dann wird schwer das Herz
Jenen und jammervoll,   wenn ihr jubeln sollt
Einst am Ewigkeitstage,   denn Ende kommt dann nicht
Noch Wende eures Wohls.   Drum laßt dies Weh euch nicht
                                        schmerzen,
Meine Hinfahrt nicht härmen,   denn Hilfe kommt davon
Den Erdegeborenen."
                        Da gebot er den Jüngern
Auf dem Berge zu warten: zum Gebete woll' er
Auf dem Holmhange   noch höher steigen.
Dreie hieß er dann   der Degen mit ihm gehen,
Jakobus und Johannes   und den guten Petrus,
Den dreistgemuten Degen.   Mit ihrem Dienstherrn
Gingen sie gerne.   Da hieß sie der Gottessohn
Auf dem Berge oben   zum Gebet sich neigen,
Gott grüßen   und inbrünstig begehren,
Daß er sie schirme   vor des Versuchers Kraft,
Der Widrigen Willen,   daß ihnen der Widersacher nicht,
Der Meintäter möchte   den Mut verkehren.
Auch neigte sich selber   der Sohn des Herrn,
Der Kräftige zum Kniegebet,   der Könige Mächtigster.
Vor sich fallend   den Vater aller Menschen

Grüßt' er, den guten,   mit jammernden Worten,
In tiefer Trauer.   Sein Herz war betrübt,
Nach seiner Menschheit   das Gemüt ihm bewegt.
Sein Fleisch war in Furcht,   ihm entfielen Tränen,
Sein teurer Schweiß enttroff,   wie Tropfen Bluts
Aus Wunden wallen.   Im Widerstreit waren
Dem Gotteskinde   Geist und Leib:
Der eine gern bereit   den Heimweg zu gehn,
Der Geist zu Gottes Reich;   aber in Jammer stand
Christi Leib: dies Licht ließ er nicht gerne,
Bangte vor dem Tode.   Im Gebet zu dem Herrn
Rief er mehr und mehr   den Mächtigen an,
Den hohen Himmelsvater,   den heiligen Gott,
Den Waltenden, mit den Worten: „Mögen anders nicht werden
Erlöst die Menschen   und muß ich lassen
Das liebe Leben   für der Leute Kinder
In entsetzlichen Schmerzen,   so geschehe dein Wille!
Dann will ich ihn kosten,   den Kelch, und leeren,
Ihn dir zu Ehren trinken,   mein Herr, mein teurer
Schirm= und Schutzherr!   Sieh nicht auf meines
Fleisches Wohlfahrt,   da ich erfüllen soll
Deinen weisen Willen: du hast Gewalt über alles!"
   Er erhob sich und ging   zu den Jüngern hin,
Die er auf dem Berge gelassen.   Der Geborne des Herrn
Fand sie in Sorgen schlafen: das Herz war ihnen schwer,
Daß der liebe Herr   sie verlassen sollte.
So wird das Gemüt bewegt   der Menschen jeglichem,
Wenn er verlassen soll   den geliebten Herrn,
Von dem guten scheiden.   Da sprach zu den Jüngern
Der Waltende, und weckte   sie mit diesen Worten:
„Wie dürft ihr nun schlafen?   Mögt ihr nicht mit mir
Eine Weile wachen?   Das Wehgeschick naht,
Da es so ergehen soll,   wie es Gott der Vater,
Der Mächtige, maß.   Mir wankt der Mut nicht,
Mein Geist ist ergeben   in Gottes Willen,
Und fertig zur Fahrt: nur das Fleisch ist schwach,
Der Leib will mich nicht lassen,   ihm ist es leid,

Dies Weh zu tragen.   Doch den Willen soll ich
Meines Vater erfüllen.   Habt festen Mut!"
     Da ging er aber,   zum andern Male,
Den Berg hinauf,   zu beten dort,
Der mächtige Herr,   und sprach da noch manche
Der guten Worte.   Gottes Engel kam jetzt,
Der heilige vom Himmel,   sein Herz zu festigen,
Für die Bande zu stärken.   Im Gebet fuhr er stets
Fort mit Fleiß   und rief den Vater an,
Den Waltenden, mit den Worten: „Wenn es unwendbar ist,
Allmächtiger Herr,   daß ich für dies Menschenvolk
Den Tod ertragen soll,   so getrau ich deinen
Willen zu wirken."
                    Wiederum ging er dann
Seine Gesellen suchen   und fand sie schlafen,
Grüßte sie jählings   und ging zum drittenmal
Auf den Berg zu beten,   und sprach, der Gebieter,
Dieselben Worte,   der Sohn des Herrn,
Zum allwaltenden Vater,   wie er zuvor getan.
Er mahnte den Mächtigen   an der Menschen Heil
Nachdrücklichst,   der Nothelfer Christ,
Und er ging zu den Jüngern   und grüßte sie:
„Schlaft ihr und ruhet?   Nun wird er schleunig
Mit Kraft hieher kommen,   der mich verkauft hat,
Den Sündelosen verraten."

JUDAS DER VERRÄTER

                Die Gesellen Christs
Erwachten bei den Worten: da gewahrten sie Volk
Den Berg hinaufziehn   in brausendem Schwarm,
Wütige Waffenknechte.   Judas wies den Weg,
Der grimmgesinnte;   die Juden drangen nach
In feindlicher Volksschar.   Sie trugen Feuer bei sich
In Lichtgefäßen flammend,   und führten Fackeln
Brennend aus der Burg,   da sie den Berg hinauf
Stiegen zum Streit.   Die Stätte wußte Judas,

Wohin er die Leute   geleiten sollte;
Dazu noch zum Zeichen,   eh' sie zogen, sagt' er
Dem Volk zum voraus,   daß die Knechte nicht fingen
Einen andern aus Irrtum: „Ich gehe zuerst zu ihm
Und küß ihn kosend: das ist Christ selber dann,
Den ihr fahen sollt   mit Volkeskraft
Auf dem Berg und binden   und zur Burg ihn von hinnen
Geleiten vor die Leute.   Er hat sein Leben
Verwirkt durch seine Worte."   Die Gewaffneten eilten,
Bis sie zu Christo   gekommen waren,
Die grimmigen Juden,   wo er mit den Jüngern stand,
Der mächtige Herr,   der Gottesschickung harrend,
Der entscheidenden Zeit.   Da schritt ihm der treulose
Judas entgegen,   vor dem Gotteskinde
Mit dem Haupt sich neigend   und seinen Herren grüßend,
Küßte den Kräftigen,   mit diesem Kuß
Ihn den Gewaffneten weisend,   wie sein Wort verheißen.
Das trug in Geduld   der teure Herr,
Der Walter dieser Welt;   doch wandt' er das Wort an ihn
Und fragt' ihn frank: „Was kommst du mit diesem Volk,
Leitest die Leute her?   Du hast mich den Leidigen
Verkauft mit deinem Kusse,   den Kindern der Juden
Verraten dieser Rotte."   Dann rief er die Männer an,
Die andern Gewaffneten,   und fragte, wen sie
Mit solchem Gesinde   zu suchen kämen
Bei Nacht und Nebel,   als gedächten sie Not
Irgendwem zu schaffen.   Da sprach die Waffenschar,
Man habe den Heiland   auf der Höhe des Berges
Ihnen angezeigt,   der da Zwietracht stifte
Unter den Judenleuten   und sich Gottes Sohn
Selber heiße: „Den kommen wir suchen,
Und griffen ihn gerne.   Von Galiläaland ist er,
Von Nazarethburg."

            Als nun der Nothelfer Christ
Ohne Säumen sagte,   er selber sei es,
Da ward von Furcht befallen   das Volk der Juden,
So eingeschüchtert,   daß sie hinunterliefen,

Eilends die ebene   Erde zu ſuchen.
Die Gewaffneten wußten   dem Worte Gottes nicht,
Seiner Stimme zu ſtehen,   ob ſtreitbare Männer.
Doch wieder aufwärts ſtiegen ſie,   ſtärkten ihr Herz,
Faßten friſchen Mut,   und voller Bosheit
Gingen ſie haſtig näher,   bis ſie den Nothelfer Chriſt
Mit Waffengewalt umgaben.   Die weiſen Männer ſtanden
In großem Kummer,   die Jünger Chriſts,
Umher bei der heilloſen Tat   und riefen dem Herren zu:
„Wär es dein Wille nun,   waltender Fürſt,
Daß ſie an der Speere Spitzen   uns ſpießen ſollten,
Mit Waffen verwunden,   dann wär uns nichts ſo gut,
Als ſtandhaft im Streit   für den Herrn zu ſterben,
Im Kampf zu erbleichen.“   Da erboſte ſich
Der ſchnelle Schwertdegen   Simon Petrus:
Ihm wallte wild der Mut,   kein Wort mocht er ſprechen,
So härmt’ es ihn im Herzen,   als ſie den Herrn ihm da
Zu greifen begehrten.   Ingrimmig ging
Der dreiſte Degen   vor den Dienſtherrn ſtehn,
Hart vor ſeinen Herren.   Sein Herz war entſchieden,
Nicht blöd in der Bruſt.   Blitzſchnell zog er
Das Schwert von der Seite   und ſchlug und traf
Den vorderſten Feind   mit voller Kraft,
Davon Malchus ward   durch des Meſſers Schärfe
An der rechten Seite   mit dem Schwert gezeichnet,
Am Gehör verhauen: das Haupt war ihm wund,
Daß ihm waffenblutig   Backen und Ohr
Borſt im Gebein   und das Blut nachſprang
Aus der Wunde wallend.   Als die Wange ſchartig war
Dem vorderſten Feinde   wich das Volk zurück
Den Schwertbiß ſcheuend.
                         Da ſprach der Sohn des Herrn
Zu Simon Petrus: „Dein Schwert ſtecke,
Das ſcharfe, in die Scheide.   Wollt’ ich vor dieſer Schar
Wider Gewaffnete   mit Waffen kämpfen,
Dann möcht’ ich den mächtigen   Gott wohl mahnen,
Den heiligen Vater   im Himmelreiche,

Daß er ſo manchen Engel   von oben ſendete,
Des Kampfs ſo kundigen,   es könnten dieſe Männer
Sie im Streit nicht beſtehn: ſtünde des Volkes auch hier
Noch ſo mächtige Menge,   doch möcht' ihr Leben
Bewahrt nicht werden.   Aber der waltende Gott
Hat es anders geordnet,   der allmächtige Vater:
Wir ſollen alles dulden,   was dieſes Volk uns
Bitteres bringt.   Wir ſollen uns nicht erboſen,
Nicht wider ſie wehren,   denn wer da Waffenſtreit,
Grimmen Gerkampf   gerne üben mag,
Der ſoll von des Schwertes   Schärfen umkommen,
Traurigen Tod ſterben.   Unſer Tun ſoll
Dem Waltenden nicht wehren."
                    Da ging er zu dem Wunden,
Leitete Leib   zu Leibe weiſe
An ſeines Hauptes Wunde,   daß heil ſofort war
Des Schwertes Biß.   Dann ſprach der Geborne Gottes
Zu der wütigen Waffenſchar: „Wunder nimmt mich,
Wenn euch gelüſtete   mir Leides zu tun,
Was fingt ihr mich nicht früher,   wenn ich unter dem Volk
Im Weihtum war   und manch wahres Wort
Den Sinnigen ſagte?   Da ſchien die Sonne,
Das teure Tageslicht: doch tatet ihr mir nie
Ein Leid bei dem Lichte.   Und nun leitet ihr die Leute
In düſtrer Nacht zu mir,   wie man dem Diebe tut,
Den man fahen will,   weil er verfallen iſt
Dem Tod, der Übeltäter."
                    Der Troß der Juden
Griff da den Gottesſohn,   die grimme Rotte,
Der haßvolle Haufen.   Hart umdrängten ihn
Scharen ſchonungslos: ſie ſcheuten die Meintat nicht.
Sie hefteten die Hände   ihm mit harten Banden,
Die Arme mit Armſchellen.   Ihm war ſolche Angſtqual
Nicht zu dulden not,   nicht ertragen
Mußt er ſolche Marter: für die Menſchen tat er's,
Erlöſen wollt er   der Leute Kinder,
Aus der Hölle heben   in das Himmelreich,

In das weite Wohl.   Darum wehrt' er nicht ab,
Was ihr arger Wille   ihm antun wollte.
Da ward gar verwegen   die jüdische Waffenschar,
Gar hochmütig der Haufen,   daß sie den heiligen Christ
In Gliederbanden   leiten durften,
Gefesselt führen.
              Die Feinde eilten nun
Von dem Berge zur Burg.   Der Geborne Gottes
Ging unter der Heerschar   die Hände gebunden
Betrübt zu Tal.   Ihm waren die teuern
Freunde geflohen,   wie er früher gesagt.
Blöde Furcht war's nicht bloß,   daß sie den Gebornen Gottes,
Den lieben, verließen: lange zuvor schon war's
Der Wahrsager Wort,   daß es so werden würde:
Drum mochten sie's nicht meiden.   Hinter der Menge
Gingen Johannes und Petrus: die guten beide
Folgten von ferne,   zu erfahren begierig,
Was die grimmen Juden   dem Gotteskinde wollten,
Ihrem Herren, antun.

DREIMAL VERLEUGNET

              Da sie hinunterkamen
Vom Berge zur Burg,   wo ihr Bischof war,
Ihres Weihtums Wärter,   da führt' ihn der wütende
Haufen in den Hof.   Da war helle Glut:
Im Vorhof brannte Feuer,   dem Volk gegenüber,
Für die Wächter geschürt.   Da gingen sich wärmen
Die Judenleute   und ließen den Gottessohn
Geheftet harren.   Man hörte großen Lärm,
Freches Geschrei.   Von früher war Johannes
Dem Hauptmann bekannt,   daß er in den Hof mit dem Volk
Dringen durfte.   Aller Degen Bester,
Petrus, stand draußen: der Pförtner ließ ihn
Seinem Fürsten nicht folgen,   bis von dem Freund erbat
Johannes, dem Juden,   daß man ihn gehen ließ
Vorn in den Vorhof.   Da kam ein falsches Weib

Ihm entgegen gegangen,   die einem Juden
Als Dienſtmagd diente;   zu dem Degen ſprach
Die Magd mit Murren: „Du magſt wohl ein Jünger
Des Galiläers ſein,   der uns gegenüberſteht
Gefeſſelt und gefeſtigt."   Furcht befiel da
Simon Petrus,   ſchwach ward ſein Mut:
Als wiſſ' er des Weibes   Wort nicht zu verſtehn,
Und wär' vom Gefolge   des Gefeſſelten nicht,
Verleugnet' er ihn vor der Menge: „Ich kenne den Mann nicht
Verſtehe deine Worte nicht."   Ihm war die Gottesſtärke,
Der harte Mut   aus dem Herzen gewichen.
  Er ging fort durch das Volk,   bis er zu dem Feuer kam,
Als wollt' er ſich wärmen.   Da war wieder ein Weib,
Das ihm Schmähworte ſprach: „Schaut euern Feind hier:
Kundbar iſt dieſer   ein Jünger Chriſts,
Seiner Geſellen einer."   Da ſchritten ihm gleich
Die Neidharte näher,   nahmen ihn eifrig vor
Und fragten feindſelig,   welches Volks er wäre:
„Dieſer Burgleute biſt du nicht,   an deinem Gebaren ſieht man,
Deinen Worten und Weiſen,   daß du hier nicht wohnhaft biſt:
Ein Galiläer biſt du!"   Das gab er nicht zu,
Sondern ſtand und ſtritt,   und mit ſtarkem Eide
Verſchwur er ſich,   er ſei ſeiner Geſellen keiner.
Seiner Worte hatt' er nicht Gewalt: es ſollte ſo werden,
Wie es der gemeſſen,   der des Menſchengeſchlechts
Wartet in dieſer Welt.
                    Da trat ein Verwandter
Des Mannes aus der Menge,   den er mit dem Meſſer gehauen,
Dem ſcharfen Schwerte.   Der ſprach: „Ich ſah dich doch
Auf dem Berge droben,   als wir im Baumgarten
Deinem Herren   die Hände banden,
Die Arme feſtigten."   Da mußt' er furchtſamen Herzens
Den lieben Herrn verleugnen.   „Ich will des Leibes verluſtig ſein,
Wenn einer das hier   von all den Männern
Sicher ſagen kann,   daß ich ſeines Geſindes war,
Seiner Fährte folgte."   Da fing zum erſtenmal
Der Hahn zu krähen an.   Der heilige Chriſt ſah,

Der Gebornen Beſter,   der da gebunden ſtand,
Der Sohn des Herrn,   nach Simon Petrus
Über die Achſel hin.   Da ward im Innern
Dem Simon Petrus   ſchwer bewegt das Gemüt:
Es härmt' ihn heftig   und betrübt' ihm das Herz
Mit ſchmerzlichen Sorgen,   was er ſelber geſprochen.
Nun gedacht' er der Worte,   die der waltende Chriſt
Ihm vorausgeſagt,   noch in derſelben Nacht
Vor dem Hahnenſchrei   ſollt' er den Herrn
Dreimal verleugnen.   Das bedrängt' ihm das Herz
Bitter in der Bruſt: gebrochen ging er
Aus der Menſchen Menge   mit bekümmertem Gemüt,
In Angſt und Unruh.   Über ſein eigen Wort
Wehklagt' er, das unwahre,   bis ihm wallend kamen
Vor herbem Herzeleid   heiße Tränen,
Blutige, aus der Bruſt.   Nie möcht' er büßen, ſagt' er,
Fürder den Frevel   oder wiederfinden
Seines Herren Huld.   Kein Held ward noch ſo alt,
Daß er je geſehen   eines Menſchen Sohn
Sein Wort ſo beweinen, beklagen.   „Weh, kräftiger Gott!
Wie verwirkt' ich mich ſo,   daß mir weiterhin
Mein Leben verleidet iſt!   Wenn ich nun lebenslang
Deiner Huld, o Herr,   und des Himmelreiches
Dabei entbehren ſoll,   ſo bringt mir kein Heil,
O lieber Herr,   daß ich je zu dieſem Lichte kam.
Ich weiß mich nicht würdig,   mein waltender Fürſt,
Unter deine Jünger   jemals zu zählen,
Deine Geſellen, ich Sünder!   Sie ſelber muß ich
Im Gemüte meiden,   nun ich ſolch Meinwort ſprach.“
So klagte kummervoll   der Kämpen Beſter,
So herzlich härmt' ihn,   daß er den Herren hatte,
Den lieben, verleugnet.
           Doch darf es der Leute Kinder
Nicht wundern, weswegen   es Gott gewollt,
Daß ſo liebem Manne   ſolch Leid widerführe,
Daß ſo ſchmählich ſollte   den Schützer und Herrn
Um der Dirne Wort   der Degen Wackerſter

Vor den Leuten verleugnen. Das ließ der Herr geschehn
Uns Menschen zum Frommen. Er wollt ihn zum Fürsten
                          machen,
Zum höchsten, über sein Haus. Der heilige Herr
Ließ ihn klar erkennen, wie kleine Kraft
Der Menschen Gemüt hat ohne die Macht des Herrn.
Er ließ ihn sündigen, daß er selber eher
Den Leuten glaube, wie lieb es ist
Der Menschen männiglichem, der ein Mein verübte,
Daß man ihm erlasse die leidige Tat,
Schuld und Sünde, wie ihm selber erließ
Der Herr des Himmelreichs sein harmwertes Tun.
Darum ist unnütz unser eitles Pochen,
Des Hörigen Hoffart: wenn ihm des Herren Hilfe
Um seine Sünde schwindet, so wird der Sinn sogleich
In der Brust ihm blöde, wie sehr er sich gebrüstet hat,
Seine Stärke gerühmt und seine schnelle Kraft,
Seinen Mut, seine Macht. Das mochte man wohl schauen
An der Degen Bestem, da ihm gebrach des Herrn
Heilige Hilfe. Drum hüte sich jeder
Und scheue den Selbstruhm, denn ihm schwindet oft
Wahn und Wille, wenn ihm der waltende Gott,
Der hehre Himmelskönig, das Herz nicht stärkt.

DAS TODESURTEIL

  Der Gebornen Bester harrte noch in Banden
Für der Menschen Geschlecht. Ihn umdrängte die Menge
Der Judenleute, mit Lästerworten
Den Hohen höhnend, der da geheftet stand.
In Geduld ertrug er, was das Volk ihm tat
Zuleid, die Leute.
                  Da kam mit neuem Licht
Der Morgen den Menschen. In der Menge sammelten
Sich der Juden Häupter, mit wölfischem Herzen,
Mit verlogenem Sinn. Der Schriftgelehrten
Fanden sich viele ein zu früher Stunde,

Eifrige, eigenſinnige,   des Unglaubens voll
Und tückiſchen Sinnes.   Sie traten zuſammen
In den Ring zur Beratung   und ratſchlagten lange,
Wie ſie es anlegten   mit wahrloſen Leuten,
Mit meineidigen,   den mächtigen Chriſt
Auf ſein eigen Wort hin   ſolcher Untat zu zeihen,
Daß ſie ihn qualvoll   könnten verſehren,
Den Tod ihm erteilen.   Doch ſanden ſie des Tages
Kein ſo widriges Zeugnis,   daß ſie ihm Züchtigung
Erteilen könnten   oder den Tod erkennen,
Ihn vom Leben löſen.
                    Da kamen zuletzt
In der Ratenden Ring   ruchloſer Männer
Zweie gegangen,   die bezichtigten ihn,
Daß ſie ihn ſelber   einſt ſagen gehört,
Niederwerfen woll’ er   das Weihhaus des Herrn,
Aller Häuſer höchſtes,   durch ſeiner Hände Macht,
Und wieder aufrichten   allein durch ſeine Kraft
Am dritten Tage;   des ſich niemand dürſe getrauen.
Er ſchwieg und duldete.   Was da auch geſprochen ward
Von den Leuten mit Lügen,   er wollt’ es mit leidigem
Reden nicht rächen.   Im Rat erhob ſich da
Ein boshafter Mann,   der Biſchof der Leute,
Der Vornehmſte des Volks,   und fragte den Chriſt,
Ihn bei ſich ſelbſt beſchwörend   mit ſtarken Eiden:
In Gottes Namen heiſcht’ er   und begehrte dringend,
Daß er ihm ſagte,   ob er der Sohn wäre
Des lebendigen Gottes,   der dies Licht erſchuf,
Chriſt, der ewige König.   „Wir können das nicht erkennen
An deinen Worten und Werken.“   Da entgegnete der wahre,
Gute Gottesſohn: „Vor dieſen Juden ſprichſt du’s jetzt
Und ſagſt es ſicherlich,   daß ich es ſelber bin;
Mir glaubten dieſe Leute nicht   und laſſen mich nicht los:
Sie würdigen mein Wort nicht.   Ich ſag euch in Wahrheit doch:
Ihr ſollt noch ſitzen ſehn   Gott zur rechten Seite
Den gewaltigen Menſchenſohn   in der Machtfülle
Des allwaltenden Vaters   und dann wiederkommen

Hierher in Himmelswolken,   all dem Heldengeschlecht
Sein Urteil zu erteilen   nach seinen Taten."
   Da erboste der Bischof,   mit erbittertem Sinn
Das Volk zum Richter rufend,   zerriß sein Gewand,
Zerbrach es vor der Brust.   „Was braucht ihr auf Zeugnis
Noch weiter zu warten,   da ihm solche Worte fahren,
Solche Meinrede, aus dem Munde?   Ihr Männer hört es all,
Ihr Rater in diesem Ringe,   daß er sich so mächtig rühmt,
Für Gott sich ausgibt.   Was wollt ihr Juden ihm dafür
Zum Urteil erteilen?   Ist er des Todes nicht
Würdig nach solchen Worten?"   Da wies ihm all
Das Volk der Juden,   er sei dem Tode verfallen,
Der Strafe würdig.   Doch geschah's um seine Werke nicht,
Daß in Jerusalem   die Judenleute
Dem Sohn des Herrn,   dem sündelosen,
Den Tod erteilten.
                    Da trachteten nur
Die Judenleute,   was sie dem Gottessohne,
Dem gehefteten, möchten   zumeist zum Harme tun.
Sie umstanden ihn scharweis,   schlugen ihn an die Wangen,
An den Hals, mit den Händen,   ihm zum höchsten Hohne;
Frevelnd flucht' ihm   die feindliche Menge
Mit schmählichem Schelten.   Da stand der Sohn Gottes
Fest unter den Feinden   mit gefesselten Händen,
Ertrug in Geduld,   was ihm der tobende Troß
Auch Bitteres brachte,   entbrannte nicht in Zorn
Wider die Widersacher.

PILATUS UND HERODES
                    Da nahmen ihn die Wütigen
In seinen Banden,   den Gebornen Gottes,
Und führten ihn fort   dahin, wo dem Volk
Das Dinghaus stand   und der Degen viel
Vor ihrem Herzog hielten.   Der war ihres Herrn
Richter, der in Rom   des Reiches gewaltete,
Vom Kaiser gekommen   unter die Kinder der Juden,
Im Reich zu richten   und Rat zu pflegen.

Pilatus hieß er,   von der Pontier Land
Dem Geschlechte nach stammend.   In Scharen waren
In dem Dinghause   die Degen versammelt,
Des Gerichtes wartend,   viel wahrlose Männer.
Da gaben den Gottessohn   die Judenleute
Dem feindlichen Volk: er sei dem Tod verfallen,
Der Strafe schuldig   mit schneidiger Klinge,
Mit scharfen Schwertern.   Nicht wollte der Juden Schar
In das Dinghaus dringen: draußen blieb es stehn,
Sprach von da mit den Degen;   sie scheuten das Gedränge
Des fremden Volkes,   ihres Festes wegen,
Daß sie hartes Urteil nicht hörten   am Tage des Herrn;
Sie wollten ihre heiligen   Zeiten halten,
Ihr Pascha feiern.   So empfing Pilatus
Aus der Wütigen Hand   des Waltenden Sohn,
Den sündelosen.
                    In Sorgen geriet nun
Judas' Gemüt,   da er hingegeben sah
Seinen Herrn dem Gericht.   Ihn gereute der Tat
Hinterher im Herzen,   daß er den Herrn verkauft,
Den sündelosen.   Da nahm er den Silberschatz,
Die dreißig Pfennige,   die er für den Herrn empfangen,
Und ging zu den Juden,   seiner grimmen Tat
Sich schuldig sagend: das Silber woll' er
Gerne wiedergeben.   „So greulich", sprach er,
„Hab ich's erhandelt   mit meines Herren Blut,
Ich weiß, es frommt mir nicht."   Doch das Volk der Juden
Nahm es mitnichten.   „Magst du nun nach der Hand
Wegen solcher Sünde   selber erachten,
Wie du gegen den Herrn   dich vergangen habest.
Sieh du selber zu: Was schiebst du's auf uns?
Uns verweis' es nicht weiter."   Da wandte sich hinweg
Judas und ging   zu dem Gotteshause
In schweren Sorgen: Das Silber warf er
In das Weihtum dort;   zu behalten wagt' er's nicht.
Furcht befiel ihn,   die feindlichen Geister
Mahnten ihn mächtig: des Mannes Herz

Ergriffen die grimmen.   Ihm war Gott erzürnt,
Daß er sich selber   ein Seil bereitete:
Er schloff in den Strick   und erhenkte sich so,
Der Würger erwürgte,   das Weh erwählend
Des harten Höllenzwangs,   des heißen und düstern,
Die tiefen Todestäler,   des teuern Herrn Verräter.

   Der Geborne Gottes   mußte die Bande
Im Dinghause dulden,   bis dort das Volk,
Das üble, einig   ward unter sich,
Wie schweren Schmerz   sie ihm schaffen wollten.
Da erhub auf den Bänken sich   der Bote des Kaisers
Von Romaburg,   zu reden draußen
Mit der Juden Machthabern,   wo die Menge stand
Auf dem Hof in Haufen,   da sie ins Haus nicht wollten
Am Paschatage.   Pilatus begann
Frank zu fragen   über das Volk der Juden hin:
„Was tat dieser Mann,   den Tod zu verschulden,
Was verbrach er Böses,   daß ihr so aufgebracht seid,
Ihn haßt im Herzen?" — „Viel Harmes hat er uns,
Viel Leides getan: diese Leute gäben dir ihn nicht,
Wenn sie nicht wüßten,   wie es der Übeltäter
Mit Worten verwirkte.   Wohl hat er viele
Mit seinen Lehren verleitet   und die Leute geärgert,
Ihr Herz verwirrt,   als hätten wir dem Kaiser
Nicht Zins zu zahlen: des bezichtigen wir ihn
Mit wahren Beweisen.   Er spricht auch ein großes Wort,
Verkündigt, daß er Christ sei,   König dieses Reiches,
Maßt so Großes sich an."
                      Da entgegnete ihnen
Der Bote des Kaisers: „Wenn er so offenbar
Vor dieser Menge   Meinwerk verübte,
So laßt ihm eure Leute,   wenn er das Leben verwirkt hat
Den Tod erteilen,   wenn er des Todes schuldig ist,
Wie eurer Vorfahren   Gesetz es vorschreibt."
Sie sagten, sie möchten   der Menschen keinen
In der heiligen Zeit   hinrichten lassen
Mit Waffen, am Weihtag: das sei wider ihre Gewohnheit.

Da wandte sich wieder   hinweg der Arge,
Der Degen des Kaisers,   der diesem Volk
Für die Römer richtete.   Er rief den Sohn des Herrn
Näher nun heran,   ihn nachdrücklich
Fragend und erforschend,   ob er über dies Volk
Sich Herrscher heiße.   Da hielt sein Wort bereit
Der Sohn des Herrn: „Hast du das aus dir,
Oder haben dir andre   da außen gesagt
Von meinem Königtum?"   Da sprach des Kaisers Bote
Widerwillig,   da er mit dem waltenden Christ
Im Richtsaal redete: „Nicht dieses Reiches bin ich,
Dieses jüdischen,   noch dir verwandt,
Diesem Volk befreundet.   Mir befahl dich die Menge,
Deine Landsleute haben dich,   die Juden, mir überliefert,
Meinen Händen verhaftet.   Was hast du Harms getan,
Daß du so bittere   Bande dulden sollst,
Und qualvoll sterben?"   Da entgegnete Christ,
Der Heilande Bester,   wie er gebunden stand
Im Richthaus vor ihm: „Mein Reich ist nicht hier,
Nicht von dieser Welt: wär' es aber so,
Dann stünden so starken Muts   der Streitgier entgegen
Der gramen Juden   meine Jünger wohl;
Man gäbe mich nicht   den Judenleuten,
Den hassenden, in die Hände,   in harten Banden
Zu entsetzlicher Qual.   Ich kam in diese Welt,
Damit ich Zeugnis   von unzweifelhaften Dingen
Durch mein Kommen kündete: das erkennen gar wohl
Die aus der Wahrheit sind: mein Wort verstehen sie,
Glauben meinen Lehren."   Keine lastende Schuld
Konnt' an dem Gotteskinde   des Kaisers Bote
Finden, kein Falsch,   daß er verfallen sollte
Dem Tode sein.   Da trat er wieder hinaus,
Mit den Juden zu sprechen,   und sagte der Menge,
Die horchend hörte,   er habe an dem Verhafteten
So viel des Frevels   nicht finden mögen
Vor seinen Leuten,   daß er das Leben verwirkt hätte.
Des Todes schuldig wäre.   Da standen tobend

Die Judenleute,   den Gottessohn
Schwer beschuldigend: „Erst schuf er Verwirrung
In Galiläa;   über die Juden fuhr er
Dann stracks hierher,   die Herzen verstörend,
Der Männer Gemüt.   Drum muß er sterben:
Er verwirkte den Tod   mit der Waffen Schärfe,
Wenn je solche Taten   den Tod verschuldeten.“
So verklagten ihn   die Kinder der Juden
Mit hartem Herzen.

                Da hörte der Herzog,
Der arggesinnte,   zuerst nun sagen,
Welchem Geschlechte   Christ entstammt sei,
Der Beste der Menschen.   Geboren war
Von Galiläa der gute,   dem bekannten Gau
Hehrer Männer.   Herodes besaß da
Kräftig das Königtum;   ihn hatte der Kaiser
Von Rom damit beraten,   daß er seine Rechte dort
Unter dem Volk vollführte   und Frieden schüfe,
Urteil erteilte.   Der war des Tages
Selbst in Jerusalem   mit seinem Gesinde,
Im Weihtum verweilend,   denn ihre Weise war's,
Daß sie die heiligen Zeiten   dort halten mußten,
Der Juden Pascha.   Da gebot Pilatus,
Daß den Verhafteten   die Helden nähmen
In seinen Banden,   den Gebornen Gottes,
Und hin vor Herodes   in seiner Hände Haft
Das Volk ihn führte,   aus dessen fürstlicher
Gewalt er war.   Die Weigande folgten
Dem Geheiß ihres Herrn: den heiligen Christ
Führten sie vor den Fürsten   des Volks gefesselt,
Den Besten der Menschen,   der je geboren ward
An der Leute Licht.   In Leibesbanden ging er,
Bis sie ihn brachten   dahin, wo auf der Bank
Herodes, der König, saß,   von kräftiger Schar
Stolzer Degen umstanden,   die stets aus Neubegier
Den Christ mit eigenen   Augen zu sehn gewünscht.
Ein Zeichen, wähnten sie,   würd' er ihnen zeigen

Hehr und mächtig,   wie er es manchmal getan
In seiner Göttlichkeit   den Judenleuten.
Da fragt' ihn der Volksherr   beflissentlich
Mit manchen Worten,   sein Gemüt damit
Vorwitzig zu erforschen,   was er zu Frommen raten
Möchte den Menschen.   Da stand der mächtige Christ,
Schwieg und duldete,   dachte dem schnöden
König und seinen Knechten   mit keinem Worte
Antwort zu gönnen.   Da ergrimmte das Volk,
Die Judenleute,   den Gottessohn
Verlügend und verleumdend,   bis der Leute König
Ihm gehässig ward im Herzen   und all sein Hofgesind.
Ihn mißachtete ihr Gemüt,   die Macht Gottes verkennend,
Des himmlischen Herrn,   denn ihr Herz war düster,
Von Bosheit geblendet.   Dem Gebornen Gottes
Wogen ihre Werke   und Worte wohl nicht schwer,
Denn in Demut   erduldet' er alles das,
Wie schnöde sie ihn schmähen   und schimpfen mochten.
Da ward ihm zum Hohne   ein weiß Gewand
Um die Glieder gelegt,   daß er den Leuten,
Den jungen, ein Spott sei.   Die Juden jubelten,
Daß sie so höhnisch   ihn behandelt sahn
Von dem schnöden Gesinde.
                              Da sandt' ihn zurück
Herodes, der König,   woher er gekommen war,
Von losem Volk begleitet,   das ihm Lästerung sprach,
Frechen Frevel,   den Gefesselten
Mit Hohn überhäufend.   Sein Herz war heiter,
Daß er alles das   in Demut erduldete.
Erwidern wollt' er   die üblen Worte nicht,
Hohn noch Harmrede.   In das Haus ward er heimgeführt,
In den Palast wieder,   wo Pilatus
An der Dingstätte saß.   Die Degen übergaben
Der Gebornen Besten   alsbald seinen Mördern,
Den sündelosen,   der solch Los sich selbst erwählt.
Die Menschen möcht er   damit erlösen,
Der Not entnehmen.   Die Neidharte standen,

Die Juden, vor dem Saal.   Grimme Geiſter hatten
Die Haufen verhetzt: ſie hegten keine Scheu
Vor teuflischer Tat.   Da trat hinaus
Der Bote des Kaiſers,   mit der Bande zu ſprechen,
Der schwache Herzog: „Ihr habt dieſen Verhafteten
In den Saal mir geſandt   und dabei geſagt,
Eures Volkes gar viele   hab er verführt,
Mit ſeiner Lehre verleitet.   Mit dieſen Leuten mag ich doch,
Dieſem Volk, nicht finden,   daß er dem Tod verfallen ſei,
Schuldig an dieſer Schar.   Das ſah man auch heute:
Herodes konnte,   der euer Geſetz doch kennt,
Eurer Leute Landrecht,   ihm das Leben nicht nehmen,
Keine Schuld an ihm finden,   daß er ſterben ſollte,
Das Leben laſſen.   Vor dieſen Leuten will ich
Ihn bedrohen und bedeuten   mit derben Worten,
Das Herz ihm zu läutern: doch laß ich ihn des Lebens
Sich ferner erfreuen.“   Das Volk der Juden
Schrie aber ſtürmiſch   mit ſtarker Stimme
Und verlangte laut,   das Leben ſollte laſſen
Qualvoll der Chriſt,   ans Kreuz ſollt’ er ihn ſchlagen
Mit furchtbarer Folter: „Vielfach hat er mit Worten
Zu ſterben verſchuldet,   da er ſagt, daß er der Herr ſei,
Gottes Sohn gar!   Entgelten ſoll er
Die ſchandbaren Reden: ſo ſchreibt das Geſetz vor,
Daß man ſolche Läſterung   mit dem Leben büße.“
Da erfaßte Furcht ihn,   der des Volks gewaltete,
Im Gemüte mächtig,   als die Männer ihm meldeten,
Sie hätten ihn ſelber   ſagen gehört
Vor dem ganzen Volke,   daß er Gottes Sohn ſei.
Da ging in das Haus   der Herzog zurück,
Zu ſeiner Dingſtatt.   Mit derben Worten
Fuhr er den Gottſohn an   und befragt’ ihn ſo:
„Welch ein Menſch biſt du,   daß du dein Gemüt mir verſteckſt,
Dein Herz verhehlſt?   Ich habe doch Macht,
Dein Leben zu längen.   Mir überließen die Leute,
Dieſer Männer Menge,   mir die Entſcheidung,
Mit Speeres Spitze   dich ſpießen zu laſſen,

Dich ans Kreuz zu schlagen,   dir das Leben zu schenken,
Wie es mich selber   am süßesten dünkt
Mit meinem Volk zu verfahren."   Da sprach das Friedenskind
                                        Gottes:
„Wisse in Wahrheit,   daß du Gewalt über mich
Nicht haben möchtest,   wenn der heilige Gott
Dir nicht selbst sie verliehe.   Auch sündigen die noch mehr,
Die dir aus Falschheit   mich befohlen haben,
Mit Seilen beschwert."   Da sann aufs neue
Der Schwachgesinnte,   ihm die Freiheit zu schenken,
Der Degen des Kaisers,   wie er gedurst hätte.
Doch wehrt' ihm den Willen   mit mancherlei Worten
Das Volk der Juden: „Du bist kein Freund des Kaisers,
Deinem Herrn nicht hold,   wenn du ihn von hinnen lässest
Unbeschädigt scheiden.   Zu Sorgen noch mag es dir,
Zum Wehe werden,   da er solche Worte spricht,
So hoch sich erhebt,   behauptet, er habe
Königsnamen   ohne des Kaisers Verleihung.
Er verwirrt ihm sein Weltreich,   verachtet sein Wort,
Fällt von ihm ab.   Den Frevel mußt du,
Den Hochverrat rächen: wenn dir an dem Herren liegt,
An deines Fürsten Freundschaft,   so führ ihn zum Tode."
    Als der Herzog hörte   der Juden Häuptlinge
Mit seinem Herrn ihm drohen,   da ging er zur Dingstatt,
Da selber zu sitzen;   versammelt war auch
Der Mannen Menge.   Er hieß den mächtigen Christ
Vor die Leute geleiten.   Die Juden verlangte,
Ob sie das heilige Kind   nun bald erhängen sähen,
Qualvoll am Kreuze.   Kein anderer König
Habe die Herrschaft hier   als der hehre Kaiser
Von Romaburg: „dem gehört unser Reich.
Darum laß ihn nicht los,   der uns so viel zuleide sprach,
Sich durch Werke verwirkte: erwürgt muß er werden
In entsetzlicher Qual."   So sagte der Juden Volk
Manch mißlich Ding   wider den mächtigen Christ
Zu schwerer Beschuldigung.   Doch schweigend stand er
In Demut da,   gedachte nichts

Den Wütigen zu erwidern: er wollte die Welt
Mit seinem Leiden erlösen.   Darum ließ er die Leidigen
Ihm wunderbar wehe tun,   wie es ihr Wille war.
Er wollt' es nicht öffentlich   allen verkünden,
Den Judenleuten,   daß er Gott selber wär,
Denn wüßten sie in Wahrheit,   daß er Gewalt habe
Über diesen Mittelkreis,   ihnen würde der Mut
In der Brust erblöden,   an den Gebornen Gottes
Legten sie die Hände nicht;   aber das Himmelreich bliebe dann,
Der Lichter lichtestes,   den Leuten verschlossen.
Drum mußt er das meiden,   daß die Menschen nicht wußten,
Was sie Schreckliches taten.

BARRABAS

                    Die Entscheidung nahte
Durch die hehre Macht Gottes,   die Mitte des Tags,
Da sie die Todesqual   erteilen sollten.
Nun lag in Banden   dort in der Burg
Ein beschrieener Schächer,   der schon in den Landen
Manchen hatt' ermordet,   viel Menschen erschlagen,
Der berüchtigte Räuber;   im Reich war seinesgleichen nicht.
Seiner Sünden wegen   saß er in Banden dort,
Barrabas geheißen,   in den Burgen rings
Durch seine Meintaten   männiglich bekannt.
Nun war es Landesbrauch   den Leuten der Juden,
Daß sie jegliches Jahr   um Gottes willen
An dem heiligen Tage   der Verhafteten einem
Erbitten durften,   daß ihm der Burgwart,
Der Lenker der Leute,   das Leben schenke.
   Da begann der Herzog   in der Juden Versammlung
Das Volk zu fragen,   das da vor ihm stand,
Welchen von den beiden   sie ihn bitten wollten
Ihnen freizugeben,   die da gefesselt waren
In harten Haften.   Die Häupter der Juden
Hatten die Ärmern   alle beredet,
Daß sie dem Landschächer   das Leben erbäten,

Den Dieb sich bedingten,   der in düsterer Nacht
Manchen gemeuchelt;   den mächtigen Christ jedoch
Am Kreuze quälten.   Da ward das kund überall,
Welch Urteil gefällt war.   Nun sollt' es vollführt werden,
Erhängt das heilige Kind.   Das ward dem Herzog noch
Zu schweren Sorgen,   daß er selber wohl wußte,
Wie nur aus Neid   den Nothelfer Christ
Die Herrschenden haßten,   und ihnen Gehör gab,
Ihren Willen gewährte.   Darum ward ihm Wehe
Zu Lohn in diesem Licht;   aber viel längeres
Wehe gewann er,   als er die Welt verließ

SEIN BLUT ÜBER EUCH

  Da ward das gewahr   der Wütigen Meister
Satanas selber,   als ihm die Seele kam
Des Judas in den Grund   der grimmigen Hölle:
Da wußt er in Wahrheit,   daß es der waltende Christ war,
Des Herrn Geborner,   der da gebunden stünde;
Und wußt auch in Wahrheit,   er wolle die Welt,
Am Kreuze hangend,   vom Höllenzwang,
Die Leute, erlösen   zum Lichte des Herrn.
Das schuf dem Satanas   Schmerz in der Seele,
Viel Harms im Herzen.   Zu helfen gedacht' er da,
Daß der Leute Kinder   ihm das Leben nicht nähmen,
Ihn am Kreuz nicht quälten.   Der Christ sollte leben,
Daß der Hölle ledig   nicht würden die Leute,
Von Sünden frei.   Hin fuhr da Satanas,
Wo er des Herzogs   Haushalt wußte
In der hohen Feste.   Der Frau erschien
Der Ungeheure,   die Ehegattin
Bewog er durch ein Wunder,   daß ihr Wort dem Christ
Hilfe leiste,   daß er das Leben behielte,
Der Herr der Sterblichen,   dem der Tod schon bestimmt war.
Er wußt in Wahrheit,   so nähm er ihm die Gewalt,
Daß er so mächtig nicht mehr   über diesen Mittelkreis wäre,

Über die weite Welt. Das Weib war in Furchten,
In schweren Sorgen, als das Gesicht ihr erschien
Durch des Teufels Trug, den bei Tageslicht
Der Hehlhelm hüllte. Ihrem Herren sandte sie
Alsbald einen Boten und gebot ihm, dem Herzog
Selber zu sagen, welch Gesicht ihr gekommen sei
Um den heiligen Mann: ihm zu helfen bat sie,
Daß er das Leben nicht ließe. „Ich lag und sah
Viel Wunderbares und weiß, die Sünde soll
Allen auf Erden gar übel gedeihen,
Die frech ihm das Leben zu kürzen verlangen.“
Der Gesandte säumte nicht, bis er sitzen fand
Den Herzog mitten im Haufen der Männer
An dem Steinwege, wo die Straße war
Von Felsen gefügt. Zu dem Fürsten ging er da
Und sagt’ ihm des Weibes Worte.

                            Bewegt ward wieder
Das Herz dem Herzog: heftig wandt es sich
Ihm in blöder Brust. Ihm tat beides weh,
Wenn sie ihn erschlügen, den Sündelosen,
Und daß er es vor den Leuten doch nicht lassen durfte
Ihrer Worte wegen. Doch wendete zuletzt
Sein Herz sich hin zu den Häuptern der Juden,
Ihren Willen zu gewähren. Nur wollt’ er sich wahren
Vor der schweren Sünde, die er so beging.
Klaren Bronnen gebot er herbei zu bringen,
Wasser in der Wanne, wo er gewaltend saß.
Da wusch vor den Degen sich des Kaisers Diener,
Der schwache Herzog, und sprach vor der Versammlung,
So von der Sünde woll’ er sich selber
Säubern, von Schandtat: „Keine Schuld will ich haben
An dem heiligen Mann! Behaltet für euch den Lohn
Der Worte und Werke und was ihr wider ihn tut.“
Einstimmig riefen da die Juden alle,
Die mächtige Menge: „Den Mann verschulden wir
Und die böse Tat. Sein Blut über uns,
Und sein qualvoller Tod, und über unsre Kinder

Und Kindeskinder!   Es komm über uns,
Daß wir ihn erschlugen,   wenn daran Sünde geschieht!"

GOLGATHA

Da ward den Juden übergeben   aller Guten Bester,
Den Hassern in die Hände,   in herbe Bande,
In enge, genötigt,   wo ihn die Neidharte,
Die Feinde empfingen,   Volk ihn umdrängte,
Der Meuchler Menge.   Der mächtige Herr
Ertrug in Geduld,   was ihm tat das Volk.
Da ließen sie ihn geißeln,   eh sie ihn an Leib
Und Leben straften,   spien ihm unter die Augen,
Schlugen zum Hohn   ihm mit schnöden Händen
An seine Wangen, die Wichte,   nahmen sein Gewand,
Und legten ein rotes   Laken ihm an.
Noch anderes übte   der Abscheulichen Abgunst:
Ein Hauptband hießen   aus harten Dörnern
Die Bürger winden,   es dem waltenden Christ
Aufs Haupt zu heften.   Dann gingen sie hin,
Grüßten ihn als König,   die Knie vor ihm beugend
Den Nacken neigend: nur zum Hohn geschah es.
Doch alles ertrug   der teure Fürst,
Der mächtige, aus Minne   zu der Menschen Geschlecht.
Dann ließen sie wirken   mit scharfer Waffe,
Aus hartem Baume   hauen und zimmern
Ein Kreuz, die Knechte,   und geboten dem Christ,
Dem seligen Gotteskind,   es selber zu führen:
Dahin mußt es tragen   der teure Herr,
Wo er sündenlos sollte   verbluten und sterben.
Frohlockend folgte   das Volk der Juden,
Da sie den mächtigen Christ   zur Marter führten.
Da hörte man herbe,   harmvolle Dinge:
Weinend dahinter   gingen Weiber mit Schluchzen:
Die guten Männer klagten,   die von Galiläa
So fern ihm gefolgt waren,   um ihres Fürsten Tod
In schweren Sorgen.   Da sprach er selber,

Der Gebornen Edelster,   da er um sich schaute:
„Weint nicht, ihr Leute,   laßt euch nicht
Meine Hinfahrt härmen: weinet, ihr Helden,
Um eure Sünden,   beseufzt sie mit Tränen,
Mit Zittern und Zagen.   Die Zeit wird kommen,
Da sich die Mütter   noch freuen mögen,
Die Frauen der Juden,   denen Leibesfrucht fehlte
Ihr Leben lang.   Dann werdet ihr der Laster
Grausig entgelten.   Wohl begehret ihr dann,
Daß die hohen Berge   brechend euch hüllten,
In der Tiefe begrüben.   Der Tod wär allen dann
Lieber in diesem Lande,   als solches Leid
Ferner zu erfahren,   wie diesem Volk dann kommt.‘

   Nun ward auf dem Grieße   zum Galgen errichtet,
Auf dem Felde oben,   von dem Volk der Juden
Ein Baum auf dem Berge,   den Gebornen Gottes
Am Kreuz zu quälen.   Kaltes Eisen schlugen sie,
Neue Nägel,   nietscharf unten,
Mit harten Hämmern   ihm durch Händ und Füße,
Bittere Bänder.   Sein Blut rann zur Erde
Von dem Teuern triefend;   doch rächt er die Tat nicht,
Die grimme, an den Juden,   sondern Gott den Vater
Bat er, den mächtigen,   daß er den Männern drum
Nicht zürnen wolle: „Sie wissen nicht, was sie tun.“ —

   Nun wollten die Weigande   des Christs Gewänder
Unter sich teilen,   die tapfern Knechte,
Des Mächtigen Kleider.   Die Kämpen mochten
Über den Leibrock   lange nicht einig werden:
Zuletzt beschlossen sie,   das Los zu werfen,
Wer ihn haben sollte,   den heiligen Rock,
Das wonnesamste   aller Gewänder.

   Da hieß der Herzog   über dem Haupte Christs
Am Kreuze kundzutun,   der König der Juden wär's,
Jesus von Nazareth,   der da genagelt stünde
An den neuen Galgen,   aus Neid geheftet
An des Baumes Stamm.   Ihn baten die Leute
Das Wort zu ändern,   das ihm zu Willen sei

Da er selber gesagt,   daß sein die Gewalt sei
Als der Juden König.   Da sprach des Kaisers Bote,
Der herbe Herzog: „Es steht über seinem Haupt
Nun weislich geschrieben,   und ich will es nicht ändern.“
   Da schlug zur Strafe   der Juden Schar
Zwei böse Verbrecher   zu beiden Seiten
Des Christ ans Kreuz,   daß sie qualvollen Tod
Am Wolfsholz litten,   ihren Werken zum Lohn,
Ihren leidigen Taten.   Die Leute sprachen rings
Der Hohnworte viel   zu dem heiligen Christ
Mit beißendem Spott,   da sie den Besten der Menschen
Am Kreuze quälen sahn.   „Wenn du der König der Welt bist,
Der Sohn des Herrn,   wie du selber sprachst,
So entnimm dich nun   dem nötenden Zwange,
Steig heil herab: dann wollen der Helden Söhne,
Diese Leute. an dich glauben.“   Lästerung sprach ihm auch
Ein kecker Jude,   der vor dem Kreuze stand:
„Weh dieser Welt,   wenn du sie gewaltetest!
Du getrautest dich an einem   Tag zu zerstören
Das hohe Haus   des Himmelskönigs,
Der Steinwerke stärkstes,   und es erstehn zu lassen
Am dritten Tage,   des sich doch noch nie
Der Frechste vermaß: nun sieh, wie du gefestigt stehst
Und schwer versehrt: du magst dir selbst nicht helfen
Aus scharfer Qual.“   Da sprach von seinem Kreuz
Auch der Schächer einer, wie er von den andern hörte,
Mit widrigen Worten   (nicht war sein Wille gut,
Des Kämpen Gedanke):   „Wenn du der König bist,
Christ, Gottes Kind,   so komm herab vom Kreuz,
Entschlüpfe den Seilen,   und uns allen zusammen
Hilf und heil’ uns: wenn dir der Himmel gehorcht,
Dem Walter dieser Welt,   so bewähr es an dem Werke,
Verherrliche dich hier!“   Da hub auch der andre an,
Der am Hängeholz   geheftet hing,
Mit entsetzlicher Qual: „Was sprichst du solch ein Wort,
Ihn herbe höhnend,   und hängst am Kreuze geheftet,
Am Baum gebunden.   Wir beide dulden

Den Schmerz für unsere Sünden: wir verschulden selber
So scharfe Strafe. Er steht hier ohne Fehl,
Aller Sünde frei, der selber nimmer
Frevel vollführte, nur durch des Volkes Haß
Willig in dieser Welt das Wehe duldet.
Ich will glauben an ihn und will den Landeswart,
Den Gebornen Gottes, inbrünstig bitten —
Daß du mein gedenkest mit deiner Hilfe,
Der Berater Bester! Wenn du in dein Reich kommst,
So sei mir gnädig!" Der Nothelfer Christ
Erwidert' ihm da: „Wahrlich, ich sage dir,
Noch heute sollst du im Himmelreiche
Mit mir zugleich das Licht Gottes schaun,
Im Paradiese, wie schwere Pein du nun leidest."
   Da stand auch Maria, die Mutter Christs,
Unter dem Baume bleich, wo ihr Geborner litt
In so furchtbarer Qual. Auch waren andre Frauen
Mit ihr in des Mächtigen Minne gekommen.
Da stand auch Johannes, der Jünger Christs,
Harmvoll bei dem Herrn; sein Herz war krank:
Sie betrauerten seinen Tod. Da sprach tröstend Christ,
Der mächtige, zu der Mutter: „Nun will ich dich meinem
Jünger befehlen, der hier zugegen ist.
Ihm sei gesellt: für deinen Sohn sieh ihn an."
Er befahl dem Johannes, sie gut zu pflegen,
Sie milde zu minnen wie eine Mutter,
Die Unbefleckte. In seine Obhut nahm er sie
Mit lauterm Herzen, wie sein Herz ihm gebot.
   Da ward mitten am Tag ein mächtig Zeichen
Zu Wunder gewirkt über die weite Welt.
Als der Gottessohn an den Galgen erhoben war,
Der Christ an das Kreuz, da macht es kund überall
Der Sonne Verschleierung: ihr schallendes Licht,
Ihr schönes, schien nicht mehr, sondern Schatten umfing sie
Dumpf und düster: sein Dämmer wirkte
Aller Tage trübsten, gar traurig dunkeln
Über die weite Welt, dieweil der waltende Christ

Am Kreuze Qual litt,   der Könige Kräftigster,
Bis zur None des Tages.   Der Nebel zerging da,
Der Schatten zerschwang sich,   Sonnenlicht schien wieder
Glänzend am Himmel.   Da rief zu Gott empor
Aller Könige Kräftigster,   wie er am Kreuze hing
An den Armen gefesselt: „Allmächtiger Vater!
Was verlässest du mich,   mein lieber Herr,
Heiliger Himmelskönig,   hältst mir deiner Hilfe
Fülle fern?   Unter Feinden steh ich hier
In entsetzlicher Marter.“   Die Menge der Juden
Verhöhnt’ ihn hämisch drum.

      Nun hörten sie den heiligen Christ
Vor seinem Tode   einen Trunk erbitten.
„Mich dürstet,“ rief er.   Die Rotte säumte nicht,
Die wüt’gen Widersacher: ihr Wille war gut,
Wo sie ihm Bitteres   herbei mochten bringen.
Bald hatten unsüßen   Essig mit Galle
Gemischt die Meintäter,   und ein Mann stand bereit,
Ein schuldiger Schächer,   dazu beschieden
Und angestiftet: der nahm in einen Schwamm
Das leidigste Getränk,   an langen Schaft
Von Rohr gesteckt   reicht er ihn dem Gottessohn,
Dem mächtigen, zum Munde.   Der erkannte die Meintat,
Fühlte die Falschheit   und wollte ferner
So Bittres nicht kosten.

      Der Geborne Gottes rief laut
Zu dem himmlischen Vater: „In deine Hände befehl ich
Meinen Geist, in Gottes Willen.   Er ist nun ganz bereit
Zu dir zu fahren,   aller Völker Herr!“
Da neigt’ er sein Haupt,   den heiligen Odem
Entließ sein leiblich Teil.

      Als der Landeswart
An dem Stamme starb,   da wurde stracks
Ein Wunder gewirkt,   daß des Waltenden Tod
Alles Sprachlose selbst   verspüren sollte.
Bei seinem Abscheiden   bebte die Erde,
Die starren Berge schütterten,   harte Steine borsten,

Die Kiesel kloben.   Klaffend riß der Vorhang
Mitten entzwei   der schon so manchen Tag
Wunderbar gewirkt   in dem Weihhaus innen
Heil gehangen,   daß der Helden Kinder
Nicht schauen sollten,   was ihnen der Schleier
Heiliges hüllte.   Nun sahen den Hort
Die Judenleute.   Aus den Gräbern gingen
Die Entschlafenen hervor,   die durch des Schöpfers Kraft
In ihren Leichnamen   nun lebend erstanden
Aus offener Erde,   und vor Augen erschienen
Den Menschen zur Mahnung.   Das war ein mächtig Zeichen,
Daß da Christi Tod   erkennen sollte
Das Sprach= und Fühllose,   das nie zuvor gesprochen
Ein Wort in dieser Welt.   Wiewohl nun die Juden
So Seltsames sahen,   doch war ihr arger Sinn so
Verhärtet in ihrem Herzen,   wieviel ihnen heiliger
Zeichen gezeigt ward,   ihnen zeugt' er nicht bessern
Glauben an Christi Kraft,   daß er der König wäre
Über die Erdensöhne.   Doch sprachen etliche,
Die des heiligen Leichnams   hüten sollten,
In Wahrheit wär es   des Waltenden Sohn,
Klärlich Gottes Kind,   der da am Kreuze verschied,
Der Gebornen Bester.   An die Brust auch schlugen
Viel weinende Weiber,   die sein wunderbar Weh
Im Herzen härmte,   um ihres Herren Tod
In schweren Sorgen.
                              Nun war Sitte der Juden,
Daß sie die Erhenkten   am heiligen Tage
Länger nicht hängen ließen,   wenn ihnen das Leben entwichen
                              war,
Die Seele geschwunden.   Da gingen schnöde Männer
Neidvoll näher,   wo genagelt standen
Die schuldigen Schächer,   die da scharfe Qual
Bei dem Erlöser litten.   Sie lebten beide noch,
Bis jetzt die grimmen   Judenleute
Ihnen die Beine brachen,   daß sie beide zugleich
Das Leben ließen,   ein ander Licht zu suchen.

Christ den Herren brauchten   sie nicht umzubringen
Noch mit neuem Frevel,   er lebte nicht mehr,
Seine Seele war entsandt   auf sichern Wegen
Zu langwährendem Licht: seine Glieder kalteten,
Sein Geist war entwichen.   Da ging der Wütigen einer
Neidvoll näher,   einen genagelten Speer
In den Händen haltend,   stach herb mit der Spitze,
Ließ die scharfe Waffe   eine Wunde schneiden,
Daß an derselben   Seite dem Christ
Der Leib erschlossen ward.   Die Leute sahen,
Wie Blut und Wasser beide   alsbald entsprangen
Aus der Wunde wallend,   wie es sein Wille war
Und voraus geordnet   den Erdenwohnern
Zu ewigem Frommen: erfüllt war nun alles.

JOSEPH VON ARIMATHIÄ

Da nun gesunken war   dem Sedel näher
Die heitre Sonne   mit den Himmelsstrahlen
An dem trüben Tage,   da kam ein Vertrauter des Herrn,
Ein kluger Mann,   und Jünger Christs
Seit manchem Tage schon,   obwohl es die meisten
In Wahrheit nicht wußten,   denn mit Willen hehlt er es
Vor dem Judenvolke;   Joseph war er geheißen.
Heimlich hielt er zu Christ,   den verworfenen Haufen
Nicht im Frevel zu fördern;   im Volke harrt' er
Des heiligen Himmelreiches.   An den Herzog wandt er sich,
Den Boten des Kaisers,   und bat ihn flehentlich,
Daß er ihn lösen ließe   den heiligen Leichnam
Christs von dem Kreuze,   wo er qualvoll gestorben war,
Der Gute, am Galgenholz,   und in ein Grab ihn legen,
Der Erde anvertraut.   Der Amtswalter mocht ihm
Den Willen nicht wehren,   sondern gab ihm Gewalt,
Ihn zu vollführen.   Da fuhr er hin sofort
Und ging zu dem Galgen,   wo er Gottes Kind,
Den Leichnam hangen   wußte des Herrn.
Er entnahm ihn dem neuen Stamm,   von den Nägeln gelöst,

Fing auf in den Armen,   wie man den Fürsten soll,
Des Lieben Leichnam,   bewand ihn mit Linnen
Und trug ihn holdlich hin,   wie der Herr es wert war,
Wo sie die Stätte hatten   in starren Stein
Mit Meißeln gehauen.   Da hatten Menschen noch
Keinen Freund begraben,   wo sie das Gotteskind
Nach des Landes Weise,   der Leiber heiligsten,
Der Erde befahlen   und mit einem Fels beschlossen
Aller Gräber herrlichstes.

           Jammernd saßen
Die verarmten edeln Frauen,   die das all mit angesehen,
Seit des Guten grimmem Tod.   Nun gingen von dannen
Die weinenden Weiber,   des Weges wahrnehmend,
Wo sie zum Grabe   künftig gehen möchten.
Sie hatten sich zu Sorgen   hier ersehen genug,
Herbes Herzeleid.   Marien hießen
Die armen Frauen all.   Der Abend brach nun an,
Die Nacht mit Nebel.

           Die neidischen Juden waren
Am Morgen wieder   in Menge versammelt,
Im Richthaus Rat zu pflegen.   „Ihr wißt, wie dies Reich
Durch den einen Mann   in Aufruhr gebracht ward,
In wilde Verwirrung.   Nun liegt er wundensiech
Im tiefen Grabe.   Vom Tod am dritten Tage
Verhieß er sich zu erheben.   Noch hängen zu viele
Der Leute an seinen Lehren.   Drum laßt bewachen
Das Grab und achtgeben,   daß ihn die Jünger nicht
Aus dem Steine stehlen   und sagen, erstanden sei
Der Starke dem Steingrab.   Verstören würd es
Die Menge noch mehr,   wenn sie das melden hörten.‘
  Da ward eine Schar   der Juden beschieden,
Der Wacht zu warten.   Gewaffnet eilten sie
Zum Grab zu gehen,   des Gotteskindes
Hülle zu hüten.   Der heilige Tag
War den Juden vergangen: da saßen am Grabe
Die Wächter wartend,   in wolkenloser Nacht
Unterm Heerschild harrend,   bis der herrliche Tag

Über den Mittelkreis   zu den Menschen käme,
Den Leuten zum Lichte.

Die Auferstehung

                    Nicht lange währt' es noch,
So kam der Geist   durch Gottes Kraft,
Der heilige Odem   unter den harten Stein
In den hehren Leichnam.   Das Licht war erschlossen
Allen Menschen zum Heil   und mancher Riegel
Am Höllentor gehoben   und zum Himmel gebahnt
Der Weg von dieser Welt.   Wonnig auferstand
Das Friedenskind Gottes   und fuhr den lichten Weg,
Obwohl die Wächter   es nicht gewahrten,
Die starken Streiter,   als er vom Tod erstand,
Von der Rast sich errichtete.   Die Recken saßen
Außen um das Grab,   die Judenleute,
Die geschildete Schar.   Vorwärts schritt schon
Das klingende Sonnenlicht,   da kamen die Frauen
Zum Grabe gegangen,   die guten Weiber,
Die minnigen Marien.   Sie hatten manche Mark
Für Salben nicht geschont,   Gold und Silber gespendet
Für die wonnigsten Würzen,   die sie gewinnen mochten,
Daß sie den Leichnam   des lieben Herrn
Dem Sohne Gottes   salben möchten,
Den wund gerissenen.   Die Weiber standen
In ängstlichen Sorgen: die eine fragte,
Wer ihnen den starren   Stein vom Grabe
Wälzen würde,   den sie über den werten Leib
Die Leute legen sahn,   als der Leichnam ward
Dem Felsen befohlen.   Die Frauen waren kaum
In den Garten gegangen,   nach dem Grabe dort
Selber zu sehen,   im Sause kam da
Des Allwaltenden Engel   oben aus der Heitre
Im Federkleid gefahren,   daß das Feld erklang,
Die Erde dröhnte   und die dreisten Knechte
Schwachmütig wurden,   der Juden Scharwächter:

Sie fielen hin vor Furcht;   nicht ferner wähnten sie
Am Leben zu bleiben.   Da lagen die Wächter,
Die Gesellen, scheintot: sieh, da hob sich
Der große Stein vom Grabe,   wie ihn der Gottesengel
Auf die Seite drehte.   Auf die Decke setzte sich
Der hehre Bote Gottes.   Von Gebärden war er,
Von Antlitz, möcht ihm einer   unter die Augen schauen,
So blinkend und blendend   wie des Blitzes Licht;
Sein Gewand war am gleichsten   winterkaltem Schnee.
   Da sahen sie ihn vor sich,   sitzen, die Frauen,
Auf dem gewendeten Steine.   Sein wonniger Schein
Schuf ihnen Angst   und Schrecken allen.
Vor Furcht und Grausen   wagten sie fürder nicht
Zum Grabe zu gehen,   bis der Engel Gottes,
Des Waltenden Bote,   sie mit den Worten grüßte,
Er wisse gar wohl,   weswegen sie kämen,
So Werk als Willen,   und der Weiber Sinn.
Sie sollten sich nicht entsetzen: „Ihr suchet den Herrn,
Den Nothelfer Christ   von Nazareth,
Den ans Kreuz geschlagen   zu Tode quälten
Die Judenleute;   begraben ward er hier,
Der Sündenlose.   Nun ist er selbst nicht mehr hier,
Ist auferstanden: die Stätte ist leer,
Das Grab im Grunde.   Geht doch getrost
Näher nur: Verlangen nimmt euch ja,
In den Stein zu schauen.   Noch ist die Stätte sichtbar,
Wo sein Leichnam lag."   Erleichterung empfanden
Alsbald in der Brust   die bleichen Frauen,
Die wunderschönen Weiber.   Sie freuten sich des Worts,
Da sie sagen hörten   von ihrem Herrn
Des Allwaltenden Engel.   Der hieß sie nun eilends
Vom Grabe gehen   zu den Jüngern Christs,
Seinen Gesellen zu sagen   mit sichern Worten,
Daß ihr Herr sich erhoben   habe vom Tode;
Insonders sollten sie   dem Simon Petrus
Die Wonnebotschaft   zu wissen tun
Von des Herren Kommen: sie fänden den Christ

In Galiläa: da sollten ihn die Jünger,
Seine Gesellen, sehen,   wie er selbst es verheißen
Mit wahren Worten.
                    Wie nun die Frauen wollten
Von dannen gehen,   da begegneten ihnen
Zwei andre Engel   in allweißen
Wonnigen Gewanden,   die wandten das Wort an sie
Heiliglich.   Das Herz ward erblödet
Den Frauen vor Angst.   Sie mochten die Engel Gottes
Vor Schimmer nicht schauen: ihnen war des Scheines Licht
Zu hell und heftig.   Da huben an
Des Waltenden Boten   die Weiber zu fragen,
Warum sie kämen,   den lebendigen Christ
Bei den Toten zu suchen,   „den Sohn des Herrn,
Der voll des Lebens ist?   Ihr findet ihn nicht hier
In diesem Steingrab: erstanden ist
Zum Leben sein leiblich Teil,   glaubet uns
Und gedenkt der Worte,‘ die er wahrhaft oft
Euch selber sagte,   als er gesellt euch ging
In Galiläa: gegeben werden
Sollt er selber   sündigen Menschen,
Hassenden, in die Hände,   der heilige Herr,
Daß sie ihn quälten,   ans Kreuz ihn schlügen,
Vom Leben lösten;   doch lebend durch Gottes Kraft
Sollt er am dritten Tag   erstehn dem bedrängten
Volk zur Freude.   Das ward nun all erfüllt,
Den Leuten geleistet.   Nun laßt euch nicht säumen,
Geht jählings hin,   es den Jüngern kundzutun.
Er fuhr schon voran,   ist fort von hier
In Galiläaland,   wo seine Jünger ihn wieder
Sehen sollen,   seine Gesellen.‘‘
Die Frauen freute,   die frohe Kunde zu hören,
Gottes Kraft verkünden.   Doch waren sie noch beklommen,
Von Furcht befangen.   Sie eilten nun, fort
Vom Grabe zu gehen,   und sagten den Jüngern Christs
Ihr seltsam Gesicht,   da wo sie sorgend saßen,
Solcher Botschaft harrend.

                    Zu der Burg inzwischen
Gingen der Juden Wächter,   die bei dem Grabe
Die lange Nacht gelegen,   des Leichnams dort,
Der Hülle, zu hüten.   Den Häuptern der Juden
Sagten sie von ihrem Schrecken,   als sie das seltsame
Gesicht gesehen,   und sagten genau,
Wie es gekommen sei   durch die Kraft des Herrn,
Und verschwiegen nichts.   Da boten ihnen Geschenke
Die Judenleute,   in Gold und Silber
Schätze spendend,   daß sie es nicht weitersagten,
Der Menge nicht meldeten: „Sagt, als euch müde
Der Sinn entschwebte,   da kamen seine Gesellen
Und stahlen ihn aus dem Steine.   Standhaft bleibt dabei,
Führt es durch mit Fleiß.   Wenn der Volksfürst davon
Hört, so helfen wir euch,   daß er euch Harm nicht tut,
Nichts zur Last euch legt."   Da nahmen sie von den Leuten
Die schönen Geschenke: verschweigen mußten sie
Die Wahrheit weiterhin   und bewährten sich auch willig,
Vor den Leuten im Lande   solche Lüge zu verbreiten
Über den heiligen Herrn.

                    Geheilt war das Herz
Den Jüngern Christs,   denen die guten Frauen
Von Gottes Macht gemeldet.   Mit erfreutem Gemüt
Gingen zu dem Grabe da   Johannes und Petrus
In aller Eile.   Zuerst kam an
Der gute Johannes: am Grabe stand er schon,
Als schleunig daherschritt   Simon Petrus,
Der kraftberühmte Recke,   und rasch sich bereitete,
In das Grab zu gehen.   Da sah er des Gotteskindes,
Seines holden Herren,   Hüllen noch dort,
Die linnenen, liegen,   die den Leichnam ihm lieblich
Zuvor umfangen.   Unferne lag das Tuch,
Mit dem das Haupt verhüllt war   dem heiligen Christ,
Dem mächtigen Herrn,   als er hier geruht.
Da ging auch Johannes   in das Grab hinab,
So Seltnes zu schauen.   Erschlossen ward ihm
Sogleich der Glaube,   ans Licht der Welt

Sei sein teurer Herr   vom Tod erstanden
Aus der Erde Schoß.   Da eilten von dannen
Johannes und Petrus,   alle Jünger Christs
Um sich zu sammeln.

NACH EMMAUS

       Da stand voll Schwermut
Der Frauen eine   zum andern Male
Am Grab sich grämend   mit jammerndem Herzen,
Maria Magdalena.   Ihr war das Gemüt
Voll schmerzlicher Sorgen,   wo sie suchen sollte
Den hilfreichen Herrn.   Sie wußte dem Harm,
Dem Weinen nicht zu wehren,   noch wohin sich wenden:
Da verstört' ihr Gemüt.   Da sah sie den mächtigen
Christ dastehen,   obwohl sie ihn
Nicht erkennen konnte,   bis er sich kundgab und sagte,
Er wär es selber: „Warum weinst du so,
Härmst dich mit heißen Tränen?"   Sie sprach: „Um meinen
                                         Herrn:
Ich weiß nicht, wo er blieb: magst du mir ihn weisen,
Herr, wenn ich dich fragen darf,   ob du ihn aus dem Felsen
                                         nahmst?
So weis ihn mir wieder: das wäre mir der Wünsche größter,
Wenn ich ihn sehen sollte."   Nicht ahnt' ihr, daß der Sohn des
                                         Herrn
Sie so gütlich grüßte: der Gärtner schien er ihr,
Der Hofwart seines Herrn,   bis der Herr sie mit Namen
Nannte, der Nothelfer Bester.   Da ging sie näher hin,
Das werte Weib,   und erkannte den Waltenden.
Da vermochte sie vor Minne   nicht mehr ihn zu meiden,
Wollte mit den Händen   nach dem Herren greifen,
Dem Fürsten der Völker;   aber das Friedenskind Gottes
Wehrt' ihr mit den Worten: „Wage mich nicht
Mit Händen zu berühren.   Ich stieg noch nicht zum himmlischen
                                         Vater.
Eile nun ungesäumt,   den Eilfen zu melden,

Meinen Brüdern,   daß ich unser beider Vater,
Euern und meinen,   den allwaltenden,
Suchen wolle,   den wahrfesten Gott."
Die Frau war erfreut,   da sie von ihm melden durfte,
Daß sie ihn gesund gesehen.   Sie schickte sich an
Alsbald zu der Botschaft,   brachte den Männern
Das willkommene Wort   daß sie den waltenden Christ
Gesund gesehen,   und sagte, was ihr Auftrag war
Mit zuverläss'gen Zeichen.   Doch zweifelten sie noch
An des Weibes Worten,   daß die Wonnebotschaft
Gottes Sohn ihnen sende,   und saßen trauernd,
Die Helden, und harmvoll.
                       Der heilige Christ
Offenbarte sich nun   zum andern Male,
Seit er vom Tod erstand,   der teure Herr,
Frauen zu ihrer Freude: er fand sie auf dem Wege
Und grüßte sie erkennbar.   Sie bogen die Knie
Und fielen ihm zu Füßen.   Er sprach: „Ihr sollt Furcht
In der Brust nicht bergen,   sondern meinen Brüdern
Meldet mein Erscheinen,   damit sie mich
In Galiläa suchen;   da will ich ihnen begegnen." —
    Da gingen von Jerusalem   auch der Jünger zween
Desselben Tages   schon in der Morgenfrühe,
In ihren Geschäften   nach Emmaus hin,
Der Feste, zu fahren.   Da fingen sie mancherlei
Worte zu wechseln an,   als des Weges gingen
Die Helden, von ihrem Herrn.   Da kam der Heilige
Gegangen, der Gottessohn.   Die Jünger mochten ihn nicht
Erkennen, den Kräftigen,   und er gab sich nicht kund.
Doch fuhr er mit ihnen und fragte,   wovon sie sprächen:
‚Wie tut ihr so traurig?   Ist euch das Herz betrübt,
Die Seele voll Sorgen?"   Da versetzten sogleich
Die Männer verwundert: „Wie magst du so fragen?
Bist du nicht von Jerusalem,   aus dem Judenvolke — —

Lücke in der Handschrift

Die Himmelfahrt
Bruchstück

— —   — —

Dem Heiligen Geiſte   von der Himmelsau
Mit der großen Gotteskraſt.   Seine Jünger nahm er dann,
Die frommen Gefährten,   und führte ſie hinaus,
Bis er ſie brachte   gen Bethania.
Da hob er die Hände   und heiligte ſie alle
Mit weihenden Worten;   dann wallt’ er empor,
Das hohe Himmelreich zu ſuchen   und ſeinen heiligen Stuhl.
Da ſitzt er ſeitdem   zur rechten Seite Gottes,
Des allmächtigen Vaters,   und ſieht alles von da,
Der waltende Chriſt,   was dieſe Welt beſchließt
Da fielen ſofort   die guten Gefährten
Zum Gebete nieder,   bis zur Burg zurück,
Gen Jeruſalem,   die Jünger des Herrn
Frohlockend fuhren   mit freudigem Herzen.
Da waren ſie im Weihtum   des Waltenden Kraft — —

GENESIS

I
ADAMS KLAGE

Fürwahr haſt du, Eva, nun   zum Übel gewandt
Unſer beider Geſchick!   Nun magſt du die ſchwarze Hölle
Gähnen ſehn, die gierige,   gellen magſt du ſie
Von hinnen hören.   Nicht iſt das Himmelreich
Gleich ſolcher Lohe: das war aller Länder ſchönſtes,
Das wir durch unſres Herren Gunſt   behalten durften,
Wo du nicht hörteſt auf den,   der dieſen Harm uns riet,
Daß wir des Waltenden   Worte brachen,
Des reichen Königs.   Nun mögen reuig wir
Sorgen um unſer Geſchick,   weil er ſelbſt uns gebot,
Daß wir vor ſolchem Harme   uns hüten ſollten,
Vor der höchſten Strafe.   Schon zwingt mich Hunger und Durſt
Bittre Entbehrung: des waren wir beide einſt ledig!
Wie ſollen wir nun leben,   wie in dieſem Lichte beſtehn,
Wenn zuweilen nun Wind kommt   von Weſt oder Oſt,
Von Süd oder Nord,   Nachtdunkel ſich ſammelt,
Hagelgewölk kommt,   zum Himmel reichend,
Bricht vor mittendrein   (das iſt fürchterlich kalt), —
Zuweilen dann vom Himmel   heiß wieder ſcheint,
Brennt die helle Sonne: und wir ſo bloß hier ſtehn,
Bar der Gewänder;   nichts bietet ſich uns hier
Zu Schatten noch zu Schirm,   an Schätzen iſt uns nichts
Zur Zehrung gezollt.   Wir haben den Zorn Gottes,
Des Waltenden, geweckt.   Was ſoll nun werden aus uns?
Jetzt mag mich das jammern,   daß ich jemals bat
Gott, den Himmelsherrſcher,   (daß aus meinen Gliedern er
Dich mir erſchuf . . . . .)

II
KAIN UND DER HERR

Er wandte ſich da zur Wohnung.   Er hatte Wehtat verübt,
Bittre, an ſeinem Bruder;   er ließ ihn im Blute liegen

Hinter sich in eines tiefen   Tales Grunde,
Des Lebens ledig,   ließ ihn die Lagerstatt decken,
Den Gesellen, auf dem Sande.   Da sprach Gott selbst zu ihm,
Der Waltende, die Worte   (es wogte sein Sinn
Gegen den Töter in Zorn):   was er habe getan mit dem Bruder,
Dem kindjungen Gesellen.   Da gab ihm Kain zur Antwort
(Er hatte mit seinen Händen   harte Missetat
Ehrlos begangen: diese Erde war so sehr
Besudelt mit Sünde):   „Meine Sorge ist es nicht,
Zu hüten, wo er hingeht,   noch hat der Herr mir geboten,
Daß ich irgend auf ihn hier   zu achten brauchte,
Ihn zu bewachen in dieser Welt."   Er wähnte ernstlich,
Daß er seinem Herrn   verhehlen könnte
Das Werk, verstecken.
                 Da sprach der Waltende zu ihm:
„Erlangt hast du's,   daß dir dein Lebtag soll
Dein Herz reuig sein,   weil du mit deinen Händen es voll-
                                brachtest,
Daß du deines Bruders Töter wardst.   Blutig liegt er nun,
Ermattet von Wunden: des hatte er keine Missetat an dir,
Keine Schuld, begangen —   und doch erschlugst du ihn,
Botest ihm den Tod!   Sein Blut tropft nun zur Erde,
Gesondert vom Leibe;   die Seele schweift,
Der Geist, gramvoll   nach Gottes Willen.
Zum Herrn schreit sein Blut empor   und enthüllt, wer die Tat
                                  beging,
Das Übel, auf diesem Erdkreis.   Nie kann sich ärger ein Mann,
Ein Menschenkind, vergehn   mit Meintaten
Auf der weiten Welt,   als du an deinem Verwandten hast
Mit Frevel dich befleckt."
                      In Furcht geriet
Kain nach diesen Herrenworten,   erklärte, er wisse genau,
Daß dem Waltenden diese Werke   auf der weiten Erde
Keiner verhehle: „So muß ich nun kummervollen Sinn
Bergen in meiner Brust,   weil ich meinen Bruder schlug
Mit eigner Hand.   Ich weiß, in deinem Haß muß ich leben
Fürder, in deiner Feindschaft,   nun ich diesen Frevel beging.

Ja, meine Schuld mir   nun schwerer dünkt,
Die Missetat größer   als dein milder Sinn;
So daß ich nicht würdig bin,   Waltender, Gütiger,
Daß du mir erlassest   die leidige Sache,
Von der Strafe mich entstrickest.   Wollt ich doch meine Stetig=
                                       keit nicht halten,
Die Treue zu deinem vertrauenden Herzen: so weiß ich auch
                           den Tod mir nicht lange verspart,
Denn wider mich wirkt,   was irgend auf dem Wege mich findet,
Ahndet an mir die Übeltat."   Da sprach abermals zu ihm
Des Himmels Herrscher: „Hier sollst du doch noch leben,
In diesem Lande, lange Zeit,   magst du auch leid sein den
                               Menschen,
In Sünde versenkt,   doch setz ich dir Schutz,
Zeige an dir ein Zeichen,   daß du ohn Zagen magst
Weilen auf dieser Welt,   wenn du's auch würdig nicht bist.
Unstet doch sollst du und geächtet   in alle Zukunft
Leben in diesem Lande,   solange dieses Licht dir scheint.
Verfluchen sollen dich die Frommen,   nie wieder sollst du dei=
                           nem Fürsten nahn,
Worte mit ihm wechseln.   Wallend steht
Deines Bruders Rache,   die bittre, in der Hölle."

DAS LEID DER ELTERN

Da ging er hin, Haß im Sinne,   ihn hatte der Herrscher selbst
Preisgegeben.   Pein ward da kund
Adam und Eva,   arger Frevel,
Ihres Sohnes Mord,   daß seine Seele dahin war.
Des ward Adams Gemüt   innen in der Brust
Gar sorgenvoll,   da er seinen Sohn tot wußte;
Desgleichen auch die Mutter,   die das Menschenkind genährt,
Das blühende, an ihrer Brust, —   da sie vom Blute wusch
Die Leichentücher,   da wurde leidvoll ihr Sinn.
Beides schuf ihnen Jammer: so ihres Jungen Tod,
Des Helden Hingang,   wie daß mit seiner Hand ihn verdarb

Kain zu solcher Qual.   Sie hatten Kinder nicht mehr
Leben auf dieser Erde   außer dem Einen, der verleidet war
Gott durch seinen Greuel: sie hatten kein Glück an ihm
Lustvoll erlebt,   weil er das Laster beging,
Daß er seines Bruders Töter ward.   Davon den beiden wuchs,
Dem Gattenpaar,   Gram im Herzen.
Oftmals sie klagend   auf dem Kiese standen,
Das Gattenpaar, zusammen,   wohl wußten sie, ihrer Sünde
                                                    entgalten sie,
Daß ihnen Degenkinder nicht mehr   gedeihen sollten,
Teiler des Erbes.   Sie trugen beide
Würgendes Weh,   bis der gewaltige Gott,
Der hehre Himmelswart,   ihren Herzen aufhalf,
Daß ihnen betraut wurden   Teiler des Erbes,
Degen und Dirnen: die gediehen wohl,
Wuchsen nach Wunsch;   Weisheit lernten sie,
Sinnvolle Rede.

Seth und Enoch

Es segnete, der die Macht hatte,
Der heilige Herr,   seiner Hände Schöpfung,
Daß ihnen ein Sohn geboren ward,   den nannten sie Seth
                                                    mit Namen
Mit wahren Worten.   Wachstum lieh ihm
Des Himmels Herrscher   und hohen Sinn,
Vergnüglichen Gang.   Er war bei Gott in Ehren:
Mild war dessen Mut zu ihm,   wie es dem Menschen zufällt,
Der in Hingabe so   dem Herrn darf dienen.
Er kündete zumeist   den Menschenkindern
Gottes Gnade.   Ihm entstammten gute Männer,
An Worten wissende: Weisheit lernten sie,
Die Degen, Denkkraft,   und gediehen wohl.
Von Kain wieder kamen   kraftvolle Leute,
Hartgemute Helden,   die hatten herben Sinn,
Wilden Willen   mochten dem Waltenden nicht
Die Befehle befolgen,   hegten feindlichen Trotz.

Sie gerieten nach Riefenart: das war der rohere Stamm,
Gekommen von Kain.
                    Sie kauften ſich danach
Weiber hin und her: das entwertete bald
Des Seth Geſippen; ſein geſamtes Volk
Ward mit Schaden beſchmitzt, und die Schar der Menſchen
Verleidete dem, der dieſes Licht erſchuf.
Nur ihr Einer hatte Edelings Geſinnung,
Degens Denkart, er war ein biderber Mann,
Weiſe und wortklug, hatte weiten Verſtand:
Enoch war er geheißen. Der ward auf Erden hier
Bei den Menſchen berühmt über den Mittelkreis hin,
Weil ihn bei lebendem Leibe der Leiter der Welt,
Ohne daß der Tod ihn traf in dieſem Lichte — —
Vielmehr holte ihn von hier des Himmels Walter
Und ſetzte ihn an die Stätte, wo er ſtetig darf
In Wonne weilen, bis in dieſe Welt ihn wieder ſchickt
Der hehre Himmelswart, den Heldenſöhnen,
Den Leuten, zur Lehre.
                        Dann wird auch der leidige Feind,
Der Antichriſt, kommen und alles Volk,
Die Scharen, ſchädigen; mit dem Schwerte wird er
Enoch das Ende geben durch ſeine eigne Kraft,
Mit ſcharfer Schneide. Es ſchweift die Seele,
Der Geiſt, auf den guten Pfad; aber Gottes Engel kommt,
Straft ihn, den Schädiger, mit Stahles Schärfe:
Es wird dem Antichriſt das Ende bereitet,
Der Feind wird gefällt. Das Volk lenkt wieder
Zu des Höchſten Herrſchaft, der Helden Gefolge,
Auf lange Zeit, und dies Land ſteht wieder heil.

III
ABRAHAMS FÜRBITTE FÜR SODOM

Da hatten ſich ſo ſehr die Sodomleute,
Die Gaumänner, vergangen, daß unſer Gott ihnen zürnte,
Der mächtige Gebieter, weil ſie Meintat übten,

Frevel vollführten: sie hatte der Feind und seine Brut
Viel Laster gelehrt. Das wollte der lenkende Gott,
Der Ewige, nicht dulden: er hieß die drei eilen,
Seine Engel, von Osten mit seinem Auftrag,
Nach Sodom ziehen, und er selbst war mit.

Als sie an Mamre vorüber, die Mächtigen, gingen,
Da fanden sie Abraham bei einem Altar stehn,
Warten der Weihstatt: unserm Waltenden sollte er
Gabe opfern und Gott dienen
Zu mittem Tag, der Männer Bester.
Da ergriff ihn die Gottesahnung, als ihren Gang er sah:
Nah trat er, ihnen entgegen, und neigte sich Gott,
Beugte sich und betete und bat eifrig,
Daß er seine Huld fürder behalten dürfe:
„Wo willst du hin, mein waltender Herr,
Ewiger Vater? Ich bin dein Eigenknecht,
Dir hold und hörig; du bist mein Herr, der gute,
An Wertgaben milde. Willst du des Meinen was,
O Gebieter, haben, dir zu Gebot steht's fürwahr.
Ich lebe von deinem Lehen, und ich gelaube an dich,
Freundlicher Herrscher. Darf ich dich fragen nun,
Wohin du, Gewaltiger, deinen Weg lenkest?"
Da kam ihm entgegen Gottes Antwort,
Erhaben, und traf ihn: „Verhüllen will ich es nicht,
Dir hehlen, dem Gehorsamen, was mein Herz vorhat.
Unser Weg geht nach Süden: es haben sich im Sodomlande
Die Gaumänner so vergangen; nun rufen die Geister zu mir
Bei Tag und Nacht, die ihre Taten melden,
Sagen von ihren Sünden. Nun will ich selbst wissen,
Ob die Leute unter sich solche Laster üben,
Die Bewohner, solche Wehtat: dann soll wallend auf sie
Feuer fallen, es soll sie ihre Frevelsünde,
Die schwere, versenken; Schwefel vom Himmel
Fällt samt Feuer: die Falschen sterben,
Die meintatigen Männer, kaum daß der Morgen kommt."
Abraham ergriff das Wort (sein Eifer war gut,
Ratklug seine Rede), zu dem Richter sprach er:

„Fürwahr des Guten so viel,   Gott im Himmelreich,
Ewiger, verordnest du!   Es hängt ab diese Welt
Von deinem Willen und deinen Taten;   Gewalt hast du
Über der Menschen Geschlecht   in diesem Mittelkreis,
So daß es nie geschehen kann,   mein Schöpfer und Herr,
Daß du gleiches bietest   Guten und Bösen,
Lieben und Leiden,   da sie doch gleich nicht sind.
Du sinnst das Rechte,   reicher Gesetzeswart,
Daß du entgelten nicht läßt   gutwillige Leute
Der Missetäter Werk,   obs in deiner Macht auch stände,
Es so zu vollführen.   Darf ich dich fragen nun,
Ohne daß du mir gram seist,   Gott des Himmelreichs:
Wenn du dort fünfzig findest   frommer Männer,
Williger Leute,   darf dann, o Waltender, das Land
Verschont nach deinem Willen,   geschirmt, bleiben?"
Da kam ihm entgegen   Gottes Antwort:
„Wenn ich dort fünfzig finde   frommer Männer,
Guter Helden,   die an Gott halten
Fest im Glauben,   dann sollen sie Gnade finden,
Weil ich die reinen Menschen   erretten will."
   Abraham ergriff das Wort   zum andern Male,
Fragte ferner   den Fürsten des Himmels:
„Wie hältst du es dann,   mein Herr und Gebieter,
Wenn du dort dreißig kannst   der Degen finden,
Der makellosen Männer,   willst du die Menge dann
Am Leben lassen,   daß sie das Land bebaue?"
Drauf ihm der gute   Gott des Himmels
Eilend sagte,   daß er alles wolle
Leisten so dem Lande,   „wenn ich der Löblichen dort
Dreißig unter dem Volke,   der Degen, finde,
Der Gottesfürchtigen,   dann will ich vergeben allen
Die Falschheit und Freveltat   und das Volk dort lassen
Sitzen in Sodom   bei gesundem Leibe."
   Abraham ergriff das Wort,   angelegentlich
Folgte er dem Fürsten,   sprach viele Worte:
„Nun muß ich dich bitten,   daß es dich nicht erbose gegen mich,
Mein milder Herr,   da ich so manches rede,

Worte mit dir wechsle!   Ich weiß, nicht würdig bin ichs,
Es sei denn, daß du aus Güte,   Gott des Himmelreichs,
Mein Dienstherr, es duldest.   Mir ist dringend not
Zu wissen deinen Willen,   ob die Bewohner heil
Leben dürfen,   oder ob sie erliegen sollen,
Verfallen dem Fluche.   Was willst du, mein Fürst, dann tun,
Wenn du dort zehne findest   unter der Zahl des Volks
Treue und Gerechte: willst du ihnen dann den Tod erlassen,
Daß sie im Sodomland   sitzen dürfen,
Bebauen die Burgen,   ohne daß du erbost ihnen seist?"
Da kam ihm entgegen   Gottes Antwort:
„Wenn ich zehn noch finde   unter der Zahl des Volks
Treue Leute,   dann lasse ich sie alle
Um der Frommen willen   des Friedens genießen."

    Da wagte Abraham   nicht weiter zu fragen,
Fürder, seinen Fürsten: er fiel auf die Knie,
Der Kräftige, zum Gebet,   erklärte, willig
Wolle er Gabe opfern   und Gott dienen,
Seinen Willen wirken.   Er wandte sich zurück
Zu seiner Gasthalle.   Gottes Engel
Zogen weiter gen Sodom,   wie ihnen selber wies
Der Waltende mit seinen Worten,   da er ihnen diesen Weg befahl.

Die Engel bei Loth

    Sie sollten erforschen,   was an Frommen dort
In der Sodomburg,   an sündlosen
Menschen, wäre,   die keine Meintat hätten,
Kein Trugwerk, getan.   Da hörten sie der Todesopfer Geschrei
In jeglichem Hause,   heillose Leute
Frevelwerk vollführen: da war der Feinde Haufe,
Der Höllenwichte,   die zu diesem Harmwerk hatten
Die Leute verleitet.   Der Lohn stand da bevor
Mörderisch schwer,   daß sie die Meintat verübt.
    Da innen saß in der Stadt   ein adelbürtiger Mann,
Loth, unter den Leuten,   der das Lob Gottes

Wirkte in dieſer Welt.   Er hatte Wohlſtand genug,
Güter, erworben.   Er war bei Gott in Ehren.
Er war von Abrahams Adelſippe,
Seines Bruders Kind — keinen beſſern Mann
Gabs am Jordangeſtade —,   mit jeglicher Tugend
Bekleidet, mit Klugheit.   Ihm war unſer König hold.
  Zu ihrem Sitz ſenkte ſich   die Sonne, die weiße,
Aller Geſtirne ſtrahlendſtes.   Da ſtand er vor dem Burgtor:
Da ſah er am Abend   der Engel zwei
In die Gaſſe gehn,   wie ſie von Gott kamen,
Bekleidet mit Klugheit.   Gleich kündete er ihnen den Gruß,
Ging ihnen entgegen,   Gott dankte er,
Dem Himmelskönig,   daß er ihm dieſe Hilfe verlieh,
Daß er mit ſeinen Augen durfte   ſie anſchauen.
Er küßte ihre Knie,   keuſch er ſie bat,
Daß ſie beſuchten ſeinen Saal;   ſie ſelbſt hieß er ſchalten
Über die Güter alle,   die ihm Gott hatte
Vertraut in dem Lande.   Sie waren nicht träge dazu:
Sie gingen in ſeinen Gaſtſaal;   ſeinen Jüngerdienſt
Befolgte er fromm.   Vieles ſagten ſie ihm
An wahren Worten.   An der Wacht ſaß er dort,
Hütete heiliglich   ſeines Herrn Boten,
Gottes Engel;   ſo viel Gutes ſie ihm,
Wahres, ſagten.
                    Im Gewölk glitt vorbei
Die Nacht, die ſchwarze;   es nahte der Morgen:
In jeglichem Hauſe   der Hahn vor Tage
Sein Krähen erhob.   Da hatten unſres Königs Boten
Die Laſter erforſcht,   die die Leute vollführten
In Sodomburg.   Da ſagten ſie Loth,
Daß ein mächtiger Mord   die Menſchenkinder,
Die Leute, bedrohe   und auch das Land zugleich.
Sie hießen ihn ſich rüſten   und zur Reiſe ſich ſchicken,
Sich entfernen von den Feinden   und ſeine Frau mit ſich nehmen,
Das adelbürtige Weib.   Keine andre Verwandtſchaft war ihm
Außer den zwei Töchtern.   Mit ihnen ſollt' er vor Tage ſein
Auf einem Berge droben,   daß ihn das brennende

Feuer nicht fasse. Zu seiner Fahrt wurde er
Eilends gerüstet. Die Engel gingen,
Hielten ihn an den Händen, des Himmelskönigs Boten,
Leiteten und lehrten ihn eine lange Zeit,
Bis daß sie ihn brachten vor die Burg hinaus.
Sie hießen sie, auch wenn sie hörten hallen aus der Burg
Rasendes Getöse, nicht rückwärts schaun,
Wofern sie in dem Lande wollten leben bleiben.

SODOMS ZERSTÖRUNG

Drauf wandten sich wieder die heiligen Wärter,
Gottes Engel, sie gingen eilend
Die Straße nach Sodom; von dannen südwärts stieg
Loth nach ihrer Lehre, floh der Leute Haufen,
Der trotzigen Männer. Drauf war es Tag geworden.
Da kam hallendes Getöse, zum Himmel reichend,
Es knirschte und krachte: der Kaufstädte jede
Füllte sich mit Rauch; viel kam da vom Himmel
Des Feuers gefallen. Es scholl der Verfluchten Geschrei,
Der leidigen Leute. Lohe rings befing
Die breiten Burgsitze: es brannte alles zusammen,
Gestein und Erde, und so viel starrsinnige Männer
Schwanden und vergingen. Glühender Schwefel
Wallte über die Wohnstätten. Die Würger zahlten
Der Sünde Sühngeld. Es versank tief das Land,
Die Erde, in den Abgrund. All ward verwüstet
Der Sodomleute Reich, daß gesund nicht Einer blieb,
Und so ertränkt ins Tote Meer, wie es den Tag noch steht,
Von Flut erfüllt. Da hatte seine Freveltat
Alles Sodomvolk gar sehr entgolten.
Nur daß ihrer Einen hinaus leitete
Der Waltende nach seinem Willen und die Weiber mit ihm,
Die drei mit dem Degen. Da drang zu ihnen der Volksmord
Das Brennen der Burg: da blickte rückwärts
Das adelbürtige Weib: den Engeln wollte sie
Den Befehl nicht befolgen (als Frau des Loth

Hatte ihr Leben lang   in dem Lande sie gewohnt).
Da sie auf dem Berge stand   und blickte rückwärts,
Da ward sie zu Stein.   Stehn soll sie dort
Den Menschen zum Merkmal   über den Mittelkreis hin
Auf ewige Zeit,   solange diese Erde verbleibt.

Inhalt

Die Bruchstücke der altsächsischen Genesis